ヴィクトリア朝の女性たち

山村明子
YAMAMURA Akiko

ファッションとレジャーの歴史

原書房

ヴィクトリア朝の女性たち

ファッションとレジャーの歴史

目次

第1章

レディの日常

おしゃれは誰のため

ファッション雑誌を読みながら

19世紀の終わりが近づき、ロンドンでのレディたちの生活は、その母親の世代のものとずいぶん様変わりしてきた。まず、その母親世代の生活から振りかえってみよう。

大英帝国の象徴となったヴィクトリア女王をお手本とするかのように、19世紀半ばを過ごした彼女たちは家庭の象徴となった。中産階級の経済力の上昇にともない、彼女たちは家庭生活を充実したものにすることに心を砕いた。

その手助けとなったもののひとつが、女性向け雑誌からの情報である。ヴィクトリア女王治世下は多種多様な定期刊行物が爆発的に増加した時代であり、約5万点が発行されたと言われている。その背景には識字率の漸次的拡大、印刷革命と販売・通信網の拡充、また印紙税廃止（1855）といった社会的な要因がある。経済力が上昇した中産階級では、女性の余暇（非労働時間）が増加し、それに伴い女性読者数も増加し、結果として女性読者に向けた雑誌が次々と登場することとなる。

イギリスにおける初期の女性雑誌は、ジョーン・コートが編集に携わった1770年創刊の月刊誌『レディース・マガジン』である。これは女性用の娯楽と教養に関する内容が盛り込まれていて、小説や詩といった文芸ものと、国内外のニュース、そして社交界の人々の動向、つまり誕生、結婚、死亡、出世、破産といった情報、そしてパリとロンドンの最新流行を伝えるファッションプレートが掲載されていた。しかし、1837年まで続いたこの雑誌には、女性用とはいっても、「家庭」という視点は見つけられない。

1850年代頃には女性向けの出版物は内容も豊富になってくる。『イングリッシュ・ウーマンズ・ジャーナル』のように雇用機会の拡大や性に関する法律の改革といった女性問題を取り上げる社会派の雑誌が登場する一方で、ロンドンのハイド・パークに隣接する高級住宅地の名を雑誌タイトルとした『ベルグラヴィア』のようなイラスト入りの文芸雑誌も登場する。

このような家庭の女性向け文芸雑誌は、中産階級の女性たちに、小説の内容を通して家庭での女性の役割を伝えていたといえる。つまり、女性が家庭をつくり、家族の健康を守ることとは、国家の身体的そして文化的な健康を保証するというのである。読書は女性を趣味よく教育し、女性の趣味がよくなれば結果として家族にもその趣味が感化され、おのずと家族の趣味がよくなる。ひいては健全な社会が保証されるというわけだ。

ところで、読書といっても決して褒められることばかりではない。18世紀から19世紀前半には煽情的で即物的なロマンス小説を読みふける女性には、マイナスのイメージがもたれている。ロマンス小説のヒロインに憧れるばかりで、現実社会に満足できない、社会的にはみ出した存在となることが懸念されていたからだ。このような考え方は19世紀の終わりでも変わりはない。ジョージ・ギッシングの『余計者の女たち』(1893)という小説では、経済的バックボーンであった父親の亡き後、自分たちの身の処し方に途方に暮れる3人の姉妹が登場する。その中で、結婚して新たな後ろ盾を得ることもできず、かといって職業を持ち自立することもできなかった姉の一人は、その現実から逃避するように、安い酒すなわちジンを片手に、貸本屋から借りてきたロマンス小説を一人ベッドの中で読みふけるようになる。酒とロマンス小説とで無為な時間を過ごすしかすることのないその姿は、現実世界ではレディとしての居場所を失ってしまった存在として描かれたのである。

男女の性別による役割分業が明確にされる中、家庭をよりよくしていこうとした女性たちに向けて、家庭に主眼をおいた女性雑誌が登場する。サミュエル・ビートンが編集した『イングリッシュ・ウーマンズ・ドメスティック・マガジン』（１８５２〜１８７９）は小説などに加えて、自身の妻イザベラ・ビートンに中産階級の生活にふさわしい食事や、ファッションの情報を執筆掲載させた。イザベラは定期的にパリを訪れ、パリの雑誌『ル・モニトゥール・ドゥ・ラ・モード』のファッションプレートの提供を受け、最新のファッションを掲載するとともに、家庭での実用的な手芸やドレスメーキングの記事も掲載した。同じくビートン夫人が手掛けた[1]『ビートン社の家政書』（１８６１）とともに中産階級にふさわしいライフスタイルの情報を提供しており、これらを参考にして、どのような装いをして、どのような食卓を整えたらいいのか、女性たちは学び、実践したのである。

では、その娘たちの世代、１８８０〜90年代の女性たちはどのような情報をもとにおしゃれをしていたのだろう。

これから紹介していくヴィクトリアン・レディの休日とスポーツの装いの話は、当時の女性たちが手にした雑誌をもとに、そのファッションと生活をたどっていくものだ。そこで、彼女たちがソファに腰かけ、じっくりと目を通したあまたの雑誌の中から、ほんの少しだけ紹介しよう。

まず、1861年9月7日に創刊された『クィーン』は豊富な情報量で読み飽きない。1970年まで100年以上にわたって刊行された週刊誌である。創刊号の価格は6ペンス、サイズはA3サイズ大の大判である。『イングリッシュ・ウーマンズ・ドメスティック・マガジン』の成功をもとに、1861年から1863年までの3年間は同じくサミュエル・ビートンが編集に関わっていた。当初ビートンが掲げた編集方針は、女性のための雑誌であるからこそ〝家庭〟に焦点をあてた雑誌を作る、ということであった。小説、料理、手芸、ファッション、社交界の出来事などが毎号掲載され、洗練されたイラストも多数みられる。そのほかに、国内外のニュース記事も多く掲載されている。ファッションの記事はパリとロンドンの流行を伝え、色鮮やかなカラーのファッションプレートも隔号で登場する。このファッションプレートは大変な人気を集めた。

1880年1月3日に創刊され、1908年以降1950年まではタイトルを変えながら発行され続けた週刊誌『ガールズ・オウン・ペーパー』は、19世紀末には発行部数が250万部を超え、当時の女性雑誌最大のシェアを誇った。[2] 発行元は宗教叢書協会（Religious Tract Society）、編集はチャールズ・ピーターズによる。チャールズはこの雑誌の価格を1ペンスに設定し、低価格で広い読者層を得ることを考えていた。読者層は中産階級から下層中産階級の若い女性で、タイトルに「ガール」と掲げられているが、学校に通っている年代から結婚適齢期の女性まで、またそれよりも年上の女性も含まれていた。掲載された記事は、ドレス、家事、美容と健康、小説、教育、労働と多彩であった。ファッション関連は毎月1回の流行を伝える記事の他に、健康と関連したファッションに関する記事もたびたび掲載された。

『レディズ・ピクトリアル』は1881年から1921年までロンドンで発行されていた女性雑誌

で、毎週土曜日刊行の週刊誌である。値段は３ペンスで、『クィーン』の半額でもあり、お手頃なミニ『クィーン』といった感がある。内容もファッション、家事、女性の仕事、演劇評などについての記事や小説で、『クィーン』をはじめとする一般的な女性雑誌と同様の傾向がみられる。取り上げられている流行のファッションも、『クィーン』と同じ商品が紹介されていることが多い。また、国内外のニュース記事もその時々で掲載されている。一面広告は上半分が記事で下半分が広告というレイアウトもあり、読者の消費行動を意識した誌面である。記事の内容はイラスト入りでパリのファッションが紹介されているほか、同じくイラスト入りのロンドンのファッション記事が掲載されており、演劇、展覧会、コンサートなどの情報や、手芸、家事、身支度の整え方や女性の仕事についての記事が主である。

『ジェントルウーマン』は１８９０年に創刊され、１９２６年（１８５３号）まで発行された週刊誌である。その後、『ジェントルウーマン・アンド・モダンライフ』というタイトルに変更されて１９２６年（１８８３号）まで発行された。価格は『クィーン』と同じく一部６ペンスであった。この雑誌の読者層は「ウーマンというよりはむしろ上層中産階級のレディを対象としていた」と分析されている。[3]芸術やファッション、子どもに関する話題、通信欄などのほかに風刺的な記事も掲載された。ファッション記事は商品紹介が主である。つまり「どこどこの店頭ではこの春の新作ドレスとして、こういったデザインのものを見つけて、買うことができます」といった内容だ。雑誌をめくればこの新しいドレスはどこに行けば手に入るのか、といったことがわかり、広告とともに教養のある読者層の消費行動をかなり刺激したといえよう。

雑誌をめくれば、ファッションの情報はもちろんのこと、レディにとっての様々な楽しみが提案されている。刺繍や編み物の図解は女性にとって実用的でかつ必要な教養でもあった。詩や歌の楽譜も掲載される。これもまた女性的な楽しみと嗜みとされていた。こうしたものとともに純然と娯楽としての情報も登場するようになる。『クィーン』に掲載されている「パスタイム（娯楽）」という欄には、室内で楽しむボードゲームなども紹介されるが、その一方でアウトドアでのスポーツのルールや楽しみ方といった記事も1880年代以降には頻繁に登場するようになる。

さて、レディの目下の悩みはサマーホリデーに備えて新しい服を準備することだ。夏の時期には空気が悪く人々が密集して息苦しいロンドンを離れることは必須事項だ。この夏にはカントリーに出かけて、ライチョウを撃つシューティング・パーティーに参加する予定なのだ。沼地を歩き回ることになるから、足元の準備にも気を付けなければ。どのようなドレスを新調しよう？　それだけではない、来年の夏にはアルプスにツアーに行くことも考えている。

雑誌のQ＆A欄には、異国の地に行くときには何を準備したらよいのか？　といった読者の質問も掲載されている。見知らぬ土地に行くときにはドキドキするし、準備にもあれこれと迷うものだ。こういった質問への回答はとても参考になる。

ところが、スポーツを愉しみにしているレディたちの姿を、面白おかしく皮肉ったり、批判する人たちがいる。『パンチ』を片手にクラブで時間をつぶしている世の中の紳士たちだ。『パンチ』は1841年から1992年まで発行された、風刺漫画雑誌である。パリで発行されていた『ル・シャリヴァリ』（1832～1937）をモデルとして創刊された。ヴィクトリア朝の中産階級の社会風俗のウィットとユーモアにあふれる風刺で人気を博した。[4]

同様に、『スクラップス』は１８８３年から１９１０年まで発行された風刺漫画週刊誌で、価格は1部1ペニーであった。Ａ３判大にぎっしりと書き込まれた風刺漫画は「読者を当惑させるもの、思い出し笑いを誘うジョーク、熟考させられる漫画、関心を刺激する物語」[5]とある。

これらはあくまでも男性からの視点であり、風刺漫画という性格上、描写される内容は誇張や脚色がある。とはいえ、世の中の男性が感じていることは伝わってくる。女性がスポーツを愉しむことについてだけではなく、流行のドレスを着ても何をやっても、男性の目からすると女性は「愚かしい」存在なのだろうか。

この時期にはすでに、ロンドンの街には買い物の楽しさがそろっていた。１８３４年に設立された英国最大の高級デパートのハロッズ、１８６４年にオックスフォード・ストリートにオープンした老舗デパートのジョン・ルイス、１８７５年に創業されたリバティ商会、１８９１年にオープンしたフェンウィック、いずれも今日でもおしゃれな商品を求めてお客が集う有名デパートである。エミール・ゾラが１８８３年にパリのデパートを舞台に描いた小説『ボヌール・デ・ダム百貨店』は有名だ。これを読むと、デパートという新しい消費行動のステージに、当時の女性たちがどれほど夢中になったのかが手に取るようにわかる。それはロンドンでも同じことだ。デパートは、女性たちを虜《とりこ》にするファッションアイテムが所狭しと陳列された、おしゃれなものが大好きな女性たちにとっての、魅惑のワンダーランドだったのだ。

さあ、雑誌には十分に目を通したので、ファッションの予習は万全だ。いざ、街にお買い物に。

おしゃれの不満

さて、いざ街に出かけるにも身支度はたいへんだ。１８８０年代ともなると、60年代頃に大流行したクリノリンスタイル（図３−10、114頁）のような、巨大なスカートは流行遅れとなった。スカートの膨らみは後腰に集中し、バッスルスタイルと呼ばれるものが主流となった。スカートはもちろん足元まで覆い隠し、オーバースカートは巧みな形にドレープを寄せたり、二重に重ねられたり、盛り上げられたり、さらに飾りひだやリボンも付け加えられ造形的な効果を狙っている。背骨を支え姿勢をよくすると信じられていたコルセットを着け、そしてきっちりとした身頃《みごろ》を着用する。朝の食事に、昼間の買い物に、友人宅の訪問に、そして夜の社交にそれぞれの場面に合わせたドレスを適切に着こなすことが求められる。買い物に行く時には首元は襟でしっかりと包み隠さなければならない。昼間に腕や胸元をさらすドレスを着るようなレディはいない。

往年のハリウッド名画『風と共に去りぬ』の主人公スカーレット・オハラは冒頭の邸宅でのガーデンパーティーのシーンで、男性の友人の気を引きたくて、デコルテのあいたドレスをわがままを言って着用していた。マミーには散々なじられたのだが。ロンドンではそんなことをしたら、たちまちレディの座から転落だ。この小説は１８６０年代のアメリカ・ジョージア州を舞台にした架空のストーリーであり、スカーレットはヴィクトリアン・レディではないと考えれば、引き合いにだすまでもないことだが、とにかくロンドンのレディたちはそんな無謀なことはしない。ドレスコードを守ることはとても大切だ。また、たくさんの羽や花が飾られた帽子やボンネットはおしゃれのポイントである。手袋も忘れてはいけない。デパートの中を歩き回るにはほっそりとした靴は少々不具合だ。すぐにくたびれてしまう。でも、彼女たちがおしゃれと思って履く靴はびっくりするくらいほっそりしている。

準備ができたら、お付きを連れてお出かけだ。一人で気ままに街中を歩き回ったりしたら、またしてもレディとしてはいかがなものか、と言われてしまう。

当時の女性の感覚では、自らの服飾をどのように評価していたのか。例えば『イギリス女性運動史』（１９２８）を著したレイ・ストレイチーは、自身が少女から成人へと成長する時期を過ごした19世紀末の服装について、同書の中で次のように述べている。

女性の服装は、これ以上女性の身体の自由を許さないよう長い間歯止めをかけつづけた。多くの女性がコルセットの犠牲となり、１８９０年代および20世紀初頭には、少女たちは十代になると、コルセットの骨組みの中にしっかりと包み込まれ、ほんのわずかな動き以外、動くことが不可能だった。これに加え、年齢が増すにつれ、徐々に長くなるスカートの丈に耐え、ほぼ17歳頃には、これらの象徴的な服装の裾は地面にまで達し、走ったり飛び跳ねたりすることができなくなり、また、特に風のある日は、歩くだけでどうしようもなく疲れ果てることとなった。その年頃には、若い女性の髪は「結い上げ」られ、つまり、渦巻き状に巻いて塊にし、ピンで頭の後ろに留められた。この結い方の不安定さもまた、素早い動作を困難にしたもののひとつであった。帽子は、年々大きさや形が多様化したが、頭の上にかなり不安定に置かれ、長いピンまたは「帽子の留めピン」でしかるべき位置に留められなければならず、そのとがった先端が一方に突き出て、近寄るのは危険だった。このような装いで着飾って、自由に息をしたり脚や頭を動かすこともできず、女性たちの動きは非常に制限された。彼女たちの運動能力が低い基準にしか達しなかったことは、不思議ではなかった。[6]

1905年にケンブリッジ大学ニューナム・コレッジに入学し、その後女性の地位向上をめざした女性参政権運動家だった著者が、先進的な意識の持ち主であったことは考慮すべきである。そうはいっても、当時の女性はその服装について、身体を強く拘束するコルセットと長い丈と重くかさばるスカートを「活動的ではない不自由なもの」とぼやいていたことがわかる。また結い上げた髪型や、大型の帽子はいずれも頭上で不安定であり、女性たちの動作を制限した。こんな格好をしていたから、私たちは十分に体を動かして身体を発達させ、走ったり跳んだりといった運動能力を高めることができなかったのだと、過去の生活を振り返っている。先ほど「びっくりするくらい細い靴」と述べたが、幼少期からの運動量の違いも関連しているのだろう、全身の骨格も華奢である。それでもなおこのような服装形態は支持され、女性たちは着用していたのだ。それは実用的で「動きやすい」ということ以上に、その服装が人々の求めるある大切な要素を備えていたからに他ならない。

「余った女」になりたくない

21世紀の現代の感覚からすると、一番に不合理な服飾アイテムはコルセットであろう。胸部と胴部を強く圧迫するこの下着を考えると、息もできないのではないかと窮屈そうで恐れをなす。しかしながら長きにわたって着用されたところをみると、それなりの効用はあったのだ。19世紀の生活様式に挑戦したルース・グッドマンは確かにコルセットを着用することで姿勢が良くなることや、時間をかけて身体を慣らしていくことで、日常生活に大きな不自由を感じなくなることを体験した。[7] 18世紀からコルセットの弊害については、きつく締めあげることによる内臓圧迫や骨格の変形といった点が医師からも指摘されているが、女性は子どものころから体をコルセットという鋳型にはめ込むようにして、それが普通の状態として生活の一部としてしまっていたのである。

1894年に出版された『淑女のためのドレスの書』では、ストレイチーが不満を抱いていたこの動きを制限する服装をとりあげて、「ドレスの衛生学」という章においてコルセットの功罪について次のような記述をしている。

思慮のある女性であれば、身体の健康を考慮してコルセットを十分に緩めるものである。しかし、きちんとした印象を保つためにはコルセットをきつく締め上げてしまうのである。また、一日か二日であったら、コルセットを緩めることを受け入れても、結局再び古い方法（コルセットできつく締める）に戻ってしまう。コルセットで締めることで女性は自分の体内に肺が存在することを忘れてしまうのである。[8]

身体の健康や自由な活動や呼吸を阻害していても、なお装う身体に「きちんとした」印象を与えるコルセットの表現を評価し、それから離れられない女性の姿を指摘している。しかし同書は1890年代の女性たちにむやみにコルセットを強要しているのではない。当時の衣服改革や合理服の見解を踏まえた上で、すでに提唱されている、コルセットを着用しない健康的な衣服という提案が一般的には受け入れられていないことを指摘している。そして女性の衣服において機能と共に「美」が重要であることを、右記に引き続き述べている。

計算から美を省く改革は進歩しません。もしもコルセットが放棄されることになったとしたら、私たちの服は全てその形態は改めて、魅力的な形に作り直されなければならない。

きれいなものに関しては、もしもそれらが実際にコルセットを着用しないものでも、それらがコルセットをしているのと同じくらいよく見えて、かつ双方の健康に関する実用的な統計が示されたとしたら、興味深いことであろう。

また、それによって私たちの寸胴なウエストが隠され、かつ、非難の的であるコルセットを取り除くことだとしたら、どんなに喜ばしいことであろうか。

一般的なコルセットは致命的なものではない。中世のコルセットは、鋼や鉄の枠が用いられて、拷問だったに違いない。しかし、現代のコルセットは、くじらひげ、ジーンあるいは絹の類で、非常に異なっている。もちろん、不自然な使用をすれば有害であるが、しかし、もし慎重に着用されれば、必ずしも有害でない。脂肪の抑制のためには、確かに有用である。太った女性がコルセットを着用していない場合は見られたものではない。それが重要な臓器に対してそうであるように、圧力が単なる多くの脂肪組織を害さないことを心に留めておくべきである。そして多くの女性たちは自分自身をコルセットで縛り上げない限り、自分は安全であると考えてもよいのである。きつく縛り上げるような行為は不適当で無分別である。

レディに対する装いの指南書である同書は、コルセットの弊害を指摘するとともに、適切な着用をすれば安全であるとうたい、節度のある装いとは何かを説いている。しかしその一方で、仮にコルセットを外したとしても、寸胴なウエストラインを隠して、身体を魅力的に表現できる衣服があればそれは望ましいことであると説明している。

　コルセットというと、やみくもにウエストを細く締め上げるためのものと誤解されがちである。実際に、1860年代後半以降に雑誌誌面にもタイト・レーシング（コルセットで細く締め上げる）の是非をめぐる論争が登場している。[9] 肯定派の主張はタイト・レーシングこそ、自制の修養を促すというものである。コルセットで締め上げ、細いウエストを手に入れている女性は自己鍛錬に耐え、己を律することのできる道徳観を備えたレディの証だというのだ。しかし、求められていたのは適切な締め上げであり、過度に細くすることは虚栄心の表れでしかなく、真のレディがすべきことではない。舞台は違えど、先ほどのスカーレット・オハラはパーティーのドレスを着るためにそのドレスのサイズに合わせて、コルセットをさらに締め上げてもらう。これぞ愚かな偽レディの姿である。

　衣服を崇高なものにつくりあげ、その重量を増す要因ともなったペチコートについても同様の意図を述べている。

　ほとんどの女性は今日では、1枚あるいはせいぜい2枚のペチコートとコンビネーションを着用する。これらは大した重量ではない。また、メーカーはそれぞれ、彼らのペチコートに関する特別の改良が最も重要であると主張している。それはメーカーの商売なのである。女性は、自分自身でよく考えるべきであり、誘惑的な広告やもっともらしい流行に、軽々しく調子に乗せられるべきではないのである。

過度の誇張のためにペチコートを重ねれば、身体の活動は阻害されることは致し方ないが、適切な着用であれば、それは活動を阻害するほどの重量ではないと述べている。女性自身が商業ベースや流行に乗せられることとなく賢明な選択をするべきと説いている。

これらの指摘からは、衣服による身体の表現を重んじる意識と、身体の活動性とを両立させる装いとは何かという提言が読み取れる。しかし、当時一部で提唱された身体の活動性などに留意した合理服や唯美主義ドレスは、一般的な服飾感覚には広くは受け入れられなかった。以下の引用はその事実を指摘している。

しかし、合理服を着用する人々はちょうど唯美主義ドレスの提唱者たちが行ったことと同様の失敗をした。彼らには形態に関するセンスがなかった。彼らの外衣を美しくしないかぎり、彼らの追随者たちは少数派である。

日常的に着用する服飾は、身体の活動性という機能面を満たすだけでは、人々に選択される可能性が極めて小さいのである。

では、この一見不合理ともいえる服飾品を身につけることを「よし」とする、その意識の裏側には何があるのだろうか。それらを着用する理由をハンフリー夫人は「ドレスの倫理学」というタイトルで語っている。「女性たちは不合理な装いをしていることを、私は全面的に認める」「女性たちが今日のドレスほどとても不自由なものを着ている時代はないであろう」と細いつま先のエナメルの靴の窮屈さや、ヘアピンの痛み、コルセットや大きなスカートの重みといった不合理さに耐えていることを記している。

しかしその理由を次のように断言する。「もし私たちがそうしなければ、私たちは不愉快な独身女性とならなければならない。世の中の男性は私たちのことをだらしない身なりの女と呼ぶであろう。そして、私たちを彼らのお得意のレストランや私たちが大好きな劇場にも、教会にだってエスコートしていくことを拒むであろう。彼らは女性よりも公衆の意見に敏感だからである」と。[10] ハンフリー夫人の解釈では、たとえ不合理な衣服であっても、これらを着用することで社会の中で女性としての体面を保つことができると説明している。逆にこの不合理に耐えなければ「だらしない身なりの女」と烙《らく》印《いん》が押されることを危惧しているのであり、それは危惧というよりは現実であったのだろう。

「不愉快な独身女性」とは一体どういうことであろう。19世紀後半のイギリスでは15歳以上の独身女性数と独身男性数を比較すると圧倒的に女性の数が多い。このような男女の数に偏りが生じた理由は、男女の死亡率の違い、男性の海外植民地への移住、上・中流階級の男性の晩婚化といった要因が挙げられている。[11] もう想像がつくであろう。少女時代には父の庇護の下、レディとして成長してきた娘は、次にはレディとしての体面を保つだけの財力を持つ男性を夫としなければならないのである。それなのに、妙齢の女性たちに対して、結婚相手としてふさわしい男性の方が圧倒的に少ないのである。だからこそ、男性の好みに合うようなレディでいたければ、身だしなみを整えていなければならないのだ。

『ナショナル・レビュー』にW・R・グレッグが掲載した「なぜ女は余っているのか」（1862）と題する評論から、「余った女」とは当時の社会問題のひとつであったことがわかる。ロマンス小説を読む登場人物を紹介した小説のタイトル『余計者の女たち』とは、この時期の女性の余剰問題を指摘したものである。社会の規範からはみ出さないように身だしなみを整えることは、「余った女」にならないための大切な約束ごとなのだ。ハンフリー夫人のマナーブックに限らず、この時期に数多くのマナーブックが出版されている。中産階級に該当する層が拡大していく中、レディになるため、レディとして受け入れてもらうため、人々は生活や社交の「正しい」知識を必要としていたのだ。装いはその個人の内面やステイタスを表出する装置である。レディとしての身だしなみを学び、実践することは最重要ミッションなのであった。

レディとスポーツ

スポーツの楽しみの登場

「ヴィクトリア女王の時代は、女性と女性たちのスポーツにとっては黄金時代であることは認められている」と記した1897年の「レディたちの野外での楽しみ、女王の時代の女性たちのスポーツ」と題された記事は[12]、19世紀後半に多くの女性たちに野外の楽しみとしてスポーツが広まったことを解説している。レジャースポーツの流行はイギリス女性にアウトドアライフを楽しむ喜びを与えた。もっともそれは女性に限ったことではない。そもそもスポーツとは「気晴らしをする」という意味の言葉を語源としている。レジャースポーツすなわち、余暇に気晴らしをして過ごすことに人々が関心を持つようになった19世紀後半の社会とは、余剰の時間を楽しむことができるだけの、経済的な裏付けを持つ層が拡大した社会なのである。

その背景のひとつに、女子教育の変化もが関係している。1870年代以降、新しいタイプの女学校が登場してきており、その学校生活に「スポーツ」が採用されている。1875年、チェルトナム・レディーズ・カレッジではテニスが導入され、1877年にはセント・レズナ校で週1回の体育の授業が取り入れられた[13]。体操をすることが身体を健全に育み、ローンテニスやホッケーといった競技をすることで競争心や集団での団結力といった特性も身に着けた。女学校のこのような試みに対しては、批判的な見解も存在したが、おおむね軽度の運動量で女性としての〝優雅さ〟が保持できる類のものであった。女学校やその上級校であるカレッジでの教育とスポーツの関わりは、女学生にスポーツの魅力を経験させ、卒業後にカントリーハウスやクラブ、海外植民地などでスポーツを楽しむ契機になったのだ[14]。

1885年に掲載された、野外での楽しみについて解説した記事には「イギリス女性たちの休日とカントリーライフは野原や高地、山や川、クリケットグランド、ローンテニスコート、そしてツアーに出たり、狩猟、釣り、植物採集、スケッチをしたりして過ごす。彼女達は女性としての優雅さや慎みを忘れて、これらの楽しみに心を傾けている」と記され[15]、イラストには銃を片手に男性と語らう姿、馬の背に乗って山道を行く姿、ステッキを手にして登山をする姿、野山に分け入ってスケッチをする姿、植物採集をする姿、釣りを楽しむ姿、トリサイクル（三輪車）を楽しむ姿、カントリーハウスで猟の支度をする姿、といった様々な人々が描かれている。記事には「女性としての優雅さやつつしみを忘れて」と記されてはいるが、イラストから受ける印象は決して荒々しいものではなく、カントリーでの爽やかな楽しみを満喫している社交の様子である。当時のスポーツ指南書『野外での女性たち』では、スポーツを楽しむ女性の姿を以下のように記している。

運動と自由を好み、涼しい海風を大いに楽しみ、また彼女たちの頰をあおぐ新鮮な山の空気を愛し、多少の疲労を覚えても、少々骨の折れる運動を恐れない、このような女性たちはより上手で、より正確で、そしてより健康的であり、それでいて思考や風習において本質的には女性のままでありえるのである。[16]

この描写では、身体の活動を楽しみ、自然の環境を享受する女性たちが、向上心があることと同時に、女性としての本質的な性質を失ってはいないことを述べている。スポーツの行為は女性の魅力を損なうものでは決してないということだ。

さらに1895年の記事では「この20年間のイギリス女性の生活における多くの改善の中で、彼女たちの野外での活動と楽しみに影響を与えたものほど、顕著でかつ満足を与えたものはない。成長した女性は背が高く、より良く発達している世代が今では大部分である。（…）イギリス女性のアウトドアライフは、いつもイギリスの少女たちの若々しい顔の色つやと新鮮な色合いを生み出してきた」と述べ[17]、スポーツは女性の身体の発達と、若々しさやはつらつとした表情を作り出す効果があることを指摘している。

スポーツを楽しむ女性の姿はここでふたつに大別できる。すなわち、クリケットやホッケー、ローンテニスといったコートゲームと、狩猟や釣りといったカントリースポーツである。スポーツをする時の衣服を検討する中で、両者の性格の違いを考慮する必要があるだろう。前者は市街地でも手軽に楽しめるレジャーである。先ほど述べた女学校での教育なども関わっている。特にローンテニスは庭の芝生の上で楽しめるテニスゲームとして1873年に登場して以降、中産階級以上の男女に大流行する。男女が共に楽しめるスポーツであり、テニス・パーティーは昼間の健全な男女の社交の場となった。男女の社交の場であるため、女性の服装はバッスルで後ろ腰を高くしたスカートにはフリルが何段も重ねられたりしており、スポーツ服としてはいささか装飾的である[18]。

一方、後者は本来、狩場、釣り場を含む広大な領地を持つ貴族とジェントリーの特権的なスポーツとして位置づけられてきた。遠隔地への移動を伴う大掛かりなレジャーである。カントリースポーツは体力や技術だけではなく、経済的な裏づけなしには行えない。狩猟のほかには銃猟、釣り、海外での登山、ゴルフなどがこれに相当するであろう。

イギリスの産業発展に伴い増加した新興ブルジョワジーにとって、前代まで特権階級のものだったスポーツは、銃猟権や入漁権の制度の変更にともない、経済的な裏づけがあれば手が届くレジャーとなっていった。また19世紀の半ばはイギリスにおける本格的な鉄道建設時代であり、主たる幹線網の建設はこの時期に行われている。遠隔地への移動が鉄道を利用することで時間も短縮され、経費も削減できるようになったこともカントリーライフが一層の流行を見た要因のひとつであると考えられる。

１８８５年10月の「女性のためのスポーツ」という記事の中には「女性たちにとってスポーツやレジャーは必然的なことであり、それらを受け入れるように学んできた」「狩猟の場でこの10年間ほどたくさんのスカート姿を見たことはなかった。また、ピシッと音を立てることなくフライを投げることができる少女や、湖のマスで魚用のびくをいっぱいにできる少女が現在ではたくさんいる」と説明して、狩猟・銃猟や釣りを始め様々なスポーツに女性が参加している様子を伝えている。[19] また、１８８７年12月の「女性のための野外での楽しみ」という記事でも、同様に女性たちが狩猟や銃猟、釣りといったスポーツを熱心に行うことを伝えている。[20] スコットランドなどのカントリーでのアウトドアのスポーツが、上流階級から中流階級へと広まったことと、カントリーでのスポーツに女性も参加するようになったことは、女性に新しい行動様式をもたらし、服装に対する意識を変化させる一因となったといえよう。

ロンドンを脱出

鉄道旅行で海へ、山へ

イギリスにおける旅行の流行は、１８００年代を通して発達した鉄道網の拡充が背景となっている。海浜への鉄道網の発達は、高級リゾート地として早くから発展したブライトン（東部サセックス）や、スケグネス（北海沿岸）のような農漁村を新たなシーサイドリゾート地に発展させるといった影響を及ぼし、リゾート地へのレジャーが拡大した。[21] この鉄道を利用してグループ旅行を企画、提供したのがトマス・クックである。トマスクック社の創設者で近代ツーリズムの祖といわれる彼の活動の詳細については、当時のクックが旅行案内として発行した『エクスカーショニスト』などの膨大な資料をもとに編纂されたブレンドンの書物に詳しい。[22]中流階級にグループ旅行の提供を始めたクックはスコットランドへのツアーを開拓し、女性たちにも参加を積極的に呼び掛けていた。スコットランドのハイランドを旅する女性たちの姿を次のように記録している。

身に着けた流行の装身具が崖をよじ登るときとか、花崗岩や玄武岩のごつごつとした表面を歩くときには当惑させるような場面もあったが、大方はファッションや慣習を無視してわが道を行き、あらゆる困難を乗り越え、観光客としての完成度を高めていった。[23]

1861年にハイランドを旅する女性の様子である。「ファッションや慣習を無視して」とあり、当時の日常的な服装から解放され、そのような地に次第に女性たちが挑戦していったことのだろう。旅行と野外の環境は女性たちに新たな活動の場を提供したのだ。

さらにクックは1863年には英仏海峡を渡り、欧州を旅するツアーを販売しており、そのツアーはスイスにまで足を延ばしている。結果としてクックのツアーは、イギリスの中産階級の人々にスイス旅行を身近なものにしたのである。同年の『パンチ』には大陸旅行を話題にする記事が連載された。[24]ここにはクックのツアーを話題にしているとは明記されていないが、クックの大陸ツアーと連動して人々の関心を引いたであろうことは想像に難くない。これ以降、海外旅行熱はひろまり、19世紀末に出版されたハンフリー夫人の女性向けのマナーの指南書にも、外国旅行に関する項目がある。そこではイギリスが偉大な国であること、他国を訪問するときには優越的な立場であること、しかし、だからといって他国の慣習などに侮蔑の態度を示すことはマナー違反であること、などが記されている。[25]

また、外国旅行の装いについての指南では、

ある女性たちは、旅行中には自らの髪の毛をきちんと整える時間を取らずに、そのいい加減な髪型は風に吹かれるままにしている。そのような女性は、国の面汚しである。海峡を渡っても、自国にいるときと同様にきちんときれいな装いをすることよりも、外国において私たちの地位を保つ手助けになるものはないのである。[26]

と指摘している。イギリスはインドを始めとして世界中に多くの植民地を抱えており、女性たちもその地へ赴く場合もあり、ヨーロッパツアーに限らず外国との関わりは深い。このアドバイスからは、外国の地で、旅行の際もイギリス女性が自意識と誇りを重視しており、その服装が体面を保つ重要な役割を担っていたことがわかる。

さらに本格的なスポーツとしての登山について触れておく。1865年にはイギリス人登山家エドワード・ウィンパーによるマッターホルン登頂が成功し、1871年にはその記録である『アルプス登攀記』が出版され[27]、人々のアルプス人気は過熱した。ロマンティスムに影響されたイギリス人は、アルプスやアペニン山脈の天に近いような堂々たる景観に魅了され、山への熱い愛情を抱いた、とロイ・ポーターはアルプス人気についてロマン主義や健康増進の目的といった理由を説明している。[28] 19世紀半ばには、登山がイギリス社会においてジェントルマンにふさわしいリスペクタブルな新スポー

ツとして文化的価値を獲得したとされている。[29] では、女性たちはどうだったのであろうか。
クックのツアーには女性も参加し、スイスの山を歩いたことが伝えられている。[30] また『パンチ』の１８６８年のカレンダーにはアルプスの山やスイスのリゾート地を歩く人々が描かれている。その中の女性はロバの背にゆられ、ガイドと夫と思しき男性に手をひっぱられ、抱きかかえられるようにして山頂にたどり着いている(図１－１)。現代でもアルプス登山は現地のガイドが重要な役割を持ち、彼らのサポートで安全な登山が楽しめる。このイラストからはスイス旅行の顚末が、異境の地での様々な楽しさとして伝わってくる。

けれども、『イラストレイテッド・ロンドン・ニュース』に掲載された女性の登山の様子はその印象を一変させる(図１－２)。もちろんガイドに導かれてではあるが、腰に命綱をつけて、細く険しい雪の山道を果敢に進んでいく女性のイラストは、まさにスポーツ登山に挑戦する姿である。『クィーン』でも女性のアルプス登山の歴史を振り返る記事「女性のアルプス登山」を掲載し、１８７１年には女性登山家ルーシー・ウォーカーについての記事を掲

（図 1-1）Punch's almanack for 1868 *Punch*

載している。[31] 彼女の父親や兄弟も登山家であり、[32] マッターホルンの登頂に女性として初めて成功した。

そしてこれ以降、「アルプスのためのドレスのヒント」、「回答コーナー　スイスのためのドレス」など女性読者がアルプス登山やスイス旅行に対して関心を抱いていることをうかがわせる記事が掲載される。[33] これらの記事はアルプス登山の準備のことだけではなく、スイスのリゾート地で快適に楽しむためのアドバイスでもあった。つまり、スイス旅行とアルプス登山はスポーツ登山の魅力から社交的な楽しみまで兼ね備えたレジャーであったのだ。比較的平易な山歩きから難所を目指す登山まで、女性たちも男性と同時期に登山の魅力を味わっていたといえよう。

ただし、女性の登山に対する男性からの視線は辛辣なものであった。『パンチ』に掲載された「アルプスでのイギリス女性」には、次のような詩が添えられている。[34]

（図 1-2）Mountaineering in the Tyrol
Illustrated London News, 1886.9.18.

家の中でのあなたはとてもチャーミングで、天使・女神に他ならない
あなたはそんな服装で人々にどれほどの脅威を与えているかを
知っているのか
そんな身なりは禁じられるべきである
芸術家が愛するあなたの優雅さはどこに行ってしまったのか

あの手袋の中に、あなたの華奢な指が隠されているとは！
手袋！　女中だってあんな物は身につけない
醜く、茶色でずだ袋のような粗雑な物
しかも分厚い！　あなたはしばしば斧でその手袋を引き裂いてしまう
もっとも酷いのは、色も悪く、光沢もなく、嘲笑的な不平の種である…
あの格好が悪い、巨大な…
ああ！　それはブーツという物か！

この詩に添えられたイラスト（図１‐３）には背中のナップザックにピッケルをさし、登山用の杖をしっかりと握りしめた女性の姿が描かれている。服装は裾の長いジャケットにベルトを締め、丈の短いスカート、もしくはディバイデッド・スカート（二股に分かれたスカート、現在のキュロットスカート）をはいている。羽をさしたチロルハットをかぶった女性の面差しはきりっと引き締まっている。

杖を握るその手元には、上着の袖口まで覆い隠す長い丈の手袋がはめられ、それは「ずだ袋」と形容されている。「家の中でのあなたは（…）天使・女神」とうたわれた女性はヴィクトリア朝の理想像とされた「家庭の天使」にほかならない。当時の女性は、労働とは無縁の白くて華奢な手が魅力の要素のひとつであった。

（図 1-3）The Walking Englishwoman on the Alps　*Punch*, 1893.8.19

そのような女性たちが愛用していたのは、キッド（子ヤギ革）製の華奢な手にぴったりとした手袋であった。しかし、そのような手袋は指南書の中では、列車や旅行中の気軽な散歩には必要であるが[35]、登山の際には「バッグの中に入れておくように」と[36]、暗に登山の場では役に立たない物であることを示唆されている。

また、その靴もつま先をほっそりと仕上げた形状が好まれていた。そのような靴の形は骨格をゆがめ、健康に害を及ぼすことも指摘されていたが[37]、ファッショナブルとされる靴は依然として細身の形状であった。しかし、登山用のブーツのつま先は幅広くスクエアなもので、詩の中では「巨大」と形容され、「格好が悪い」と嘆かれている。ブーツは登山の装備でも重要視されており、「ブーツはスイスへの支度の中で最も重要なものである。丈夫で、大きく、かかとが厚く、男性用のブーツで用いられるような鉤のフックがついた革紐で絞めるタイプのものである。靴底は4分の3インチの厚さがあるべきで、つま先は四角く、十分にゆとりがあるべきだ。靴底には角ばった鋲が打ちつけられている」ものが薦められていた[38]。アルプス登山をする女性は理にかなった服装を取り入れているのだが、男性にとってそれは許しがたい姿であった。このように山を歩く女性の姿は、ステレオタイプで語られる男性の従属物としてのイギリス女性の「優雅」な姿と比較して、「脅威」であると男性の視点から風刺されているのである。

しかし、このような『パンチ』の風刺はスポーツをたしなむものから見たら、むしろ滑稽な内容である。この服装にはスポーツの環境に適応するという、必然性がある。しかし、ロンドンの街中で『パンチ』を眺める男性には、はるか遠いアルプスの環境がわからないのである。ストラスディンは、女性登山家ルーシー・ウォーカーに山小屋で出会った男性が、彼女の身だしなみがきちんとしていることと、既にモンブランの山頂から降りてきたところだと聞かされて驚いたエピソードを引用しているが[39]、そこには同じ登山の環境に挑戦するものとしてのリスペクトの念が存在していたといえよう。登山はジェントルマンのリスペクタビリティなスポーツとして広まったと指摘されているが[40]、そのようなスポーツに挑戦する女性に対しても、性別を超えてその念は存在していたようだ。

銃を担いで、釣り竿をふって

銃猟とは野山や水辺を歩き、鳥などの獲物を撃つスポーツのことである。鳥とはライチョウやウズラ、キジなどであり、8月12日にライチョウが解禁になるのを皮切りに1月までシューティングシーズンは続く。なお、シューティング(銃猟)とは銃を抱えて歩き回り獲物をしとめることで、馬に乗り狐などの獲物を犬に追いかけさせてしとめさせるハンティング(狩猟)とは区別されている。

1807年4月11日、小型の銃器に革命を起こす雷管の特許が考案者アバディーンシア州の牧師A・J・フォーサイスによって取得された。『モーニング・ポスト』1808年12月23日の広告には「火打石なしで、しかもこれまでよりはるかに早い発火が可能。水やどんな湿気も物ともしない仕組みで水中でも実際に発砲できる銃」と記されていた[41]。銃の技術的な改良が行われ、旧来の火打式の銃に比べて扱いが簡便になったことが銃猟の楽しみを多くの人々にもたらしたと考えられる。また、19世紀初期までは1671年に制定された貴族とジェントリーだけに銃猟の権利を与えるという法律により、銃猟を楽しめる階層は限定されていた。それ以外の人々は銃猟権を持つ人に招待されないと銃猟を楽しめなかった。すなわち招待主の銃猟権に基づいて「代理」で楽しむのである。だが、1831年にこの法律が廃止されたことで、銃猟を楽しむ階層は広がった。それでもなお『ヴィクトリア時代の日常生活』の中に記された「スポーツと娯楽」の章には、「上流階級のスポーツ」という項目に「乗馬・狩猟・銃猟」の3種が取り上げられている。[42]馬に乗ることと、狩猟・銃猟をすることは上流階級と、それに相当する経済的な裏付けを持つ人の娯楽という意識は強かった。そのような銃猟が女性にも楽しみをもたらしたのだ。1885年の記事では「ロンドンの銃メーカーは女性仕様の特別製品の銃を大量にデザインしてきた」と伝えていることで、[43]器具の改良、発達とともに男性も女性も銃猟を楽しむようになっていったことがわかる。

銃猟のレジャー化は、グループを組んで猟をして回り、昼食には野外で宴を開くというシューティングパーティ（グループで銃猟を行う社交の場）のスタイルを確立させた。秋の銃猟シーズンには人々はカントリーハウスへ出かけ、シューティングパーティを楽しんだ。女性のシューティングパーティへの参加スタイルは3タイプに分けられる。朝から出発して猟をしていた男性たちと途中で合流して昼食を楽しみ、またカントリーハウスへ戻るスタイル。猟をする男性たちと共について歩くスタイル。そして銃を携えて女性自身も猟を楽しむスタイルである。

このように男性のスポーツであった銃猟を女性たちが楽しむようになった姿は、どのように見られていたのだろうか。

『パンチ』では19世紀半ばから女性が銃猟をする姿を風刺する記事が散見される。当時はヴィクトリア朝の「家庭の天使」と喩えられる控えめで淑やかな女性像が望まれた風潮であった。一方、ブルーメリズムと称される急進的な女性解放運動が出現した。それらの行動や風俗は「男のような」という視点から痛烈に批判や風刺の対象とされた。男性の脚衣につながる女性のブルーマースタイルを始めとして、男性の領域に女性が進出することに対する批判であった。次に挙げる2例により、銃猟を行う女性について、男性の領域を侵す存在と捉えた批判的な視線があったことがわかる。

「女性のスポーツ」と題された風刺では、「マールバラ公爵夫人は自分の猟銃で8羽の鳥を仕留めた、という新聞記事がある。もはや男性専用のスポーツではなくなりかけている」とキャプションが添えられている。[44] イラストに描かれた銃を構えるマールバラ公爵夫人と思しき女性は勇ましく鳥をしとめているのに対して、傍らの女性は銃声に耳を塞いでいる。「女性の権利主張」という風刺では「これ、兄さんのゲートルでしょ。私の脚には合わないわ」と、妹は驚いた顔の兄に平然とゲートルを突きつけている。[45] もちろん、これは単に銃猟に出かける女性がゲートルの履き違えを指摘しているだけのことではない。旧来の男性の規範が、女性の意識や行動に合致しないことを主張する女性への批判なのである。

『クィーン』の服飾の紹介記事の中でシューティングドレスの紹介は1879年から見られ、特に1880年代後半から90年代にかけて数多く出現している。また、『レディズ・ピクトリアル』では1889年にトーマス・アンド・サン社の商品紹介記事でシューティング用のドレスを取り扱っているのが最初である。[46] そしてより広範囲に女性たちに広まったのは1890年代前後であろう。1894年に出版された『野外の女性たち』では銃猟について、次のように述べている。


数年前には、「銃猟を行う女性」はオオウミガラスとほとんど同じくらいの珍鳥であった。もしも時々、女性たちの仲間で、より冒険的な誰かが編み針に優先して銃を大胆にも持っていった場合、彼女は最も風変わりなそして奔放な女性とみなされ、また多くの批判をこうむらなければならなかった。しかしながらわれわれはそれをすっかり変えてしまった。銃を撃つ、または上手に撃つ女性たちは四方に拡がっている。そして彼女たちの出現によって繰り広げられた騒ぎは徐々におさまっているのである。まだ異議を唱える声があちらこちらであるのは真実である。その声は、女性たちにはオオバンの群れの中や切り株の中には居場所はないということ、さらにスポーツの残酷さはそれに彼女たちが参加することに対して強力な反対理由とすべきであるということを、激しく非難している。しかしながら、これらのすべての賛成および反対の議論はこの驚くべき新事実の範囲外のことである。私たちは単に彼女たちが存在しているという事実に対処しなければならない。そして疑いようもなく今では「銃猟をする女性」はその姉妹ともいえる「狩猟をする女性」と同様に事実として確認されているのである。[47]

ここからは、女性が危険な銃を扱い、殺生をする残酷なスポーツを行うことに対して、批判的な意見が存在したことがわかる。しかし、その銃猟をする女性が多数になった１８９０年代には容認される行為となったのである。

また、『スポーツウーマンの書』の銃猟の項目では、以下のように女性と銃猟の関わりを解説している。

女性が金切り声を上げることなく銃を目にすることや、ましてや撃つなどという考えは、ここ数年においてのことである。男性と同様に、場合によっては男性よりも上手にピストルとライフルの両方を撃つ多くの女性がいるとすら考えられる。[48]

同書が１８９８年の出版であることから、１８９０年代には女性たちが銃への恐怖を持つことなく、銃猟を行っていることがわかる。時には男性と互角もしくはそれ以上に優れた技術を持つものも出現した。銃猟を楽しむことは、単に銃を扱い、鳥獣を殺生する、刺激的な娯楽という意味ではない。以下に示す『レディズ・ピクトリアル』の１８９８年7月30日の記事にみるように、カントリーでの爽快な楽しみであったのだ。

ムーア（ライチョウの猟場、猟鳥獣保護区）へは、イギリスでもスコットランドでもアイルランドでも、ロンドンでの社交のシーズンに疲労した末、いつも人々は熱い思いを持って、慣習的に出かけていく。ムーアは最高の医者であることを証明し、最も理にかなった薬を処方する。多くのイギリス女性はライチョウの銃猟に参加し、彼女たち用の軽量な22口径の銃と小さな籠の荷物と共に、狩猟場を歩き回るのである。[49]

スポーツ自体はもとより、ロンドンの雑踏を離れ、清浄な空気に触れ身体を動かすことが、人々の心身をリフレッシュし、健全さを提供するのである。

銃猟を楽しむ女性の増加は、女性が自らの権利を主張することへの風刺とはまた違った点が指摘されるようになる。図１‐４は鹿追いを楽しむ女性の増加を描いた１８８９年の風刺画である。そこには「鹿追いをする女性たち用に特別な衣装がつくられるだろう」とキャプションを添えている。[50]雄鹿の角や雌鹿の耳を模した帽子をかぶり、銃を担いで楽しげに歩く女性グループに男性の鹿追いグループは驚いている。女性たちが連れている犬は愛玩用の小型犬でおよそ猟犬らしくない。もちろんこのようなかぶりものを実際に着用したわけではない。銃猟がスポーツというよりは娯楽として、女性の間でファッション化していると言いたいのであろう。

本来であれば獲物を狙うためには黙々と行うべき銃猟であるが、タイトルの「鹿追いとかわいいおしゃべり」は女性たちが銃猟に出かけるとおしゃべりに忙しい、まるでなっていない、と言わんばかりである。でも、そんな女性たちに向けて「特別な衣装」が売り出されるのでは、と男性が皮肉交じりに想像を膨らませるほど、女性が銃猟に出かけているということなのだ。

図1－5ではくるぶしまである丈の長いキルト（スコットランドの男性用の巻きスカート）の裾を持ち、恥ずかしげにたたずむ軍人の姿が描かれている。銃猟を楽しむ女性の増加を皮肉り、「そのうちスコットランドの軍人たちのキルトをつくるためには、今は5ヤードでよいところが7ヤードのタータンを必要とするようにな

（図 1-4）Deer Stalking and Dears Talking　*Scraps*, 1889.10.12.

るだろう」と女性のスカートのように丈が長くなるのではと風刺している。[51] この時期の風刺画は男性的な行為への批判や、男性の立場を凌駕しようとする女性への批判とは異なっている。女性には猟銃は相応しくないと皮肉るだけではなく、銃猟を楽しむ女性たちの数やパワーに男性が圧倒されていることを風刺している感もある。

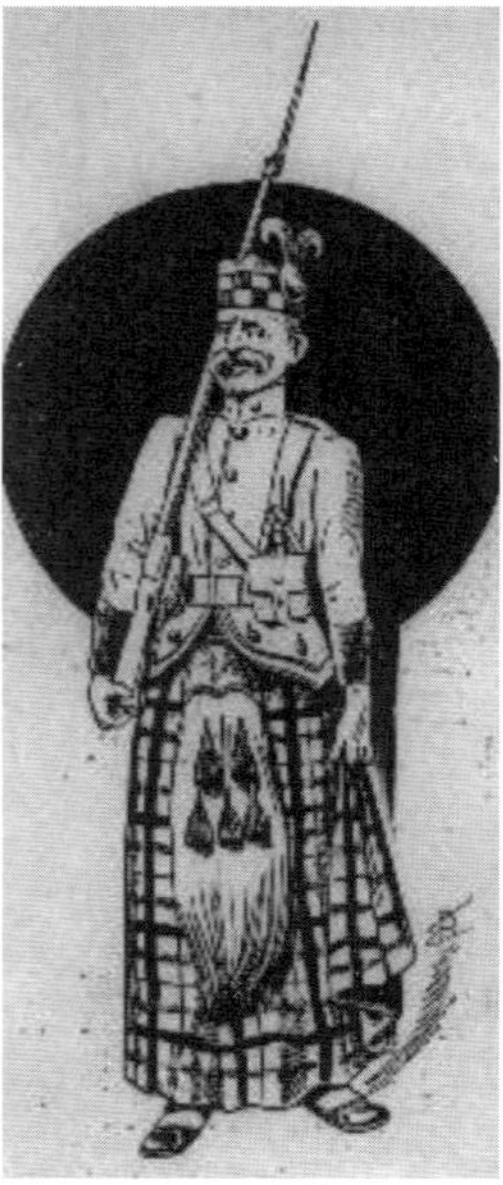

（図 1-5） Man in long kilt
Scraps, 1891.11.14.

図1－6は銃猟のファッション化の進行についての風刺を描写している。すらりとした若い女性はウエストにベルトを締めたノーフォークジャケット（第4章を参照）と思われる上着と、ディバイデッド・スカート（スカート風の脚衣）と思われるショート丈の下衣を着用したシルエットを示している。そこには銃を手にしているにもかかわらず、「銃猟なんてどうでもいいと考えている女性も、その衣装が素敵で似合うことに満足している」とキャプションが添えられている。[52] 銃猟を行うことよりも、着用した銃猟用のドレスが己の魅力を引き立てるデザインであることを意識していること、そして人々に流行っている銃猟に参加していることを、その服装で表現していることに満足しているという揶揄である。銃猟そのものの楽しみとは全く異なった観点から女性は満足しているというのだ。銃猟をする、またはその格好をすることは、女性の心をくすぐる「おしゃれ」な行為だったのである。

それでは当時の女性は銃猟を充分に楽しむ適性を備えていたのであろうか。図1－4の「かわいいおしゃべり」という表現は、女性は元来話し好きだから、銃猟には不向きであると風刺している。その他に銃猟への適性を考えさせる記事も見られる。例えば、1887年の記事ではシューティングパーティの流行を伝えると共に「中には銃の後をついて一日中歩き回る女性も見られる。（…）しかし、疲れに耐える事ができるよい歩き手であり、銃を撃つときに神経質でなく、静かにしていることができるようでなければついていくべきではない」と忠告している。[53]野外を歩き回ることに耐える体力や、おしゃべりを慎み冷静な性格であることが適性として望まれている。

女性の性格面での適性を問う風刺も登場している。タイトルもずばり「彼女は銃猟をすべきなのか？」という風刺では、男性とともに猟に参加した女性が、不心得にも猟犬に当たり散らしたり、足が滑って溝に落ちたりして銃猟の楽しみを台無しにしてしまう姿を描いている。登場人物の一人である、猟場の管理人の男性は初めから女性のお供をすることに不服を抱いている。びしょ濡れになった女性を助け出し、連れ帰る男性は、今度は女性を連れずに一人で来るだろうと言い残す。銃猟を楽しむのに女性は真の仲間であるのかと疑問を呈した風刺である。[54]知力、体力ともに男性に較べて劣るとみなされていた当時の女性への一般的な評価が、銃猟の場での女性の適性を問いただすことで表現されている。

（図 1-6）Sporting types
Scraps, 1894.9.15.

女性雑誌のうち、『クィーン』では銃猟趣味を伝える記事が掲載されている一方、『ガールズ・オウン・ペーパー』には銃猟に関する記事や服装についての記事は掲載されていない。2誌の読者層が異なることから、銃猟が上層中流階級以上の女性に嗜まれていたことが、推察できる。

女性と釣り

イギリスでは1653年初版のウォルトンの『釣魚大全』に代表されるように、釣りに関する著作が数多く、古くから愛好されていた。釣果を競うゲーム・フィッシングが発展し、19世紀にはレジャーとして大衆にも広まった。釣りには海釣り、川釣りといった釣り場の違いや、毛針を投げるフライ・フィッシングや、疑似餌を使ったルアーフィッシングなどその釣法もさまざまである。イギリスではとくに川辺でのフライ・フィッシングが盛んで、渓流に分け入って自然と一体化できるスポーツとして愛好されている。

カントリーサイドに出かける機会が増えた女性たちもまた、釣りを楽しむ機会を得た。1885年7月11日の『レディズ・ピクトリアル』の「女性たちのためのフライ・フィッシング」という記事では、6月16日から釣りのシーズンが始まり、淡水魚のサーモン、マスなどを釣ることを伝え、釣りは女性にとって「最も優雅で健康的な野外の活動である。これほど知的な顔、上品な身体つき、可愛らしい手、形のよい土踏まず、頰の血色の好さ、瞳の輝き、といった魅力を引き立てるスポーツやゲームはない」と述べている。[55] 1894年8月25日の『グラフィック』には「女性たちにより一層好まれているスポーツは釣りである。銃猟よりもずっと人気がある。その主な理由は騒音や危険といったものがなくても、十分に刺激的であるからだ」と記され、女性の釣りへの関心が高いことを伝えて、次いで釣りに適した服装を紹介している。『スポーツウーマンのための蔵書』でも、生餌をあつかわなければならないボトム・フィッシングと比較し、女性にフライ・フィッシングが適していることを指摘している。

ボトム・フィッシングは、このスポーツに欠かせない用具に関して、少なくとも女性の観点からの反論を持たれているが、フライ・フィッシングには欠点が全くない。本当にあなたがたまたま生存競争においてあなたの技能を下等動物のひとつに決して対抗させるべきでないと主張する人のひとりでないのなら。実に全てのスポーツにおいて、女性の能力にフライ・フィッシングより完全に合うものはない。正確さ、速さ、手先の器用さ、詳細に関する注意、および私は女性たちが確かに持っている追跡の能力を加えようと思う。女性たちは全般的に優れていて、それらはどの点においても彼女がロッドを手にすればフライ・フィッシングは彼女にお気に入りになると考える。[56]

釣りは体力だけではなく魚との駆け引きなどの頭脳プレイも要する。女性の性格や巧緻性が釣りには適していると説明している。同書ではサケやマスのフライ・フィッシングについてフライの種類を図解したり、その他の淡水魚、パイク（カワカマス）、パーチ（スズキ科の淡水魚）などのボトム・フィッシングの釣法について、エサのつけ方や、釣糸の結び方なども図解入りで具体的に説明している。その他にはフロリダでのターポン（フロリダ半島や西インド諸島周辺産の2メートルにも及ぶイセゴイ科の大魚）の釣果を伝える、釣行の様子なども述べられている。

その一方で、女性の釣りへの適性を問う風刺が『スクラップ』には度々掲載されている。例えば、1886年の「スミス夫人のフィッシングの冒険」にみるような釣りの知識を何も持たない女性が、夫に無理やりねだって釣行をすることで散々な目にあい、やっとの思いで帰宅をした夫婦の話では、夫は妻を「もう二度と釣り旅行には連れて行かない」と心の中で誓うのであった。[57]

1890年の「私の妻の釣り体験」では、釣り自慢の夫が「あなたは今までに婦人に釣りを教えようとしたことがあるか？　もしも、ないのであればそれは婚姻関係を犠牲にするという『パンチ』のアドバイスをあなたに授けようと思う」と前置きをして、未経験の妻が釣りに挑戦した騒動を描いている。[58]ここで描かれる妻はうまく魚を釣ることができずトラブル続きであったが、その下手な腕前がなんと土地の領主様の心を釣り上げてしまった、という皮肉たっぷりの話である。つまり、女性が男性みたいに釣りを楽しもうなんてしょせん無理なことで、せいぜい男の気を引くことくらいしかできないものだという話である。

1891年の「とても礼儀正しいわざ」では男性が妻と娘に向かって「あなた方レディは釣りに対してより聡明な興味を示しなさい」と話したところ、数日後には「彼と友人たちのための釣り場で、彼女たちが入念に撒き餌をまいて陽気な釣りを楽しんでいるのを見つけて、怒り狂った」のである。これに対して女性は「男はなんてつじつまの合わない者か」となげいてはいる。[59]しかし、男性としては釣りとは、ロッドとラインをせっせと動かすフライ・フィッシングこそ「洗練された種類のもの」と信じていたから、撒き餌をまいて大勢で楽しむ釣りの様子は我慢がならないといったところであろう。「男はなんて」と書いてはあるものの、実は女性たちは釣りが何たるものかちっともわかっていない、と皮肉を言っている（図1－7）。

1894年の「捕まえた！」は、女性が釣りをすることを女らしくない、と批判する男性に対して憤慨していた女性が、実際に釣り場で足をすべらせて溺れかけると男性に助けを求める。その男性は女性を助ける代わりに結婚の約束を取り付け「そして彼らは結婚して、ジョージは必要となる釣りは全て行い、エルシーは料理を監督する」すっかり従順な妻となってしまったという顚末である。[60]魚を捕まえるのは男性の役割で、女性は男性に捕まえられる役割を演じていればよい、といいたいのであろうか、文章の冒頭には「女性は釣りをするべきか？　この疑問は、釣り竿と釣糸の熱心な女性信者の増加の結果として発生する。古風な人々は多分、女性にこのような類の楽しみを認めることはできない」と女性の釣りに対して批判的だ。女性たちが釣りに興味を持ち、釣りが流行していた様子がうかがえる一方で、そこに男性からは「女性が釣りをするなんて」といった批判的な視線が向けられており、こうした風刺は他の雑誌にも掲載されている。[61]

しかし、同時期の『クィーン』では、読者である女性たちに対して釣りの楽しみを伝える記事を掲載している。例えば「マス釣りは女性にとって魅力的なスポーツである。健康的で、刺激的。技術を要するが、へとへとに疲れきってしまうほどではない。ここ最近では女性たちに流行し、多くの女性は毛針や蚊針を使いこなし、数時間で籠いっぱいに釣り上げる」と釣りの魅力を伝えている。[62]

また、「多くのスポーツマンは銃猟よりも釣りを

（図 1-7）The Very Gentle Craft　*Scraps*, 1891.10.10.

好む。彼らは釣りを『よりスポーツマンらしい』という。（…）人々は何の獲物がなく一日中銃猟に出かけることはできない。しかし、人は一日中釣りに出かけることはできる。そう、何日でも。サーモンを釣り上げることがなくてもである。サーモンを釣ることとは生き物を釣ることとは同じ事柄ではないのである」という文面では、釣りの目的や楽しみは、単純に獲物を捕獲することだけなのではなく、釣りをする行為、自然との共存がその喜びなのであることを語っている。さらに、「今日では多くの女性が釣りをする。釣糸を上手に投げる女性を見ることほど、気持ちの良いものはない。それは最も優雅な娯楽であり、完全な技を見せつけている」と女性が釣りを上手にできることが美徳であるといったイメージを与え、女性読者を釣りの世界にいざなっているのである。[63]

　釣りは女性に新たな価値観を与えた。釣りの魅力を伝える記事には、気象条件が悪い中の釣りについて、「不幸にも天気の悪い日には時化《しけ》帽（前より後ろのつばが広い、耳覆いのついた防水帽）を被らなければならない。これは美しい女性の外見をおぞましいものにするが、釣りやその他のスポーツにおいて、真のスポーツマンにとってはその行為こそが大切であり、外見は重要なポイントではない」と述べている。[64] スポーツウーマンという非日常の場面における活動に応じた服装には必然性がある。それは通常の美意識とは合致しないものであっても、スポーツを愛好し、実用性を重視した女性には十分に受容されていたのである。そしてその必然性とは、行為の魅力であり、魅力的な行為のためであれば、日常的な感覚・価値観とは異なる「女性の外見をおぞましいものにする」ものさえ受容できたのである。

　釣りをする行為は社交の楽しみとしてはもちろんのことであるが、雑誌に掲載された巨大なターポンを２匹も釣り上げた女性と、そのターポンの姿からは（図１－８）、激しいスポーツとしての釣りにも女性たちが挑戦していたことがうかがわれる。この記事にはフィラデルフィアのパターソン夫人がフロリダの川で2匹の巨大ターポンを釣り上げたこと、そのサイズは1匹目が7フィート8インチ、すぐさま2匹目がかかり、そのサイズは6フィートであったことが報じられている。この女性はアメリカの女性であるが、『イラストレイテッド・ロンドンニュース』と『クィーン』との両紙誌に掲載されていた。前者では「彼女が捕まえたターポンよりも大きなものを捕まえる男性はいないだろう。彼女はターポン女王の称号を得るべきである」と記し[65]、後者はパターソン夫人の釣果を伝えるだけではなく、翌シーズンのこの地はとても忙しくなるであろう、と次の釣行への期待をあおっている[66]。両紙誌の発行日では『クィーン』の方が1週間早い。このような女性の釣りの話題が、女性読者に関心を持って受け止められていたことが察せられる。

（図 1-8） A Angling Feat-Tarpon Fishing
The Queen, 1895.12.7.

ゴルフクラブはジェントルマンとの社交の場

１８９０年の『ガールズ・オウン・ペーパー』を手に取ると、「レディース　ゴルフ」という記事では、ゴルフは「15世紀半ばのジェームズ2世の頃にはスコットランドですでに人気のスポーツであった」ことを説明したうえで、近年では「クリケットとフットボールといった男性的なスポーツの競争的なものに較べると、より女性にふさわしい」ものとして人気が広がっていることを伝えている[67]。

1890年の女性雑誌にはこの他にも、女性のためのゴルフの情報を取り上げる記事が登場する。前述のように、鉄道網が発達してスコットランドへの遠出のレジャーが格段に手軽になったことが、ゴルフの流行の一因にもなった。

『パンチ』には老若男女がクラブを手に移動する様子を「ゴルフ・ストリーム」と題し「スコットランドの東海岸に沿って、夏から秋の間に絶え間なく流れる」とキャプションが添えられている。つまり、タイトルの「ストリーム」とは「ぞろぞろと連なって歩く、ゴルファーによる大きな流れ」を喩えていると思われる。「ゴルフ人気にともなってスコットランドには人々が大挙して押し寄せている」と言いたいのであろう。[68] また、ゴルフ人気の暁には、今日でも名門ゴルフクラブとして名を馳せているセントアンドリュースに、南イングランドからゴルフにやってきた女性に「こんなに田舎の北の地でもゴルフ人気が到達しているなんて」とつぶやかせ、その場所こそがゴルフの発祥の地とも知らない女性の愚かしさを風刺している。[69] そのタイトルは「!!!!!」。女性がゴルフの人気ぶりに驚く様と、女性の無知さにあきれる男性の視点が込められている。

一方、女性雑誌にはストーリー仕立てで、イラストを加えて、女性のゴルフの顛末を伝える記事が登場する。たとえば、セントアンドリュースの女性用のゴルフクラブに参加した女性たちの凡打の連発に「日の入りまでに終われるかしら?」と心配したり、目標を間違えてボールを見ず知らずの少女に向けて打ち込んだり、ボールを池に落としたり、といった失敗談が描かれている。また、「女友達がやっているので、私も挑戦してみることにした」と、友人たちのゴルフ人気につられてゴルフに挑戦した女性が、結局男性の手を借りて何とか楽しむ様子、などである。[70]

当時の女性のためのスポーツの指南書には「クリケットはゲームのキングで、ゴルフはクィーンである」とあり、[71]女性に適したスポーツとされていたようだ。また「クリケットやホッケーは女性には荒々しいスポーツであり、ゴルフは優美なゲームである」とも書かれている。[72]対戦相手とボールを打ち合うテニスや、攻守のチームに分かれてひとつのボールをめぐって戦うクリケットや、対戦相手と入り乱れるフットボールと比較すると、ゴルフのゲーム性は異なっている。各々が自分自身のボールに向き合うゴルフは、スコアを競うとはいえ、他者と競り合うイメージは薄い。また、危険な道具を使用しない点や、動物を殺生することもない点は、狩猟や釣りといったレジャースポーツとも性格が異なっている。また、「1ラウンド回れば3・5マイル（約5・6キロメートル）ほども歩くことになり、2ラウンドも回って、家までさらに歩いて帰宅、といった感じできちんとゴルフに取り組めば、女性の健康増進にこの上なく役立つ優美なスポーツだ」と説明している。[73]このようなゴルフの特性が上品な教養のある女性にも適したスポーツとして、受け入れられたのだろう。さらに、ゴルフは基本的にはプレイそのものは単独の行為ではあるが、『クィーン』の記事では「2人または4人が組んでゲームを楽しむゴルフは、社交の場として好まれたテニスと同様の社会的位置づけである」と説明し、ローンテニスが男女の交流の場として人気を博した要素と同様の性質もあるとしている。[74]

1898年以降にはレディース・ゴルフユニオン主催の選手権が開催されるようになったことから、競技スポーツとしての関心も高かった。3回連続で優勝したレディ・マーガレット・スコットはレディとしての優雅さと、ゴルフのテクニックで「優雅なスウィングとスタイルは女性たちにゴルフを流行させた」とあるように、[75]多くの人を魅了した。魅力的な憧れのプレーヤーの存在は、ゴルフ人気に火をつける。その構図は現代とかわらない。

このようにゴルフはジェントルな行為としての競技性と社交性が両立したスポーツとして、受け入れられていたのである。

走る喜び

乗馬の嗜み

乗馬は19世紀初頭までには貴族階級の象徴のひとつだった。ジョージ・エリオットの小説では登場人物のかつての姿を、それは内容から想定すると18世紀末のことであろうか、「名家の出身で強い意志の持ち主だったのさ——あの女の目と乗馬姿をみればもう一目瞭然だよ」と表現している。[76] 決して若くはないがきびきびとした女性の乗馬姿は、田舎町に住む農民たちに強い印象、すなわち特権階級を暗示するものでもあったのだ。馬術を身に着けるには、調教された馬を所有するだけではなく、馬を調教し、手入れをする使用人、馬を所有できる環境も保持していなければならない。馬は経済的な負担の大きい、重要な財産である。

今日では乗馬といえば男女ともに、馬の背にまたがって騎乗するのが一般的である。しかし、イギリスをはじめとする多くのヨーロッパ諸国では、14世紀後半から20世紀の初頭まで、女性はサイド・サドル（女性用の横鞍）を使用して、馬の背に横座りで騎乗するのが一般的であった。鞍の前方についている突起——前橋に右膝をかけて横座りをする騎乗スタイルは、女性の乗馬服の特徴とも関連している。女性が馬を制する技術はサイド・サドルの形態の改良に伴って発展した。特に1830年頃に鐙にかけた脚のぶれを制御するリーピング・ヘッドがつけられたことで、女性たちも駈足《ギャロップ》や障碍飛越といったより高度な技術をものにし、馬を意のままに乗りこなすことを可能にしたのである。鞍の改良は乗馬による散策、遠乗り、さらには障害物を飛び越えながらの狩猟といった男性と同様の大きな楽しみを女性たちにもたらしたのであった。

ただし、女性が騎乗するためには馬にもそのための訓練が必要である。通常の騎乗位の場合に、騎手は手綱を操って馬銜《はみ》に指示を送ることと、両大腿部を使って馬の脇を締める力を加減して、または脇腹をほんの軽く蹴ることで、馬に対して「並足、駆け足、とまれ」と指示を出している。映画のシーンでは「ピシッ」と音を立てて馬の尻を鞭でたたく姿を目にするが、このように強い指示を出すことはまれである。馬を調教するとはつまりこういった指示の出し方で、馬上の乗り手の意図を馬が理解できるようにすることである。女性用のサイド・サドルを使用する場合には、馬もそれに合わせた調教を受けていなければ、乗りこなすことはできない。女性の乗馬はそのため、より特別なものであったのだ。

しかし、このサイド・サドルの改良は女性にも馬を乗りこなしやすくさせ、女性の乗馬趣味は19世紀半ばには広く普及したことが確認されている。1858年6月12日の新聞記事では女性の乗馬について、「今日では女性にとって必要な嗜みである」「心身の健康増進に有効である」「馬上ではとても美しく見える」とその効用などについて指摘している。[77]

まず乗馬が女性の嗜みであり、社交の手段のひとつとなったことについては当時の街の様子からも伝わってくる。ロンドンのハイド・パークの中のロトン・ロウは上流階級の男女が馬に乗って行き来する場所として、また同じくハイド・パークの中の一部の道はレイディーズ・マイルとして女性用の乗馬道として大変に賑わっていた。『パンチ』のコラムニストも務めたブランチャード・ジェロルドはそこで颯爽とした乗馬姿を披露する女性たちの優雅なばら色の美しさ、勇ましさやかわいらしさを描写している。[78] また当時の男性たちがレディーズ・マイルに沿って散歩しながら馬上の女性たちを観賞していたことも同時に伝えている。

乗馬の実質的な効用として適度な運動が健康増進に効果をもたらすことも指摘されている。19世紀初期のジェーン・オースティンの小説では「乗馬はお医者様からすすめられている」とある。[79] その効果のほどは当時流通した室内用乗馬練習機の宣伝文句からもうかがえる。馬の歩様のリズミカルな刺激は「食欲増進、消化不良の解消、血液の循環促進、肝臓を刺激、ヒステリーや不眠を和らげる、通風やリューマチを軽減する、安全な肥満解消」に効果を発揮すると考えられていたようである。[80] ましてや野外の新鮮な空気の中での運動となればなおさらよい効果を生むことであろう。19世紀には心身の健康のために海水浴をはじめとして様々なアウトドアのレジャーが奨励されたが、乗馬もまたそのひとつであったのであろう。

さらに重要な乗馬の効用は「多くの女性は馬上で素晴らしくみえること」である。乗馬姿が女性の美的表現の一手段になると考えられていたのである。ジェーン・オースティンもまた「馬に乗った女性の姿ほど素晴らしいものはないでしょうに」と表現している。[81] ではその「素晴らしさ」とは具体的にどのようなものなのか。まず騎乗しているときの背筋の伸びた姿勢が重要なポイントになっている。ジョージ・エリオットは小説の中で老齢になった女性について「まあ、見るがいい、あのひとの背筋のしゃんと伸びているのを。乗馬姿ときたら二十歳の娘にも見紛うばかりだ[82]」と描写している。

また『ダニエル・デロンダ』の中では、優雅で健康的な美しさを武器にする娘グエンドレンの乗馬姿でも、その姿勢のよさが強調されている。

この娘は乗馬がとても上手なのよ。乗馬のお稽古をしたことがありましてね、先生がおっしゃったんですよ、姿勢がいいし、手綱さばきは上手だしするから、どんな馬でも乗りこなせますよ、って。[83]

その姿勢のよさをさらに一層引き立てているのが当時の乗馬服であったのだ。グエンドレンの馬を乗りこなす姿は次のように描写されている。

二人はなんの屈託もなく楽しく馬を進めた。グエンドレンはこのうえなく機嫌がよかった。そしてレックスは彼女がこんなに美しいのを見たことがないと思った。彼女の姿態、長い白い首、頬から顎への線、それは簡素できりっとした乗馬服でつねに非の打ちどころなくひきたってみえた。[84]

アメリカ人作家ヘンリー・ジェイムズはヨーロッパにたびたび足を運び、国際比較の視点を持つ作品を著している。彼もまたハイド・パークを行き交う馬上の女性を描写している。

その中でも、特に際立って光を滲透させていたものといえば、非の打ち所のない馬の輝くような脇腹、はみと拍車のきらめき、肩と手足にぴったりとあった高級な服地のなめらかさ、帽子と靴の艶、生き生きとした肌の色、表情豊かなほほえみ、口ほどに物を言う顔、稲妻のごとき馬の疾駆があった。人の顔はいたる所にあって大きな効果をあげていた。なかんずく、高い馬に乗った女たちの色白の顔が、硬い感じの黒い帽子の下で火照っているのがそうだった。体の輪郭も、いくつもの曲線でかたどられてはいながら、きちんと合った着物のために、硬い感じを与えていた。きつい小さなヘルメット帽、きりっとひきしまった顔、真っ直ぐな首、男仕立ての丈夫そうな馬上服、若々しい自信に満ちた身のこなし——それはまさに出撃しようとするアマゾンのようであった。[85]

背筋を伸ばした姿勢で騎乗することは、視線を少し前方に定めるために、自然と頭を上げ顔を起こした状態をとることになる。当時の女性の装いには野外ではパラソルを、室内では扇を手にすることが多かった。これらには女性の顔や表情を他人の目から隠す仕草がつきものであった。それは女性の慎みの行為であり、かつ媚態の表現でもあった。しかし、騎乗しているときには手綱と鞭を手にしているために、顔を隠すすべはない。もちろん、マスクなどで顔を覆うこともしていない。馬上の女性たちは周囲からの見上げられる視線を、ためらうことなくしっかりと受け止めていた。ヘンリー・ジェイムズが描写した「きりっとひきしまった表情」とは馬を駆ることに神経を集中させた強い表情である。優れた乗馬術は男性の心を魅了する力にもなった。女性雑誌の連載小説には次のような一節がある。

かわいらしさや陽気な顔立ちだけではなく、野を駆ける乗馬の感嘆すべき姿をもって、彼女は彼の心を捉えた。長手袋をはめた片方の手では、もう一方の手袋とドレスを持ち、ドレスの裾はさらに腕にかけられていた。そのため下にはいた乗馬ズボンがあらわになっていた。もう一方の手には宝石のついた乗馬用の鞭を振りかざしていた。[86]

馬をみごとに乗りこなす活発な女性の姿は、男性にも好意的に受け止められ、生き生きとして活動的という要素が女性の新しい魅力ともなっていたのである。

サイクリングの熱狂的大流行

自転車を乗りこなすことは、どこまでも自分の力で自由に走り抜けていく喜びを、多くの人々に与えた。行動半径が広がること、それはまさに自由を得ることなのである。

1870年代から三輪車、四輪車などが使用され、1880年代半ばには『クィーン』においても、三輪車用のドレスについての紹介記事が多数掲載されている。しかしその後、自転車の構造や材質の改良、発展に伴い、二輪車が主役となる。1892年版の『ブリタニカ百科事典』には、「過去二年間における自転車の流行の急速な成長ぶりに注意を払う」と記載されている。[87] 1890年代の自転車ブームは、「いわゆる『おしゃれな熱狂的大流行』についての記事を掲載しない雑誌はほとんどありません」という記事[88]にも用いられている、「熱狂的大流行」という言葉がその当時の様相を物語っていると言えよう。

ロンドンでは1893年にナショナルサイクルショーが開催されて以降、女性向けの新型の二輪自転車が広まるにつれて、サイクリングに関する雑誌記事は増加している。乗馬は先に説明した通り、サイド・サドルで横乗りをしたが、さすがに自転車ではそうはいかない。では女性用にとはどういうものか。例えば、ナショナルサイクルショーで紹介された女性用の安全自転車は、後輪に安全カバーがついていてスカートの巻き込みが防がれている。[89] かさばるスカートで自転車に乗っても安全、というわけだ。『レディズ・ピクトリアル』では１８９３年９月30日号で「自転車はフランスの女性たちの間では明らかに流行となっている。主にイギリス海峡に臨む海辺のリゾート地を訪れる客たちによる影響である」とその流行の始まりを伝えている。[90] さらに、１８９４年６月30日号で「パリのブーローニュの森の女性の自転車乗り」と題する記事で、パリでは自転車に乗ることが「熱狂」であることを伝え、おしゃれな男女がブーローニュの森を自転車で行きかう様子をイラスト入りで伝えている。[91] 自転車は単なる移動手段ではなく、ヴェルサイユなどへの手頃な距離の目的地へめざし、昼食をとる「自転車パーティー」が社交として人気であることを同記事は伝えている。同誌では同年８月以降には自転車に乗るための衣服を伝える記事や広告が頻出するが、中でも、１８９６年３月21日、１８９７年３月20日、１８９８年３月26日には「多くの読者の要望に応えて『自転車ナンバー』を」と説明した特集記事が組まれ、春の自転車シーズンの到来を前に、自転車用の衣服はもちろん、自転車やその装備に関して20ページ前後を費やして紹介している。ページをめくっていくと、次から次へと衣服商の提案する新規の自転車用スタイルや自転車用の小物、自転車そのものが紹介されている。この頃が自転車への熱狂的大人気のピークであったようだ。

自転車が人々に志向された理由として、第一には、あまり身体が丈夫ではない女性にとっても適度な運動になることである。[92] また、適切な衣服を着用して適切な自転車に乗ることは、その姿をより良く見せることができることも指摘されている。[93] また、「俊足の馬に乗って快活なギャロップをする喜びと興奮は、娯楽の最も完全な形である」乗馬に対して、自転車については「一つの明らかな利点がある。それは機械を買うという初期費用ののち、その後は全く費用が掛からないことである」と指摘して、経済的に手頃な娯楽であることを示している。[94] さらに、「小さな鉄の馬にまたがり、漕ぎ出すことには自立の喜びの感覚がある」と伝えている。[95]

1896年2月の『クィーン』ではかつては乗馬を楽しむ社交の場であったハイド・パークについて「毎朝10時から12時までのハイド・パークは実に見物である。天候が良くて、路が乾いている時には2〜3000台の自転車乗りたちが行ったり来たりしている」と、自転車での社交の賑わいぶりを伝えている。[96] 同じ月の『レディズ・ピクトリアル』でも次のように伝えている。

自転車に乗るというおしゃれな趣味が、明確に増加しているということは、誰の目にも明らかなことである。また、娯楽としてと同様に、健康のための独自のよりどころとして、女性たちがそれを習得しているということは驚くことではない。(…)健康と楽しみの両方を確保するという意味においては、全ての階級の使用に適しているということからも、自転車は私たちの祖先によって夢見られた力と魅力を兼ね備えている。それは男性と女性、少年と少女に使用され、馬のように頑丈で、汽車のように速い。そしてロッキングチェアのように快適である。[97]

この記事には自転車の魅力が数々挙げられている。「娯楽」、「健康的な営み」、「階級差を超えて受容」、「性差、年齢差による体力的資質にとらわれない」、「移動手段として快適で利便性がある」ということだ。

さらに、同年4月の『イラストレイテッド・ロンドン・ニュース』では、ハイド・パークの乗馬道に隣接している自転車用の道を「以前には栗毛色の馬によく乗っていた女性たちが、自転車に乗って一生懸命にペダルをこいでいる」と伝えている。[98] 乗馬を嗜んでいた上流階級の女性が、新規の娯楽である自転車に乗り換えてハイド・パークに集っているのである。

自転車という当時としてはかなり高価な耐久消費財が大量生産されたということは、海外市場とともに、広範な国内市場が存在したことを意味する。当時それを形成したのは、主として豊かな中流階級であったと指摘されている。[99] 5～15ポンド程度であった自転車のうち、最も需要が多かった自転車は10ポンド以下のもので、週当たりの平均収入が1ポンド余りであった賃金労働者層にとっては、非常に高額な商品であった。その後、自転車は廉価な中古品も出回るようになり、男女や階級を問わずに、労働者階級にも広がっていったのである。

馬車を捨てて自動車へ

人々が楽に移動する手段として、馬車は長きにわたって重宝された。鹿島茂はパリを舞台に、当時の人々にとって馬車を手に入れることが、パリの生活におけるステイタス・シンボルであったことを、克明に描きだしている。[100] 馬と車とそれらを手入れする使用人を手に入れることは、パリでの生活の成功者だ。事情は同じく都会のロンドンでも同様だ。レディたちにとっては、社交の愉しみとしての意味のある散歩ならともかく、必要に迫られて移動の手段として街中を歩いたり、街中で乗合馬車や辻馬車に乗り込んだりすることは、もちろん遠慮したい。その一方で、馬車での遠乗りは、心地よい気晴らしだ。パラソルを差して、馬車に揺られ、新鮮な風を受ける。

パラソルといえば、時代を少しさかのぼって、１８３０年代後半のものは、独特な形をしている。当時のファッションプレートを見ると、とても小さく、また、柄も短い。マルキーズ（女侯爵）と呼ばれ、乗り物用と説明されていて、柄の継ぎ目によって扇のように片方に90度傾けることができる。つまり、馬車に乗っているときに顔を太陽の日差しから守るために隠すのだ。[101] 日差しから、時には他人の視線からそっと隠れるために、小さなパラソルはレディのたしなみを示すものでもあった。野外の空気を愉しむといっても、なかなか気を遣うことである。

さて、19世紀の終わりが近づいてくると、馬車はその地位をいよいよ自動車に譲り渡すときがやってきた。

18世紀に開発された蒸気自動車が、ドイツのダイムラーとベンツの開発により今日のガソリンエンジンの自動車へと発展したのは、1885年以降のことである。[102] イギリスでは、道路や馬車所有者を保護するために、蒸気自動車の速度や乗員に制限をかけるレッドフラグ法（1865年施行）の影響もあり、自動車技術の開発が出遅れていた。しかし1896年に同法が廃止され、8月14日にはライト・ロコモーティヴ法が制定された。[103] 同年に英国ダイムラー自動車会社が設立されると、これがイギリスにおける自動車時代の幕あけとなった。1897年にオートモービル・クラブが設立された。[104] クラブの設立を記念するイベントでは電動やガソリン駆動のモーターキャリッジが展示され、人々が試乗し、大いに興味を掻き立てられた。1903年には全ての車のライセンスと登録を義務付ける自動車法が制定されており、自動車が普及していく様子がうかがえる。

女性雑誌では例えば、1899年の『ガールズ・オウン・ペーパー』に掲載された「自動車と自動車のり」の記事では、イギリスでは時速12マイルに制限されていることを嘆く一方で、自動車の楽しみが広まっていることを伝えている。時速12マイルは換算すれば時速20キロ弱である。乗馬にたとえれば速歩程度の速度であり、大したスピードではない。この記事に添えられた写真では、リボンや羽の装飾を施した帽子をかぶった女性４人が、オープンスタイルの自動車に乗車している姿が映し出されている。ハンドルももちろん女性自身が握っている。スピードはやや物足りないとはいえ、女性たちは、新規の移動手段を手に入れたのである。

20世紀に入ると、自動車もまた一種の流行として広まっていくことがわかる。ドライブの爽快感は人々を魅了し、その話題は女性雑誌にも登場する。『ジェントルウーマン』１９０２年６月の記事には「今日では皆が自動車に乗り、これほど爽快なスポーツはない」と記している。[105] また、同誌１９０４年６月の記事では「自動車は私たちの生活にとても重要な要素になってきたから、今日のコートメーカーはこの重要な要因を見逃すことはない」と述べて、自動車の流行が新たなファッションのきっかけとなっていることを伝えている。[106] 翌月には「ドライブにとって特別な季節はない。いやむしろ私は毎日がドライブシーズンだと言いたい。春夏秋冬、男性も女性も天候にはお構いなしに疾走している姿を見かける。夏は涼しさを楽しみ、冬にはドライブの爽快感が人々を熱くする」と述べている。[107]

１９０５年３月には「実際に全世界は間もなく車社会になるであろう。オリンピア・ショーの期間中には大きな自動車会社には２００万ポンドに達するほどの注文があったと耳にしたのではなかったのではないだろうか？　まぎれもなく、テーラーたちは誰もがドライブ用コートを企画しており、その知恵を、最も完全に快適でエレガントで便利な衣装を生み出すために知恵を絞っている」と伝え、[108] さらに同誌１９０５年６月には「自動車業界は日々成長していて、紛れもなく全ての裕福な家庭は自家用車を持つ日が来るであろう」とその流行の様子を伝えている。[109]

これらの記事からは、自動車の楽しみの３つの特徴が読み取れる。すなわち、第一が季節を問わずに、通年楽しめるスポーツであること、第二がその楽しみを享受するのに男女の差はないこと、第三が裕福な家庭で楽しむ贅沢なレジャーであること、である。

自動車に乗るという行為が、当時の人々の生活圏や生活スタイルに劇的な変化を与えていったことが推察される。例えば、1902年の『パンチ』掲載の風刺画を見てみよう（図1－9）。オープンカーで田舎道を疾走するドライバーを、女性が大声で呼び止めている。遠くの道端で草を食む馬を指さして「あんた達が今まで乗っていて、丘の上に置き去りにしてきたあんた達の馬ですよ！」と呼びかけている。ドライバーたちのかつての大切な相棒であった馬が、自動車の流行により置き去りにされていることを皮肉っているのである。風刺画のタイトル「高原の辺鄙な地方」から察するに、流行の自動車が辺境の田舎の地まで駆けまわっているというのであろう。

（図 1-9）A remote district in the Wolds
Punch, 1902.5.14.

自転車は新規性と、経済性とで多くの人々に新しい走る喜びを与えた。そして自動車はかつての乗馬や馬車にかわって、走る楽しみの装置としてだけではなく、人々の憧れ、ステイタス・シンボルとなったのである。

第2章
脚は大問題

「脚」の魅力

脚は男性のもの

第1章でレイ・ストレイチーの回想文で紹介したように、長い丈のスカートは動きにくくて不便を感じさせるものでありつつ、日常の服装規範の中では手放すことのないデザインであった。長さだけでなく、19世紀半ばの流行のクリノリンやバッスルスタイルといったボリュームを強調した衣服の重量は、健康上の弊害や着用の不自由さが指摘されながらも愛用され続けた。そうしなければハンフリー夫人がアドバイスしたように、レディとしての体面が保てないのである。

では、いったいどうして脚を包み隠すフルレングスのスカートを身につけなければ、だらしない身なり、と言われてしまうのだろうか。西洋における女性服飾の下半身衣の形態は中世以降20世紀の初めまで、フルレングスかつボリュームのあるシルエットのスカート形式がその主要な座を占めていた。それは、女性の二本の脚の存在を包み隠す衣服形態として人々の身体観、道徳観を表現し、男性の脚部を強調する服飾との決定的な差異でもあった。エントウィストルは「中世ヨーロッパでは、階級制が顕著な形で残っていたが、衣服によって性的な違いもかなり明確に表現されるようになった。女性の脚を見ることが禁じられたことで、脚を強調する半ズボンやタイツ型の男性服とは対照的に、女性の衣装がロング・スカートやローブのような形を取るようになった」と述べている。[1]

15世紀半ば以降の貴族階級の男性たちの服装のひとつの特徴は、脚を強調するものであったといってよい。16世紀のイングランド王ヘンリー8世はたくましいふくらはぎのラインを、ぴったりと密着するホーズ（靴下）で強調した。男性の脚のラインの演出には、ホーズは丈の短い脚衣との組み合わせにおいて欠かせないアイテムとなった。17世紀になるとフランス王ルイ14世はたっぷりと布を使用したラングラーブ（スカート状またはキュロットスカート状のひざ丈の脚衣）を着用し、その裾の広がりとの対比でふくらはぎや足首をエレガントに演出した。さらに18世紀、ロココの殿方たちはきっちりとした細いキュロット（ひざ丈の脚衣）を好み、色とりどりのホーズはふくらはぎにぴったりと密着した。このように、脚はアビ（ひざ丈の上着）の裾の広がりの下で、スマートに演出された。

貴族の象徴としてのキュロットはフランス革命派たちからやり玉にあげられ、19世紀に入るとくるぶし丈のトラウザーズ（ズボン）が一般的な服装となる。しかし、ここで紳士たちはむざむざと脚を隠しただけではない。トラウザーズの裾には平紐がついており、靴の底の土踏まずの位置にかけるように着用した。すると、トラウザーズのラインはウエストからくるぶしまでピンと引っ張られ、スリムなラインを演出することになる。このように一貫して、男性にとって脚の演出は「おしゃれの命」であったのだ。19世紀前半のイギリスの小説に次のような台詞がある。

マウントスチュアート夫人の言葉は、聞くものの心の琴線をふるわせた。「現代ののろうべき男性の服装にもかかわらず、あの人には脚があるのがおわかりでしょう」

ということは、生まれながらの騎士にふさわしい脚が目の前にあるというのだ。[2]

人間たるもの脚をもっていることは至極当然のことである。もちろんここでの発言はそのようなことではない。名家の若い美男子の当主を見つめる近隣の女性たちが、彼の姿を称賛した言葉だ。前時代の貴族趣味の延長といえるが、脚は女性たちをうっとりとさせる身分の表象でもあり、セックスアピールのカギともなっていた。「のろうべき」トラウザーズの下に隠されてしまっていたとしても、貴族的な騎士の脚は、さらに小説の言葉を借りれば、「時に相手に君臨し、時に相手の奴隷となる。満ちたり干たり、高潮の浪とも」なり、「このような脚だから、退くと見せるのをやめた途端に、たちまち女どもの心にズバリと踏み込む」魔力をもつのである。

レディにとっての脚

女性たちにも脚があることはもちろん自明であるが、男性至上主義の社会において、脚は男性の魅力をアピールする、男性のためのものになって以降、女性が男性と同様に脚をアピールすることは許されなかった。スカートによって覆い隠すべき存在とされた女性の脚部に関するタブーは、なおさら人々の好奇心をあおり、『パンチ』には上品な女性の足元が覗き見えることへの風刺もたびたび掲載されている。例えば中年女性がたくし上げたスカートの下から脚がのぞいていることに対して、少年たちが「のぞき穴からでも歳をとった女性の脚は見られたものではない」と冷やかしている。[3] さらに、図2－1はボートから降りてくるときの女性の姿を描いているが、介添えをするボートマンの太くてたくましい脚が、あたかもレディのスカートの裾から覗いているかのような錯覚を与える光景を「ご注意あれ」と風刺している。[4]すましたレディがはたから見ると、とんでもなく滑稽なはしたない恰好をしているというわけである。

レディとしてのたしなみは、脚をスカートの内部で「なかったもの」とすることであった。そして、親密な間柄の異性だけに、その脚の存在を披露することが許されるのである。一方、社会から逸脱するだらしない女性は秘すべき脚を人目に晒す。当時、脚部が性的な魅力をアピールする部位として人々に強く意識されていたことが、マンビー[5]の日記からもわかる。彼はロンドンの夕暮れの街角に立つ女性を眺めた時のことを、「この娼婦は、人の情欲をかきたてるために、服をふくらはぎまでたくし上げていた。そして実際に情欲はかきたてられるのだ[6]」と記した。長いスカートの中にその存在を覆い隠された女性の脚部を露わにすることは、道徳的な規範に反し、他者に対して性的な魅力を示す行動にとらえられた。1880年代の終わりにパ

(図 2-1)*Punch*, 1859.9.3

リに登場したムーランルージュで人気を博した、スカートの裾を翻しながら脚を高く上げるフレンチカンカンの踊り子の姿が、いかに煽情的な意味を持つかは想像できるであろう。

そして、脚を人目にさらすことだけではなく、男性と同様の脚衣を着用することも大きなタブーとなったのである。活動的とは言い難い長い丈とかさばるスカートは、19世紀における衣服改良運動のテーマのひとつであった。女性解放運動に取り組んだアメリカのアメリア・ブルーマーらは1851年に社会的な女性の進歩のために、暖かくかつ動きやすい服装として女性用のゆったりとしたくるぶし丈のズボンとひざ下丈のスカートの組み合わせの着用を提案した。しかも、それは素肌を晒すことのない、十分に品の良い服装であると彼女たちは考えた。しかし、この装いに対して男性たちは猛烈に批判をした。「男のものである脚衣を、女が着用するなんて！」という批判だ。女が男と同じように脚衣を着るのであれば、世の中は男のように振る舞う女に占拠されてしまう、と1851年の『パンチ』では、脚衣を着て男になってしまいそうな女たち、という風刺を繰り返し掲載した。

レディは脚を見せることはご法度、だからといって、脚を包み隠す脚衣を着ても怒られたのである。ただし、前述したスカートに関する史的事実はあくまでも社会の一側面にすぎない。すなわち、これまでの多くの服飾史研究が対象としてきたのは主として富裕階級の服飾に関してのことで、19世紀までは宮廷を中心とした貴族階級であり、19世紀になると新興ブルジョワジーがそれに加わった。エントウィスルはマンビーが収集した19世紀後期イギリスの労働者階級に属する女性の写真を資料として、労働者階級のような社会の周辺部に位置した女性たちにズボンが着用されていたことを取り上げている。それはもちろん当時の服飾観とは合致しておらず、「ジェンダー間の区別は、上流・中流階級社会ではズボンかスカートのどちらを穿くかによってはっきりさせられるが、男女の境界線が女性の筋肉労働者に少し浸透しえたに過ぎなかった労働者階級においては、そうした区別は必ずしも存在してはいなかった」[7]と指摘する。労働者階級の服飾観には性差による服飾の差が必ずしも明確にされてはいなかったというのだ。階級制の厳然としていた19世紀の社会において、上流・中流階級と労働者階級の服飾観はその根底を違えていたのである。またそれらが階級差を超えて相互に影響を及ぼしていたとは考えられてはいない。しかし、スポーツの服装に関していれば、当時の上流・中流階級の女性の服飾に漁村の女性（フィッシュワイフまたはフィッシュウーマン）の風俗が影響を与えた可能性があると考えられる。

さて、レディたちは大切な脚をスカートで隠しつつ、どうやってスポーツに挑戦したのだろう。ヴィクトリアンレディたちのスカートへのこだわりを探っていこう。

レディは横乗り、馬上でも脚は絶対見せません

女性の乗馬服について、例えば18世紀にはオーストリアのマリー・アントワネットが少女時代にズボンを着用して騎乗する肖像画を残している例がみられる[8]。しかし、19世紀イギリスでのそれは、エンパイアスタイルなどの流行に応じてシルエットの変化は生じたが、一貫してスカート形式の衣服が着用されていた。19世紀初頭のパリのおしゃれな乗馬服として紹介されている、ハイウエストのエンパイアスタイルの乗馬服には、スカートの裾の乱れを防ぐために、衣服の上から大腿部のあたりにゴ

ムのバンドが巻かれる工夫がなされてもいた。[9]スカートの形式を採用するとともに、脚部の露出を避けることにいろいろと気を遣っていたことがわかる。

19世紀後半の乗馬用スカートは図2－2に確認できる。この図はサイド・サドルを使って横座りをした女性と、立ち姿の女性である。乗馬用のスカートで留意されている点は、馬上で横乗りをしたときに、その足元までスカートの裾がしっかりと覆い隠す丈であるだけでなく、その姿勢の時に裾のラインが水平に見えるように設計されていることである。そのためスカートの丈は右半身側に長く傾斜して設計されている。馬からおりた時に長く引きずってしまうその裾を、右側の女性のように手でまとめて抱えるのである。このようなスカートの設計は元佐賀藩主だった鍋島家に伝わる19世紀後半に日本に持ち込まれた乗馬服の遺品からも、明らかにされている。[10]

また、図2－3の安全乗馬服の製図と図2－4のそれを着用した状態を確認すると、前橋に右膝をかけた状態に必要となる長さを、スカートの右脇線側を湾曲させて確保していることがわかる。トラウザーズを合わせて着用し、スカートを持ち上げた姿からはその裾がごく一部だけ見えるが、乗馬姿

(図 2-2) Riding Habit *The Queen*, 1878.4.13.

はあくまでもスカートが大前提の着装である。

さらに、スカートの着装へのこだわりは図2－5のように、馬上ではスカートの脇線のボタンをはずして着装するスタイルにも見出せる。この図は、ボタンをはずした状態を読者に理解させるために、敢えて開口部が見えるように描かれているが、実際にはこの開口部は馬の左わき腹によって隠されてしまう。この商品の紹介記事では「サドルの上でボタンをはずした時には、スカートはブリーチズ

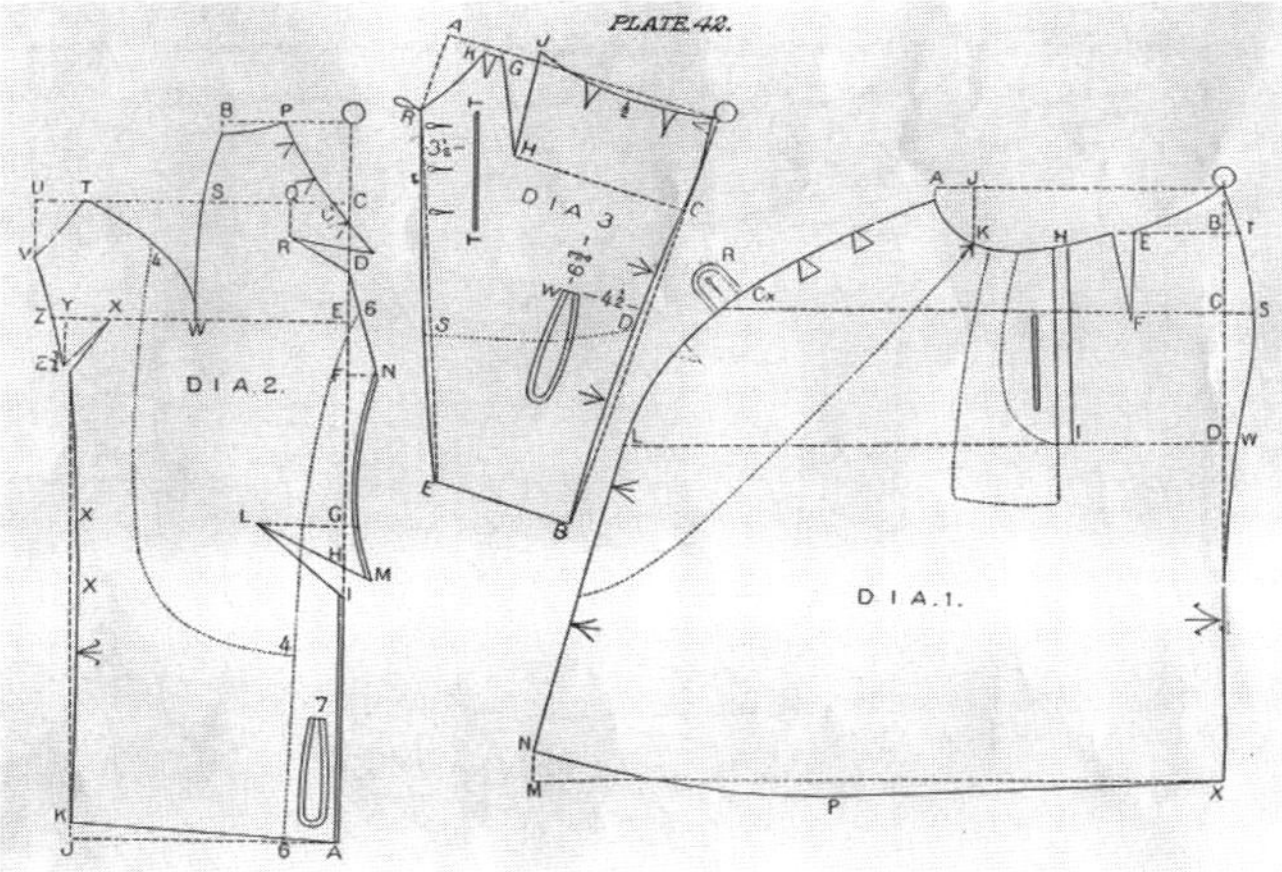

（図 2-3）Safety Habit pattern
Late Victorian Women's Tailoring: The Direct System of Ladies' Cutting (1897)

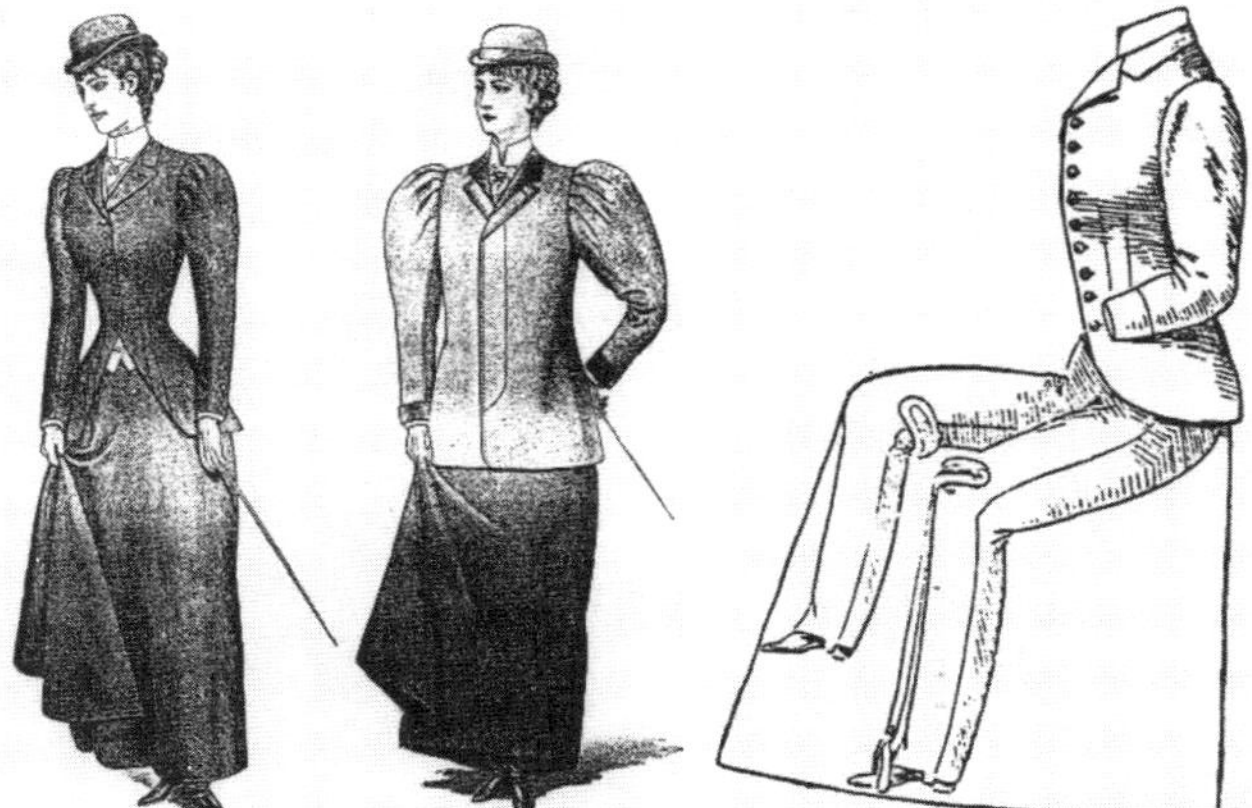
（図 2-4）Safety Habit
Late Victorian Women's Tailoring: The Direct System of Ladies' Cutting (1897)

につけてあるボタンに、ゴムのループで結び付けておく」と、説明している。[11] このような着装のスカートは右膝があたる個所はダーツが入って立体的な膨らみが生じるように設計されている。製図の説明には図中右側のボタンホール位置Fと左側のボタン位置G・Hについて、「歩行時にスカートとして着用している場合にはボタンをかければ、臀部や脚を隠すことができ、サドルの上にあがる前にはボタンをはずしておく」とある。このように馬上において外見のみをスカート風に見せる着装は、1890年3月の『クィーン』の記事にあるように、エプロンという言葉で表現され、[12] サドルに座った時にスカートが邪魔にならないことを利点として指摘している。

この記事のタイトルや図2-3の製図に用いられている「安全乗馬服」という名称の意味は、「ディビス氏が特許を取った新たな設計によるスカートは、狩猟時の野外や、その他どこにおいても、落馬した場合に、安全を確保している」ということである。[13]「安全乗馬服」の広告の説明には「落馬した時、乗り手はサドルに引っかかったままの乗馬スカートによって、馬に引きずられるという事態を起こすわけにはいかない」とあるように、スカートによる乗馬に不具合が生じていたことがわかる。この商品の仕組みは「落馬してスカートがサドルに引っかかってしまった場合には、乗り手の重みがコー

（図 2-5）Riding Specialities at messrs E. Tautz and Co.'s. *The Queen*, 1894.10.6.

ドDを引っ張り、それによってウエストの留め具Eが外れ、次いでボタンFが乗り手の体重によって外れる。乗り手はスカートが外れた状態で落馬する」と説明されている。このような安全に対する工夫がなされていると同時に、「Cは、スカートのゆったりとした部分を乗り手の身体にぴったりと近づけている」とあることに着目したい。19世紀初頭の乗馬服は、エンパイアスタイルであることは既に述べたが、そのイラストをみると裾まわりは波うち、裾線の位置も曲線を描いている。図2－2もスカートの広がりは自然と下垂し、たわんでいる。しかし、図2－4ではスカートは裾の広がりは波うつことなく、とても平板に描写されている。これらはもちろんイラストで、実際のスカートの様子を忠実に再現しているのではないことは考慮すべきであるが、当時の乗馬スカートの表現の特徴が意識されていると言っていいだろう。

タンツ・アンド・サン社のスカートの説明をみると、「これはエプロン型のスカートではないが、鞍の前橋にかけた膝の下の位置のボタンをはずして、ふくらはぎは自由な状態になっている。スカートの片方の側はきちんと整えられていて、鞍の前橋の下方に向かって整然と垂れ下がっている。そしてその反対側は鞍に対して平坦に広がっている」とある。[14] 記事に添えられたスカートのイラストはやはり立体感のない、のっぺりとしたものである。同じページに掲載された他のイラストと比較しても、画家が意識してその平板さを表現しているように思える。

このようなスカートの表現は、第1章で紹介したアメリカ人の小説家ヘンリー・ジェームズが描いた小説の描写を想起させる。『レディ・バルベリーナ』の中でロンドンの社交場であったハイド・パークで見かけた馬上の女性を次のように描写した。

魅力的な肩といい、締まった腰といい、亜鉛板のように、しわひとつ寄っていないスカートといい、この姉妹は、美しいイギリス娘が、もっとも美しくみえる容姿を、いみじくも完全な形で表現していた。[15]

スカートで騎乗すれば、その裾が馬の躍動に合わせてゆらゆらと揺れ、風に揺れる様子を想像してしまいがちである。しかし、ここに描写されたイギリス娘のスカートは「亜鉛板のように、しわひとつ寄っていない」とあり、整然としていることこそが最も美しい姿であると評価されている。

1888年7月21日の『レディズ・ピクトリアル』の記事でも、「トーマス・アンド・サン社は近年まったく新しい形の乗馬スカートを売り出した。それはより一層安全になり、皺ひとつない」とスカートの特徴を記している。[16] このような状態を作り出すためにも、図2－3のような膝頭の位置を立体的に作り出す設計がなされたのである。

島根県立石見美術館に所蔵されている女性用乗馬服のスカートの場合（図2－6）、平らに広げた状態では、右膝側に大きく湾曲したラインを描いている。その位置には2本のダーツが入っていることで、立体的に膨らんでいる。またこの位置に小さなループが縫い込まれている。馬から降りた時にはこのループをつまんで持つことになる。立ち姿ではスカートは裾が波打つような状態である。しかし、騎乗した時にはおそらくこの裾は馬のわき腹に吸い付くように騎乗者の脚を覆

（図2-6）女性用乗馬服
1890年頃、ツィード製
島根県立石見美術館

い隠す、幕のような姿であったろう。

以上のように、19世紀後半にイギリスで着用された乗馬用スカートは、馬上において裾の乱れや脚部の露出を避け、長く左右非対称な裾丈の設定と、騎乗した姿勢に合わせた立体的な設計がなされていた。さらに、スカートへの固執は、馬上においては巻きスカート形式の開口部を開いて着装する形式を採用させた。これらに求めたスカートの表現は、躍動的に馬を乗りこなしていながらも、整然とした印象を与える静的なものであった。

フィッシュワイフを真似て

19世紀半ばにおいては女性の脚に関するタブーが依然として強く存在したことは既に指摘されてきた。[17]そして、19世紀末の自転車の流行は女性の服飾に脚衣を導入する契機となったことも同じく指摘されている。[18]その傾向はフランスで早くから示され、『グラフィック』の記事には「パリでは女性たちには合理服が好まれていて、自転車に乗るときにはスカートを見かけることはほとんどない。(中略)イギリスでは合理服(脚衣形式のスーツ)は人気ではなく、一般的な服装の範疇外であるとみなされている」と伝えている。[19]19世紀後半のイギリスでの多くのスポーツの場面では、依然としてスカート形式の衣服が着用され続けていた。このようなスカートの着装とその形態の変化について本節では着目する。

フィッシュワイフへの視線

マンビーの日記資料には、彼がヨークシャー沿岸に旅して、漁村の娘達と接した時の記録がある。[20] 1864年から1865年にかけてのことである。内容は漁に必要な餌取りのために男達以上に働く短いスカートの娘たちについてである。その短いスカートは「後ろ側の部分を、両ひざの間に集めてピンで止め、それぞれのひざのまわりに紐をしばると、かさばって動きにくいスカートを楽な半ズボンに変えてしまった」[21]というようにズボン風の姿に早変わりすることもあり、「緋色のニッカーボッカーと灰色の長靴下をはいて」[22]いる場合もあった。彼女たちは濡れた海辺の岩々に降り立って貝を取るという、足元が不安定で危険な作業をしている。そこで、短い丈のスカートやズボン風の、当時の一般的な女性の服装とは異なる脚部を露出した服装が必然性から着用されていたのである。

このように当時の一般的な服飾とは異なる装いをしたフィッシュワイフ（漁村の女性）に対して、人々はどのような意識をもっていたのであったのだろうか。19世紀半ばはイギリスにおける本格的な鉄道建設時代であり、主たる幹線網の建設はこの時期に行なわれている。その結果、第1章で述べた通り、海辺のリゾート地でのレジャーを流行させた。高級リゾート地として早くから発展したブライトンの他にも、スケグネスのような農漁村が新たな海浜リゾートとして発展した。[23] このような状況はその地を訪れる人々に、フィッシュワイフを目にする機会を提供したといえよう。

鉄道網の発達と時期を同じくする様に、1851年の『パンチ』ではフランス人からの風刺という形式で、イギリス人男性がフランス北部の港町ディエプやブーローニュの漁村の美しい女性たちの脚をみて悦んでいる情景を描写している。[24] この記事のイラストでは膝下丈のスカートを着用して素足を晒したフィッシュワイフの姿に、男性が頬を赤くして見とれている様子が描かれている。また、1853年の同誌に掲載された記事では、イギリスの地名をフランス語表記する看板を掲げたホテルの前で「美しい異国の漁村の娘達にとてもびっくりしたので、彼は手を差し出して結婚を申し込んだ[25]」と短いスカートの足元に跪く男性を描いている。こちらもフランスを旅するイギリス人がフィッシュワイフの姿に魅了されている様子である。これらの風刺の視点は明らかにフィッシュワイフの脚部が露出した服装に対する興味であり、露出したフィッシュワイフの脚部は人々の興味を引き、イギリス人男性は頬を赤らめ照れたように見とれたのである。

これはフランスでの場面を描いているが、フィッシュワイフの風俗はスコットランドなどでも類似していた。『労働用の衣服』によれば、17世紀頃よりフィッシュワイフには、とても短いスカートや、ニッカボッカーズ、またはズボン風にアレンジされたスカートが着用されていたこと、19世紀後半には男性たちはその光景を見るために、何マイルも旅をしたことを指摘している。[26]

男性たちが見とれるフィッシュワイフの姿について中流・上流階級の女性たちはどのような意識を抱いたのであろうか。

1866年の『パンチ』には「思い邪なる者に災いあれ」と題した記事が掲載されている。図2－7には海辺で乳母車を押して歩くアンとサラが、短いスカートをはいたフィッシュワイフを見かけて、「びっくり仰天するほど下品な服装をした人たち」と冷たい視線を投げかける様子が描かれている。[27] ここには明らかに、当時の一般的な服装とは異なるフィッシュワイフの服装に対する侮蔑の意識が認められる。当時の服飾観から逸脱したスタイルを、中流・上流階級の女性は認めがたいものとしてとらえているのである。そのような視線に対して反発するかのように、対するフィッシュワイフたちの目つきも険しい。

この絵のタイトルがいう「思い邪なる者」とは脚部の露出に対して性的アピールを感じてしまう者、もしくはマンビーが見かけた娼婦のように、「性的魅力をアピールするために脚部を露出している」のだと邪推する者を意味していると考えられる。当時の一般的な服飾観から推察すれば、脚部を露出する服装は許し難い服装・下品な服装であるとみなされる。しかし、タイトルからすれば、労働のための必然性のある服装（＝短いスカート）に対して中流・上流階級の道徳観（＝脚部を露出することはしたない）を持ち込むこと自体が甚だしい見当違いであることが推察されるのである。

（図 2-7）Honi Soit,"&c. *Punch*, 1866.9.29.

フィッシュワイフの紹介

その一方、女性雑誌、新聞には１８７０年代後半から、風刺とは異なるフィッシュワイフの風俗を紹介する記事が登場する。

１８７８年の記事にはフランスのディエプのフィッシュワイフの服装についての紹介記事が掲載されている。[28]「３世紀以上前からの伝統的な服装」をこの記事では「風変わりな魅力を持つ印象的な服装」と記している。記事に添えられたイラストでは、日曜日に教会へ行く時やお祭り用の「こぎれいであだっぽい」と描写された服装と（図２－８）、市場に行く時の服装（図２－９）が描かれている。

記事の中では、この地は女性でも漁に出ることを特色として取り上げ、衣服の素材も海辺の厳しい労作に耐えられるものであるとも記している。「粗悪な黒いブーレ（褐色の粗末な毛織物）製の袖なしのベスト、丈夫な麻製のシュミーズの袖は肘までたくし上げられている。ベストと同素材の短くシンプルなスカート、そのウエストにはゆったりとした大きな袋状のポケットが下げられている」と描写した服装を「子ども用のファンシードレス（仮装パーティー用のドレス）に向いている」と評している。教会やお祭り用の衣服の場合もやはり「短い丈のスカートは濃い色のメリノウール製で、前スカートは平坦であるが、脇と後ろにはギャザーが寄せられている」ものであることを記している。

（図 2-8）Dieppe fishwife going to church. Costume studies Fishwife of Dieppe: *The Queen*, 1878.10.26.

（図 2-9）Dieppe fishwife going to market. Costume studies Fishwife of Dieppe: *The Queen*, 1878.10.26.

さらに1883年に開催された漁業博覧会を報じる記事ではフィッシュワイフたちの様々な服装について記述されている。[29]「開会の日に様々な地域の民族衣装をまとった女性たちほどに一般の興味を惹きつけた見ものはほとんどない」とスコットランド、スウェーデン、オランダ、ベルギー、フランスなど各国のフィッシュワイフの装いを報告している。例えば「スコットランドは13人のかわいい少女を送ってきた。それぞれの村では、フィッシュワイフの着る異なるタイプの衣装を持っているらしい。それらは彼女たち自身の誇りであり、また、明確な類似点もある。厚手の灰色の靴下、丈夫なブーツや靴、白黒の縞柄のツィードのスカート、または青と黒、その他の混色のもの。これらは一般的な特徴である。（…）白や細いストライプの麻製のエプロンをつけ、その脇にはしばしば大きな白いアウトポケットがついている」といった紹介である。さらに各国の服装の特色を挙げながら「（…）は特に美しい、（…）は極めて美しい」といった賛辞のコメントが加えられている。この場合の服飾はおそらくフィッシュワイフの服装の中でも、前出のディエップのフィッシュワイフも日常用の服装と教会へ行く時の服装との2種類が説明されているように、博覧会の場に臨むのにふさわしいであろう晴れ着であったと考えられるが、いずれにしろフィッシュワイフの服装に対して好意的または興味津々の視線が向けられていると解釈することができる。

『イラストレイテッド・ロンドン・ニュース』にもこの時の博覧会のオープニングセレモニーの様子を伝えるイラストと記事が掲載された。[30] ロンドンで開催されたこの年の博覧会の会期は6か月間で、その後、11月10日号で博覧会の閉会式の模様を伝える記事まで何回も取り上げている。アクアリウムも設営されて、ロンドンの人々にとってはとても興味を引くイベントであったのであろう。式典会場では、皇太子を先頭にした人々の脇にフィッシュワイフの姿が並んでいる。中央を進む、細身のシルエットの女性たちのたたずまいに対して、フィッシュワイフたちは丸みのある体格で、好対照である。日常の空と海に囲まれた漁村ではなく、サウス・ケンジントンの華やかな式典会場において、彼女たちは場違いな印象をもたれるのではないかと危惧するが、『クィーン』の記事ではこの場に並ぶ様々なフィッシュワイフの服装に関心を寄せているのだ。つまり、彼女たちは流行の装いの女性たちに負けない何かしらの魅力を放っているということであろう。

記事に添えられたイラストには「疲れたビーフィーター（ロンドン塔の衛士）」とメモが添えられている。博覧会の人ごみに疲れたのであろう、座り込んでいるビーフィーターに何やら話しかけるフィッシュワイフは、これ位でだらしないわね、とでも言っているのであろうか。フィッシュワイフのたくましさが伝わってくる。海辺に足を運ぶまでもなくロンドンの多くの人々にとって、この博覧会は非日常的な服装のフィッシュワイフの姿に大いに関心を寄せるきっかけになったのであろう。

その後１８９０年の『ウーマンズ・ワールド』にもフィッシュワイフに関する記事が登場する。[31] これはイングランド南東部に位置するニューヘイブンのフィッシュワイフの風俗を伝える記事である。この地の女性について「ジョージ４世が１８２２年にエジンバラを訪れた時、彼はウォルター・スコットにニューヘイブンの女性は『これまでに出会った中で最も魅力的である』と語っている。そして我らが現女王もまた同じく彼女たちを心から称賛した。彼女たちの『均整がとれた足首』と『甘い歌声』についての賛美は多くの詩にうたわれてきたのである」と記されている。このような記述は先に紹介した男性からの脚部への視線であるとも読み取れる。

さらに、記事では労働者階級である彼女たちの身体的特徴を「女性たちは立派な体格をしている。野外の新鮮な空気と海に慣れ親しみ、日常的にハードワークをこなすことで全ての筋肉は均整がとれて発達しており、立派な体格をしている。彼女たちはゴールデンブラウンの髪の毛と赤らんだ肌色、健康な体、そして明確な一般的な特徴を持っている。それはおそらく血族結婚を繰り返した結果である」と記している。そして「ひそかに尊敬すべき、働く女性たち」と称賛している。ニューヘイブンでの女性たちの服装は保守的で変わらないことを説明し、「独特でスコットランド人のものを連想させる。それは何の仕掛けもないたっぷりとしたペチコートで、このスタイルに必要である適度な膨らみがある。スカートの丈は短く、見事に均整のとれた足首と、白やネイヴィーブルーの手編みの靴下、丈夫な靴がそこから覗いている。そのドレスは白地に赤、青または黄色の縞模様のドラジェット（粗いラシャ地）製である。スカートの上の一枚は折り返っていて、それはポケット付きエプロンというより、むしろ小袋のような形をつくっている」と描写されている。脚部への意識のみならず、労働によって作り上げられた健康的な身体を魅力的であるとコメントしていることは興味深い。イラストに描かれたフィッシュワイフには、まくり上げた袖の下からがっちりとたくましい腕や、ボリュームのある身体つきなどが確認できる。ヴィクトリア期に女性の魅力として賞賛された「小さな腰、なで肩、やわらかな丸いシルエット」[32]といった特徴とは大きく異なる価値観を示していることは見逃せない。この記事を掲載した『ウーマンズ・ワールド』は『クィーン』よりも、女性の新しい生き方に対する啓発的な内容を重視していた雑誌であることを考えると、フィッシュワイフへのこのような賛辞は当時の人々の全体的な意識とは言い切れないかもしれないが、こういった認識もなされていたという事実は指摘しておきたい。

また、１８８６年4月10日の『レディズ・ピクトリアル』ではフィッシュワイフと同様に労働者階級であった炭鉱で働く女性について紹介する記事も登場していた。

彼の前妻が着用していた、とても興味を起こさせる衣服について取り上げよう。くるぶしまでのネイヴィーブルーのサージ製のズボンと同素材のスカートについては、様々な意見があるであろう。そして粗い布地のエプロンと、サージ製のゆったりとしたジャケット、髪の毛の下で紐を結んで頭にフィットさせたフードのようなヘッドドレスを着用していた。私が添えたスケッチの少女はアン・ホランドという18歳の少女である。今はペンバートンの炭鉱で働いている。レディたちが釣りをする時に長いスカートを着替えて、革製のゲートルと短い丈のペチコート、アルスターコート、そしてフェルト帽を着用することに比べたら、アンの服装に関しては、男性的だとみなすところはどこにもない。[33]

この記事に添えられていたスケッチをみると、短いスカートの裾から下に着用した裾幅の広いズボンがのぞき見えている。このような服装はもちろん、当時のレディのものとは異なる。しかし記事では「様々な意見」つまりは批判的な意見を想定しながらも、レディたちの釣りの服装と比べても決して男性的ではない、と見解を示している。

異国の、または自身とは異なる階級に属するフィッシュワイフ（または炭鉱労働者）の生活や風俗を紹介する記事は、中・上流階級の読者が新たな価値観を覗き見ることになったのである。

わたしもフィッシュワイフ

フィッシュワイフの服装の特徴は、短いスカート、または長いスカートを折り上げて丈を短くして着用する、さらに折り返した裾は大きなポケットのようにも見える、といったところにある。このスタイルが中・上流階級の服装にどのような影響を示したかを以下に分類する。

子ども用ドレス

1876年の『クィーン』の服飾記事にはフランスとスコットランド両国のフィッシュワイフの服装が紹介されている。[34] ふくらはぎが露出した短いペチコートと大きなポケットがついたエプロンを着用した、それらはいずれも「ファンシードレスにもよいし、少し改良すれば若い少女用の海辺のドレスに向いている」と解説されている。スコットランドの服装の紹介記事には「ペチコートは2枚重ねており、下の物はネイヴィーブルー、上の物は縞柄の黄色いフランネル製で、3段のタックがとってある」と解説している（図2‐10）。またイラストから確認できるように、「白の麻のエプロンはポケットを形作っている」といったフィッシュワイフの服装の特徴を取り入れている。この記事はカット社の商品紹介であり、その工夫されたデザインは、『パンチ』に描かれ

（図 2-10）Scotch fishwife costume
The Queen, 1876.7.15.

たフィッシュワイフのイラストとも異なり、実際のフィッシュワイフの服装そのものではないことが推察される。イメージをデザイン化したものと解釈してよいだろう。子ども用のファンシードレスであったり、海辺用のドレスであったりと、その用途は限定されているとはいえ、自らの階級の服飾にデザインを転用しようという提案記事には、フィッシュワイフの服装に対する好意的な意識が感じられる。

同年12月の服飾に関する質問コーナーにはフィッシュワイフの服装についての解説もあり[35]、ワトーの店にはたくさんのフィッシュワイフのドレスがある、と紹介している。図2－11の解説記事にも「フィッシュワイフの衣装を修整したものもブランド氏のアイデアである」とあり[36]、明らかにフィッシュワイフを意識してデザインがなされている。また「フィッシュワイフ・フロック」と名付けられたエドワード社の商品も登場している[37]。どちらの場合も男児・女児用の服のデザインとして当時人気があったセーラーカラーの身頃との組み合わせにアレンジされてはいるが、共通した特徴は丈の短いスカートが重ねられており、このオーバースカートは大きく折り返されていることである。少女の服装は大人のものと異なり、くるぶしが見えるスカート丈であったので、フィッシュワイフの服装を取り入れることに対する抵抗が少なかったと推察される。

（図 2-11）Fishwife costume
The Queen, 1893.6.3.

海辺の装い

海辺でのリゾートが流行した19世紀後半には、女性の服装にもシーサイド・ドレスと名付けられた装いが提案されている。『クィーン』にもそれらは繰り返し取り上げられている。しかし『パンチ』にはそれらとは異なる興味深い風刺が掲載されている。「今どきのファッション」と題された図2-12は、海辺を散策する女性たちがそのスカートを膝上まで持ち上げている様子を描いている。この時期は大型のクリノリンが次第に影を潜め始める頃ではあるが、ここに描かれた女性たちの様子は、当時の一般的な服飾シルエットとは明らかに異なっている。波にスカートの裾を濡らさないようにたくし上げるような仕草は今日でも目にする光景であろう。しかし、この様子を『パンチ』が風刺の対象とするところに着目すべき点がある。慎み深いはずの女性たちが海辺の楽しみに興じる時には、日ごろのたしなみを忘れて平然とスカートをたくし上げることに傍らの犬が驚いて目を見開いている。このタイトルの"present"は、「今どきのファッション」として、街中での姿から一変してスカートをぐいと持ち上げる「即席のファッション」が海辺のそこここで見受けられると二重の意味を込めているのだろう。キャプションは添えられていないが、描かれた犬はス

（図 2-12）Present fashion
Punch, 1868.6.6.

テッキを口にくわえ、目を丸くしていることから、画面には描かれていない傍らの紳士はこのようなレディの姿に驚き、嘆いていると言いたいのか。

また図2－13の「真実と虚構」と題された風刺には、女性たちのスカートをたくし上げた姿がフィッシュワイフたちと対比して描かれている。この図には「スカーバラ（イングランド北東部の漁港）の健康的で美しいフィッシュワイフとその模倣者たち」というキャプションが添えられている。堂々とした体格のフィッシュワイフたちと、彼女達に対峙する細身の女性たち。後者はあたかもフィッシュワイフの服装を真似るかのようにオーバースカートを上に向けて大きく折り返している。そのうちの一人の女性はアンダースカートも丈が短く、くるぶしまで見えている。女性たちは腰に手を当て、または腕組みをしてお互いにきつい視線を投げかけている。実際に両者が敵対したのかは明らかではないが、この構図には、レディが海辺のリゾートに取り入れた装いは結果的に、自らの常識の範囲では「下品な姿」と

（図2-13）Fact and fiction　*Punch*, 1876.9.30.

批判したくなる、労働者階級の装いと酷似している点を風刺しているといえよう。さらに、同じような装いをしている労働で鍛えられたたくましい体軀のフィッシュワイフたちのほうが、より魅力的であると皮肉を添えている。

同時期の『クィーン』の服飾記事では、スカートのシルエットはクリノリンのシルエットからオーバースカートを腰の上部にたくし上げてまとめる細身のシルエットに移行している。しかし、流行のファッションの提案として、このようにオーバースカートを大きくたくし上げたり折り返したりした服装は掲載されていない。雑誌の服飾記事はドレスメーカーやテーラーなどの商品を紹介するものが中心であった。そのため、女性雑誌に登場しなかったこのような装いは、あらかじめドレスデザインとして設計されたものではなく、あくまでも海辺での即興的な装い方であったと考えられる。

スポーツ用のスカート

海辺で即席にスカートの長い裾をたくし上げる姿は、ドレスメーカーやテーラーが提案したものではなかった。しかし、海辺でのリゾートのみならず、女性たちが参加したアウトドアスポーツはカントリーの湿地を歩き回る銃猟やゴルフ、川辺で楽しむ釣り、そして雪山に足を踏み入れる登山といった、フルレングスのスカートの裾がおよそ不適切な場面が多い。このような場所を歩き回れば、長い裾は濡れる、汚れる、また擦り切れてしまう恐れもある。では、そのような場面で女性たちはどうしたのだろう。アウトドアスポーツ用に提案されたスカートのデザインについて取り上げていこう。

◉カントリーでのスポーツ

スカートの裾丈に着目して服飾記事を検証すると、ふたつの傾向があることがわかる。第一には日常的なフルレングスのスカートと比較して、明らかに足首が見えるくるぶし丈やふくらはぎまでの丈に設計されたものである。そして第二には、丈を着用するときに調整することが可能なものである。

まず、短い丈のスカートについて取り上げよう。

例えば、1885年には銃猟用の衣服と紹介された記事では「アルスターハウス社のベンジャミン氏の商品で、良質のストライプのサキソニー（メリノ羊からとる高級紡毛糸による柔らかな紡毛織物）製。広幅の縁取りは革製である」とある。イラストに描かれたスカートはふくらはぎまでの丈で、裾まわりには多少のボリュームがある。次に、1890年に掲載された銃猟または釣り用の衣服（図2-14）では、「スカートはゲートルと合わせて着用するようにできている。3本の革のパイピングがされていて、ふたつの大きくて実用的なポケットがついており、革の縁取りはお揃いになっている」とある。ふくらはぎまでの短い丈になっていて、裾まわりはボリュームが少なく、すっきりとした印象である。

同年の8月2日のパテント・シェープリー・スカート組合の紹介記事では、「同社からいつも出されているスマートな銃猟用の衣服。スコッチツイード製。（…）スカートの丈は短く、ニッカボッカーズと革のゲートルが見える」と説明している。図2-14の場合はニッカボッカーズの着用はわからないが、スカートの丈が短いため、脚はゲートルを合わせて包み隠されてい

（図2-14）New jacket and coats. Sketched at Scott Adie's *The Queen*, 1890.5.3.

る。ゲートルはたしなみのために脚を包み隠す、というよりもむしろ、銃をかついで沼地や草の茂みの中を歩き回るのであるから、脚の保護のための必需品である。

　アウトドアを楽しむカントリーのイメージをデザイン化したものとして、図2-15の場合は「実に合理的で、同時にとてもおしゃれなガウン。銃猟、釣り、山登り、またカントリーでの全般的な装いに。タータン織りのキルトと長いニッカボッカーズとゲートルを合わせて仕立てられている」とあり[38]、イラストにはスコットランドの衣装であるキルト風にタータンチェック地を使用しており、プリーツが入った巻きスカートの形状が確認できる。その裾丈はやはりふくらはぎまでで、ゲートルが着用されている。同社はこのキルト風の衣装を定番商品としており、翌年4月30日には「スコット・エディ社の有名なキルト衣装。釣り、山登り、カントリーでの全般的なウォーキングに非常に貴重なものである。とても効果的な茶色と淡黄褐色のタータンチェックでできている。スカートにはまさにキルトのようで、見事にしっかりとプリーツが入っている」と説明している[39]。

　ちなみにカントリーのイメージは、肩から下げているスポーランにも込められている。スポーランとはハイランド地方のキルトスタイルに合わせて用いる、腰に下げる革や毛皮製の小さな袋である。図1-5の風刺にも登場している。キルトもスポーランも本来は男性用の服装であるが、このように女性のスポーツの服装にそのまま援用されることになった。

　スポーツ用のスカートの特徴のひとつは、服飾の素材に皮革を使用することにある。特に裾

（図 2-15）Novelties for the Spring(Scott Adie: *Lady's Pictorial,* 1891.5.2.

の位置に幅広く皮革をあしらっている。その目的は「裾は泥や埃を容易にぬぐい落すことができるように幅広い革のバンドが裾の位置に裏打ちされていることである。スカートはいつまでも新しくこぎれいで、全くもって新品かのように保つことができる」ことである。[40] この場合はスカートの裏側に皮革を用いている。布帛に比べて丈夫な素材であることと、表面に付着した汚れを落としやすいという利便性から、使用されている。

裾にあしらう皮革素材は、実際にははっきりと幅広いボーダーとして、デザインのアクセントになっている例が多い。[41] これと同様なデザインは、同年7月18日のトーマス・アンド・サン社の商品紹介記事にもみられる。図2－16は「釣り、銃猟、山登りに最適な衣服である。悪天候のときの旅行用にもまた実用的である。スカートと長い丈のコートボディスは茶と白のハリスツィード製。（…）革製の長いベスト、留め具、コートの周囲は皮革で縁どられている。さらに、スカートの裾は幅広の革の裾上げで縁どられている」と説明されている。[42] スカートの裾の皮革の部分はかなり幅が広い。また、ベストや、コートの縁取りなどにも同じ皮革素材を用いていることで、スタイリッシュな印象の仕上がりである。

銃猟用の衣服には最適な素材として「皮革はよりよくこの衣服に用いられている素材であり、皮革ほど優れた素材はない」と言及している。[43] 1892年8月27日の記事では「銃猟や山登り用のおしゃれなガウン。これは茶褐色のハリスツィード製。短い丈のスカートの裾には皮

（図2-16）Tailor-made Novelties(Messrs. Thomas and Sons.,) *Lady's Pictorial*, 1891.7.18

革の縁取りがされていて、同素材のベストに合わせて着用できるように取り合わされている」と皮革が実用的な面と共に、全体のコーディネイトにおいてポイントになっていることを説明している。[44]

皮革が丈夫でかつ汚れを落としやすい素材として好まれていた一方で、１８９０年のウィンター社の銃猟用の衣服の紹介では、スカートの裾の位置にマッキントッシュが縁どられていることを伝えている。マッキントッシュとは19世紀前半に開発されたゴム引きの防水布で、今日にもブランドの看板商品として引き継がれている。カントリーでの銃猟や釣りは水辺や湿地、茂みを歩き回るので、スカートの裾が濡れたり、汚れたり、擦り切れたりすることを想定し、その設計には防水や補強の工夫がなされていたのである。

ここまで、「短い丈のスカート」を紹介してきたが、スポーツ用の服装の中にも、フルレングスのスカートが登場している。スコット・エディ社の釣り用衣服について、「〈床板〉と名付けられている。ホームスパン（手で紡いだ糸を用いた目の粗い手織りのラシャ）製の新色の茶の色調で、ペールブルーと白のかすかなチェック模様。著しく洗練された外見である。飾り気のないスカートには後部にボックスプリーツがある」と説明している。[45] この商品を敢えて〈床板〉と命名するという真意は何であろうか。床まで達するような長いスカート丈は、釣り用としては注目すべきポイントであるということであろうか。

当時の一般的なスカートはフルレングスの床までの丈が基準である。これまでに取り上げたスカートは「短い丈」と表現されていてもその「短さ」には幅がある。多くはふくらはぎの半ばくらいのものである。例えば「きわめておしゃれな銃猟用のガウンがフィッシャー・アンド・サン社より提供されている。（…）スカートはもちろん、かなり短い」と解説されている[46]新しい銃猟用の服装のイラストを確認すると、丈はふくらはぎ半ばよりも少し長いほどだ。ゲートルもしっかりと見えている。一方、「スカートは、狩猟場において正当な丈であり、皮革による裾上げで仕上げられている」と紹介されている銃猟用の衣服[47]（図2-17）では、「正当」だとされる丈はくるぶし丈である。足元の靴はしっかりと見える。くるぶし丈のスカートはその他の銃猟用の服装でも「スカートは皮革の裾上げになっていて、ヘザーの上を自由に歩くことができるように短い丈である」と説明されている。[48]つまり、くるぶし丈は通常のスカート丈からすれば「短い丈」であるが、狩猟場をはじめとするスポーツの場では「正当な」丈であり、ふくらはぎ半ばまでとなると「かなり短い丈」とみなされたようだ。

続いて、スカートの丈を状況に応じて調節することが可能なスカートについて紹介しよう。『クィーン』には1883年にその特徴を示す記事が掲載されている。ロンドンのファッションについて報じる中、ドレ社の「釣り用衣服」という紹介記事で、ハイランド用の釣り服について「浅瀬を歩き回るとき、スカートは同素材のニッカボッカーズを着用している場合には、要求される高さにまで引き上げることが可能である」と紹介しており、[49]具体的なイラストは添えられていないが、スカートの裾の長さを調節可能なデザインが登場していることがわかる。

続いて登場するのが、1884年のレドファンの商品である。紹介記事には「工夫されたデザインであり、とても独創的であるという印象を受けると同時に、本質的な実用性を意識するのである。（…）衣服はくすんだ赤紫色のツィード製で革の縁取りがなされている。防

（図2-17）Seasonable Tailor-build suits(Mr. J. Murcus) *Lady's Pictorial*, 1893.7.29

水性で思い通りにその丈を長くも短くもできる」とされている。[50]図2-18をみるとオーバースカートをタブで吊り上げていて、裏返ったそこにはポケットがつけられている。アンダースカートの丈は短く、脚にはゲートルが着用されていることがわかる。このように折り返したスカートはフィッシュワイフのそれを連想させる。1887年の服飾への質問コーナーの回答には釣り用の衣服への提案として「フィッシュワイフのスタイルである折り返せるオーバースカートや、小型のエプロンのような大きな袋」と言及していることから、[51]当時の人々にとってこのようなデザインがフィッシュワイフを意識していたものであると認められる。

丈を調節できるスカートは釣り用の衣服だけではない。トーマス・アンド・サン社のものは「最も実用的な銃猟、ゴルフ、釣りなどに用いるガウン。赤紫色のスコットランド産チェビオット製。(…)スカートはプレーンな形でファンデーションを一緒に着用する。着用者が好みの丈に調節できるように、コードがついている」と解説されている。[52]野山を歩き回るカントリーでのスポーツ全般にこのスタイルは採用されていたのだろう。長く地を引きずるスカートでは足元で邪魔になり、またスカートの裾も汚れ、傷んでしまうからだ。

1894年に掲載されたハイアム社の銃猟用の衣服(図2-19)は「茶色のハリスツィード製。新規のスカートには茶色の革の縁取りがある。また、スカートの下端にあるボタンによって好みのスカート丈に持ち上げられるよう

(図 2-18) Fishing costume(Redfern)
The Queen, 1884.6.21.

に仕組まれており、ウエストから下がった皮革のストラップは一定の間隔でつけられたボタンホールがあり、スカートを固定することができる」と説明されている。[53] スカートの裾を吊り上げる仕組みがこの説明でよくわかる。イラストからは確認できないが、記事には同様にハリスツィード製のニッカボッカーズも合わせていると説明している。つまり、スカートの下には共布のニッカボッカーズを着用しているので、このイラストよりももっとスカート丈を短く吊り上げたとしても、ゲートルやニッカボッカーズは見えてしまうが、脚は絶対に見えません、ご安心をというわけである。

翌月の記事ではハイランド用のスーツが紹介されている。図2-20の2通りのイラストでは「スカートを膝まで折り返していることが見えるであろう。通常のウォーキングガウンとして着用したいときには、丈を長く下ろすこともできる」と説明されており、[54] フィッシュワイフ・ス

（図 2-19）shooting dress *The Queen*, 1894.8.4.

（図 2-20）Highland suit *The Queen*, 1894.8.11.

タイルのスカートが、単に短い裾丈にデザインされているのではなく、短い丈とフルレングスのツーウェイの着用が可能であったことがわかる。スカート丈を短くした場合には、このイラストの右側の女性のように、下にはいたニッカボッカーズが少し顔をのぞかせるのである。

さらに同年に紹介された銃猟または釣り用のスーツでは「両面使いのツィード製で、片面はきれいなヘザー色（くすんだ赤紫色）でもう片面は柔らかなモスグリーン色である。（…）スカートは裏無しで同素材を使用しており、くるぶし丈でモスグリーン色の面に折り返される」と説明されている。[55]この解説からはフィッシュワイフ・スタイルは裾丈を変化させる実用性のみならず、裏面の色調を生かしたデザイン効果も担っていることがわかる。さらに、オーバースカートを折り返すと大きなポケット状になっており、フィッシュワイフが着用しているエプロンのポケットを連想させるデザインとなる。

このように、スカート丈を用途に応じて変更させることが可能であるフィッシュワイフ・スタイルのスカートについては、1893年のスコットランドで着用する衣服をアドバイスする記事にも「よりよいスカートは丈長で、かつ皮革で裏打ちしてある物だろう。フィッシュワイフ・スタイルのように折り上げる事ができる。そうすると歩きやすい丈になる。またその他に短くも長くもできるものもある。それは数枚の8インチ幅の布をボタンでかけたりはずしたりする事ができるものである」と述べられている。[56]活動性を優先すれば、短い丈の方が裾まわりはすっきりとし、より一層足さばきも不自由がないであろう。しかし、このように敢えて調節が必要なデザインが取り入れられたことに、フィッシュワイフ・スタイルの意義がある。また、1885年の記事では「スカートは、ブーツのつま先がはっきりと見えていて、裾側はドスキンでパイピングされている。そして随意にバックルと革製のストラップによって目的に応じた長さに手軽に短くしてもよい」と書かれている。[57] 靴のつま先がはっきり見えるというのは、当時のフルレングスのスカート丈からすれば短く、丈をのばした時にも歩行に差し支えない程度の長さを意識していたことがわかる。図2−19の左側の女性もスカート丈を長く下ろしていても、足元が見えるほどの長さである。ウォーキング用としては適切な長さであろう。

以上のように、カントリーで楽しまれた銃猟、釣りなどのスポーツやハイランドでのウォーキング用のスカートには、一般的な服飾とは異なるデザインが登場した。第一にはくるぶしからふくらはぎくらいまでの丈の短いものである。その多くは皮革やマッキントッシュなどで裾に縁取りがしてあり、防水、防汚と裾まわりを丈夫にする役割を持たせていた。第二にフィッシュワイフ風のデザインは裾丈を状況に応じて調節することが可能なデザインであり、たくし上げたスカートの裾の裏面を利用したデザイン効果や、ポケットの形状などの実用的な効果も加えられていた。ポケットの実用性は銃猟や釣りなどのこまごまとした道具を入れる、といった用途以外にも次のような説明も見られた。荒野でのドレスを解説した記事には「フィッシュワイフ風のオーバースカートはとても実用的である。昼食時には手袋などを入れることもできる」[58] とあり、カントリーでの社交の場面での情景が浮かんでくるのである。

◉登山

それでは、登山ではどのようなスカートが着用されたのであろうか。

1885年の『クィーン』の記事では、「スイスでの登山、特にロッククライミング用に女性にもっとも便利なドレスは何?」という読者からの質問に対して「適切な衣服とは――布帛のニッカボッカーズと丈の短すぎないスカートである。そして腰のまわりにはゴム製のベルトのようなものをつけていて、必要に応じてスカートの裾を押し込むことができる。スカートの裾まわりには5インチ幅のマッキントッシュが裏打ちされている。さらに、ボタン留めされるフラップ付きのアウトポケットがついている。ペチコートの丈は短めである」と、回答している。[59]

同年のその他の記事でも「スカートは短い丈のペチコートの上に着用して、(アルプスでは) 村の外に出る時にはスカートをたくし上げて、ピンで留めた。その効果は快適かつ実務的である」とスカートの着用方法について述べている。[60]

さらにスポーツの指南書である『登山』でも、スカートについては「手に入る限りのざっくりとした厚手のものでつくれば、最も実用的であろう。しっかりとしたツィードは適している。形はごくシンプルに。(中略)裾まわりは3ヤードほどあるものが望ましい。これは通常の歩行用のスカート丈の場合である。山登りの時にはスカートの裾を括り上げるべきである。谷間やスイスの街中では目立たないようにその裾はおろしておく。括り上げるスカートには単純な方法が効果的である。丈夫なリボン製のベルトをフィッシュワイフ風にピンでスカートに留める」と述べている。[61]

ここでは登山の衣服には全般的に、柔らかくて軽量のものを推奨しているが、唯一スカートについては「例外である」と断り、厚手のものを薦めている。当時の健康的で合理的な服装への提言では、長くてボリュームのあるスカートは、重量があり、動きにくくウエストに負担をかけるものであると批判されている。にもかかわらず登山のスカートに厚手の素材を推奨するその理由は、ここでは述べられていない。推察すると、厚地のスカートは歩行の邪魔になる長い裾を上にたくしあげることで腰部を包み、冷気や衝撃から保護する役割も期待されたのであろう。登山に挑む女性はアルプスリゾートの街中では、フルレングスのスカートを着用して、レディとしての体面にこだわりつつも、山岳での歩行ではスカートを臨機応変にたくしあげる配慮を兼ね備えていることがわかる。このような意図を説明する記事も登場している。図2-21の山歩き用のスカートについて「通常のウォーキングスカートの長さに仕立てた上で、ウエストから4～5インチ下にボタンを付け、シルクコードのループをひっかけて後部をたくし上げる。この方法はとても実用的で、状況に応じてスカートを即座に持ち上げたり、下ろしたりすることができ、ボタンとコードの色をドレスと同じにすることで、全く目立たない」と説明されている。[62] イラストを見ると、スカートにドレープが寄っていて、後ろ腰にたくし上げていることがわかる。足首が見える程度の丈にスカートは持ち上げられているわけだが、ボタンからループを外せば足元はすっかりと隠れてしまうというわけだ。

ところで、同時期にはもっと活動的な衣服の提案もなされている。より短い丈のスカートと脚衣との組み合わせである。1885年にバリン夫人は『ドレスの科学』の中で、健康博覧会に出品された登山用の衣服について、「とても魅力的である。ダークブルーの色調で、ゲートルとニッカボッカーズがついている。スカートはひざ丈。男性のシューティング用ジャケットに似たとても短い丈のコート。この手のドレスは着用者を長いスカートの摩擦と重量から解放してくれる。健康上の観点からするととても優れており、かつシックである。しかしこれらの欠点は、勇気を

（図 2-21）Skirt for walking tour
Lady's Magazine, 1892.8.1.

もってこれらを着用する女性たちを人々は勇敢というより大胆だと評することである」[63]と述べている。博覧会で発表されているとはいえ、この衣服の場合、スカート丈の問題からなかなか受け入れがたかったようだ。実際は山の中ではスカートをたくしあげているとはいえ、始めから短くひざ丈に仕立てたスカートを許容することは、1885年の段階では認めがたかったのであろう。先に紹介した、銃猟や釣りの服装ではそのスカート丈はふくらはぎやくるぶし丈であったことからも、ひざ丈の設計は格段に短い印象を受ける。

以上のように女性の服飾品として欠くことのできないアイテムであったスカートは、レジャースポーツの中では初めからくるぶしやふくらはぎまでの短い丈に設計されたものと、フィッシュワイフ・スタイルとして裾丈を変更可能なものとの2種類が出現したことが明らかとなった。

◉スカートへの意識

では、活動性ではより一層実用的な短い丈のスカート一辺倒にならず、フィッシュワイフ・スタイルが支持されるに至った背景には何があったのか。その理由を示唆するものが『登山』などに記された、登山やスイス旅行の身支度についての解説である。ここには登山装備のほかに、鉄道での移動中やリゾート地で過ごす際の身支度についても記されている。『クィーン』でも登山やスイス旅行のための準備について、読者からの質問が掲載され、それに対する回答がなされている。回答には「5度の夏と2度の冬のアルプスの体験から、また、最も困難な岩山に登った経験から言わせてもらう」といった言葉が添えられ[64]、経験を踏まえた上での情報が提供されている。イギリスでの日常を離れ、異なる気象条件、生活環境で過ごす旅行のための注意事項から、イギリス女性が留意していたことの一端がうかがえる。
まず、ドレス全般の支度については「おしゃれなドレスは必要ではない」「スイスでのツアーでの快適とは、おしゃれな装いによるものではない」と述べられている。[65] 荷物は「少量にすべきであり、いろいろと取り合わせて荷物を増やすことはスイスへの旅においては不必要である」とアドバイスしている。[66] レディの日常生活の中では、朝から夜まで、その生活時間と今何をするのか、によって細かくドレスを区分していたのだから、その日常を旅先に持ち込もうとすれば、必然的に大荷物になってしまう。そのような心配を制するように、次のようなアドバイスが続けられる。
実際に使用する物に荷物を限定し、「訪問地で知人がいなかったり、夜の社交に出かける予定がないのであれば、イヴニングドレスは必要がない」と伝えている。[67] そのかわりにホテルで過ごす夜の食事などには、しわにならずに見栄えの良いドレスとしてインド西部のスラト産のシルクのドレスやナンズベイリング（薄い平織りの絹の服地）でレースの縁飾りをしたものや、[68] かわいいブラウスと黒いスカートの組み合わせを薦めている。[69]
異国の滞在では、日常のドレスコードとは異なる装いが提案されている一方、「古ぼけた衣服は似合わない。最新の上質のものをもっていくべきである」とアドバイスがなされていることは、[70] 異国の地において体面を保つことを留意している。また、身だしなみへの意識は、例えば「カフスと襟は、朝の時間や旅の終わりに身につけるもので、夜行の後の人々のようなしわくちゃの外観にならないように」というアドバイスからも読み取ることができる。[71] 旅先で華美に装うことは必要ではない。しかし、イギリス女性としての体面を保ち、きちんとした印象を与える身支度を意識しているようだ。第1章で取り上げた海外でのイギリス女性としての心得とも通じている。

さらに、「山のリゾートではたくさんの荷物は費用のことだけではなく、労力、疲労、そしてトラブルを倍増させる[72]」ので「荷物は少なく」、と繰り返し述べられている。このような状況を踏まえて、スカートについて考えるときに、登山への身支度はジュネーヴやトリノのような街で過ごすときのことも考慮して準備することが必要であると説明した内容に注目したい。そこでは「ダークブルーやグレイの絹のブラウスは夜には山登り用のスカートとあわせて着用する」と解説している[73]。つまり、登山の時にはたくし上げて着用するスカートは、裾をおろしブラウスとあわせてスイスのリゾートでの晩餐の装いに活用されることを紹介している。裾の長いスカートは一見登山には不向きであるが、少ない荷物の衣服を着まわすという意味では、短い丈のスカートを準備するよりも合理的と言っていい。

改めて銃猟や釣りなどのカントリースポーツについて考えてみたい。これらもやはりスポーツを楽しむ目的とともに、カントリーハウスでの社交という側面も担っていた。一見すると女性の丈の長いスカートは、野山を歩くには不合理な装いではあるが、丈を調節することで、カントリーハウスでは即座に日常的な装いに戻ることが可能である。スポーツでのフィッシュワイフ風スカートは、環境、活動性、社会性のそれぞれの要因を踏まえた上で、イギリス女性に受容された、合理的な選択であったといえよう。

第3章

スカートは命

自転車のペダルも軽やかに

スカートの提案

1890年代の自転車の熱狂的な流行は、自転車に乗るときには何を着用すべきかという問題を提示した。何しろ、同じように「乗る」といっても、乗馬と違って自転車に横乗りはできない。サドルにまたがり、両足でペダルをこぐしかないのだ。

1896年の『グラフィック』では「パリでは女性たちには合理服（脚衣形式のスーツ）が好まれていて、自転車に乗るときにはスカートを見かけることはほとんどない。（中略）イギリスでは合理服は人気ではなく、一般的な服装の範疇外であるとみなされている」と伝えている。[1] フランスでは脚衣が積極的に採用されたが、イギリスでは状況が異なっていた。中には『パンチ』の風刺のように合理服、すなわち腰丈のコートとニッカボッカーズ、ゲートルといった服装の女性もいただろう。図3–1は脚衣をはいた女性に対して、品位を重んじる年長の婦人が批判をしている様子である。[2]「自転車に乗るために適切で特別な衣服を着ているだけだ」と反論する女性に対して、年配の婦人は「倫理的・道徳的な価値観の重要性」を主張している。イギリス社会において脚衣は「社会のよき習慣に反している」ものであるという風刺である。

1896年の新聞記事では、かつては乗馬を楽しむ社交の場であったハイド・パークで、自転車を楽しむ人々を描写している。[3] そこでは「スカートかニッカボッカーズか？ 女性たちはこの問題について随分と話しており、これらの戦いは書ききれないほど行われてきた。そして公園でのサイクリストの大半はスカートを着用している」と伝えている。『グラフィック』の記事と同様、イギリスにおいてはスカートへの支持が優勢であったことが伝えられている。

このような状況の中、イギリスのテーラーは多彩なサイクリングコスチュームを発表している。例えば、1896年6月の記事では誌面いっぱいに8点の様々なメーカーによる季節の新しいサイクリングコスチュームが紹介されている。[4] 〈クライマックス〉と名付けられた改造スカートは「単純なコードの付属品で即座にパンタロンに改造できる仕組み」と説明されている。またニッカボッカーズの自転車服、サージやツィード製の優雅で快適なスカートを紹介しており、ボタンやストラップがついた単純な仕組みであるが、スカートの裾を巻き込むことによる自転車の故障を防止するという。同年7月の紹介記事ではやはり、誌面いっぱいに9点の商品が紹介されているが、全てがスカートである。自転車用として多種多様な商品が紹介される中、やはりスカートへの関心が高いことがわかる。『レディズ・ピクトリアル』では1896年、1897年、1898年の3月に自転車用の特集を

（図 3-1）The Matron's Hiss (An Apologue with an Application)　*Punch,* 1894.10.13.

組んでいる。ここに取り上げられた自転車用衣服のほとんど全てがサイクリングスカートであった。また、1896年には19社、1897年には24社、1898年には31社の商品が紹介されており、掲載商品の数は年々増加している。

個々の商品に着目すると、同じテーラーが同一の商品名のものを毎年のように紹介していることも多く、各テーラーの人気商品であったことがわかる。しかし、一口にスカートといっても、実はいろいろな仕掛けがなされている。それらを取り上げてみよう。

サイクリングスカートの隠しごと

プリーツ

テーラーが発表したサイクリングスカートの具体例をみていこう。まず、商品名〈ペダリュース〉の広告記事では（図3‐2）、「女性の自転車乗りに対する最も強い偏見のひとつは、疑いもなく、多くの女性たちがこの新しい運動を無謀にも、適切な配慮や相応しい服装をせずに取り入れようとしていることによって発生している」とし、スカートであっても設計の工夫によって、適切な服装になることを示唆している。その設計の主な特徴は以下のとおりである。

まず、後ろ中心に大きなボックスプリーツを入れて、サドルに腰掛けやすくしている。さらに「前スカートはエプロンのように裁断されていて、乗り手がサドルに座っている時には、サドルの両脇に均等に垂れ下がるように設計されている」。サイクリングスカートの設計の留意点は、このように「通常のスカートで自転車に乗ると片側が引きずられ、その反対側が持ち上げられたような状態になり、エレガントとは正反対の状態になってしまう」ことへの対処であり、〈ペダリュース〉以外の記事でも、「スカートがサドルに対して均等に垂れ下がる」ことを宣伝する商品が数多く紹介されている。[5] イラストを見ても、スカートがすっきりと垂れ下がっている。乗馬用のスカートは横乗りをしたときに、あたかも幕のように脚を覆い隠していたのが、このサイクリングスカートでは、左右均等に幕を垂らして、せっせとペダルをこぐ脚の運動を覆い隠したのである。

（図 3-2）The New "Pedaleuse" cycling skirt　*The Queen*, 1895.7.27

〈ペダリュース〉には後ろ中心にプリーツが入ることでスカートの広がりを確保していたが、プリーツはスカートの脇の位置に入る場合もある。例えば、「きちんとして実用的なサイクリングコスチューム」の紹介記事では、「両サイドにプリーツが入っていて、レザーのストラップで閉じられている。そのため、ふくらはぎのためには十分な運動量が確保されているとともに、自転車に乗った時にはストラップをほどくことでさらに動きやすくすることができる」と解説されている。[6] ペダルをこぐための空間としてスカートの裾まわりの量はプリーツを入れることで確保すると同時に、自転車から降りた時にはストラップで閉じることでシルエットのボリュームを抑えている。1896年のサイクリングコスチュームも、「スカートの脇の縫い目の位置には裾までステッチが入っていてその部分は一種のプリーツ状になっており、ペダルを漕ぐときにはふくらはぎの自由を確保している」[7] のだ。

また場合によっては〈ポーライナ〉のように「スカートは脇開きでサイドプリーツは2本のスト

ラップによって保持されている。サドルに座っている時には、後ろ中心に入っているプリーツによって、このスカートはたっぷりと広がっていて、車輪の上にとても優雅に垂れかかる」とあるように[8]、脇にも後ろ中心にもプリーツが入っているものもあった。図3-3では自転車に乗っている状態が描かれていて、ボタンをはずしてストラップが垂れ下がっており、その内側にはプリーツが畳み込まれていることがわかる。

プリーツは自転車をこぐ時には広げられるが、自転車を降りるとストラップなどを留めることで、スカート全体はすっきりとしたシルエットとなるように仕組まれている。

（図3-3）Paulina(Mr. E. and R. Garrould's)
Lady's Pictorial, 1897.3.20.

ディバイデッド・スカート

ディバイデッド・スカートとは「分割された」スカート、すなわち今日のキュロットスカートのことを意味する。二股に分かれた形状は一見するとスカートのようではあるが、脚の存在をイメージさせる衣服でもある。日常的な服装の不合理性に対して、活動的かつ健康的な服装として、19世紀後半に合理服協会が女性に向けて提唱したものでもある[9]。

「新しい自転車用スカート」として紹介した記事では（図3-4）、「裾丈の長いスカートで、前スカートの中心でボタン留めにし、両脇にプリーツが入っている。後スカートは、サドルに腰掛けている時にはボタンを外すことができ、それは自由に翻る。乗り手がサドルに座っている時には開口部は目には見えない」ということと、この場合、後ろ中心の上部のボタンにはストラップがついていて、膝の間をわたって前スカートにつなげることができることを解説している。[10] こうすることで後スカートが垂れ下がった状態を保つことが可能になっている。さらに、「もしも着用者がディバイデッド・スカートを好むのであれば、前スカートのボタンをはずして脇に留めるとディバイデッド・スカートの形になる」とツーウェイの着装方法を提案している。正面からの図は、ディバイデッド・スカート風にして着用した図で、背面からの図はスカートのままで着用した図である。図では詳細が判別しにくいが、スカートの裾まわりの広がりがディバイデッド・スカート風の方はボリュームが少なくなっている。このような着方をしても、ほとんど人目にはわからないことを述べ、その理由を「スカートの布が両脇に最も完璧に垂れ下がっているからである」と指摘している。

　ディバイデッド・スカートの場合、それがディバイデッド・スカートであることが、判別しがたいデザインに仕上げられていることが特徴である。

（図 3-4）New Bicycling Skirt *The Queen*, 1895.11.16.

これまでたくさんのディバイデッド・スカートを取材してきたが、多かれ少なかれ、不満足であった。しかしこの〈エクセルショール〉のディバイデッド・スカートは自転車用とウォーキング用の衣服の両方の全ての要求をすっかり満たしている唯一のものである。

スカートの分割は歩行時には全くわからない。それはボックスプリーツの下に巧妙に隠されてしまうからである。そしてサドルの上に座っている時には、その布はスカートの分かれ目の上に折り重なるようにアレンジされている。一方、それは最も優雅にそして均等に垂れ下がっている。

スカートにはアンダーストラップがついていて、それは外には現れない。スカートの自由のために必要であり、スカートがめくれ上がることを防いでいる。[11]

ディバイデッド・スカートは脚部が二股に分割されているが、歩行時にはプリーツの下に隠れて目立たないと説明している。どういうことだろう？　想像が難しいことであるが、〈サン・スーシ〉という商品の「ディバイデッド・スカートではあるが、歩行時にはそのようなことは見た目に現れない。その時にはプリーツが密集して垂れ下がり、まるで普通のスカートのように見えるのである」という説明[12]を読むと理解しやすくなる。サン・スーシとはフランス語で「伸び伸び」という意味であるところから、このスカートはプリーツがたっぷりと仕込まれていて「伸び伸びとひろがる」というのであろう。

またアリソン社の〈プライムローズ〉は「とてもたっぷりとしたディバイデッド・スカートで、紫色の布製。自転車に乗っている時には完全な自由を与え、同時に自転車から降りた時には、そのたっぷりとした折り襞はみな一直線に垂れ下がり、結果としてそれはすっかり普通のウォーキングスカートのように見える」とある。[13] たくさんのプリーツが重なり合い、密集しているために、脚部の分割が判別しにくくなるのである。

また、サイクリング用に提案されたディバイデッド・スカートは普通のスカートのように見える工夫がさらになされている。例えば〈デビュタント〉の紹介では、「スカートには前面にエプロンがついていて、布製のタブとボタンが両脇についている。エプロンの下にはディバイデッド・スカートが隠されていて、この衣服を快適かつ安全なものにしている。そして、自転車に乗るときには完璧な自由を与える」と説明している。[14] つまり前スカートの部分はエプロン状になっていて、ディバイデッド・スカートの股下の分割を覆い隠しているということであろう。エプロン状の両脇のボタンをはずして、ディバイデッド・スカートのみで自転車に乗ることも可能であろうし、エプロン状のものを重ねたままスカートとして着装することも可能なのである。

このような設計の工夫は記事に添えられたイラストからはほとんど判別がつかない。それも当然であろう。記事では外見は普通のスカートのようである、とうたっているのであるから。描いてみたら、脚の分かれ目がはっきりわかる、では困るのである。

このような設計に近いものが図3–5、島根県立石見美術館所蔵の女性用の自転車用衣服である。これは前面にボタンが2列に並んでいる。図3–6ではスカート状になっているが、左スカート側のボタンをはずして、右スカート

（図 3-5）女性用自転車用衣服
1910 年代
島根県立石見美術館所蔵

側のボタンにかけなおすと図3－7のようにディバイデッド・スカートの分割が出現する。歩行時には通常のウォーキングスカートとして、自転車に乗るときにはディバイデッド・スカートとして着用するのである。また、その裾まわりのボリュームにも着目したい。前スカートの裾幅に比べて、後ろスカートの裾の位置にあたる布の量が多い。股下の位置には扇型のマチが入っていて、前パンツ裾幅に対して、後ろパンツ裾幅は約2倍である。そのため、股下の布は重なり合う。スカートを垂らして後ろから観察してみると、その重なり合いが脚部の分割をすっかり隠してしまうことになるのである。つまり、先ほどの〈プライムローズ〉の「すっかり普通のウォーキングスカートのように見える」わけである。また、図3－5の写真で分かる通り、組み合わせたジャケットの丈が腰を隠すほどの長さであるから、さらに股の位置の分割はわかりにくくなっている。

　このスカートには前裾の裏面の位置にはストラップが縫い付けられており、脚に回して裾の翻《ひるがえ》りを押さえていたこともわかる。収蔵されているこのスカートのストラップはくくられた状態で、素材の

上（図3-6）女性用自転車用衣服　スカート　島根県立石見美術館所蔵
下（図3-7）女性用自転車用衣服　スカート（ボタンをかけなおした場合）
島根県立石見美術館所蔵

劣化が懸念されたためほどくことができず、残念ながらその長さは計測できていない。ただ、このようなスカートの内側のストラップは、紹介記事の中でもたびたび登場している。例えば「ゴム製のストラップがスカートの両サイドにつき、それぞれのくるぶしに巻かれていて、風がある日に自転車に乗るときのためには優秀な工夫である」と説明されているようにである。[15]

また、スカートが風を受けて膨れてしまう、脚の動きに合わせてずり上がってしまう、といったことを防ぐために、トーマス&サン社の商品のように「脚の自由な動きを確保できるようにスカートが十分な広がりを持っていながら、風を受けて膨れてしまうことのないように、バンドが内側に備わっていて、ニッカボッカーズとボタンでつなぎ留められている」[16]と、くるぶしではなく、下に着用したニッカボッカーズとつなぎ合わせる工夫もなされている。

自転車用のディバイデッド・スカートの設計はこうした工夫の結果、例えば〈ウエストボーン〉のように「スカートは自転車に乗っている時には、分割されたようにアレンジされ、自転車から降りた時にはたっぷりとした裾まわりのウォーキングスカート」になる。[17]

フランス語で〈コム・イル・ファン《礼儀にかなった》〉という名がつけられたスカートは「ディバイデッドで、中心にストラップとボタンがつけられている。この分割は着用者が自転車に乗っている時を除いては、どんなにしてもはっきりとわからない」とあり[18]、図3-8を見ると、前中心の位置には2か所にタブとボタンがついており、おそらく自転車に乗るときにはこのボタンをはずし、自転

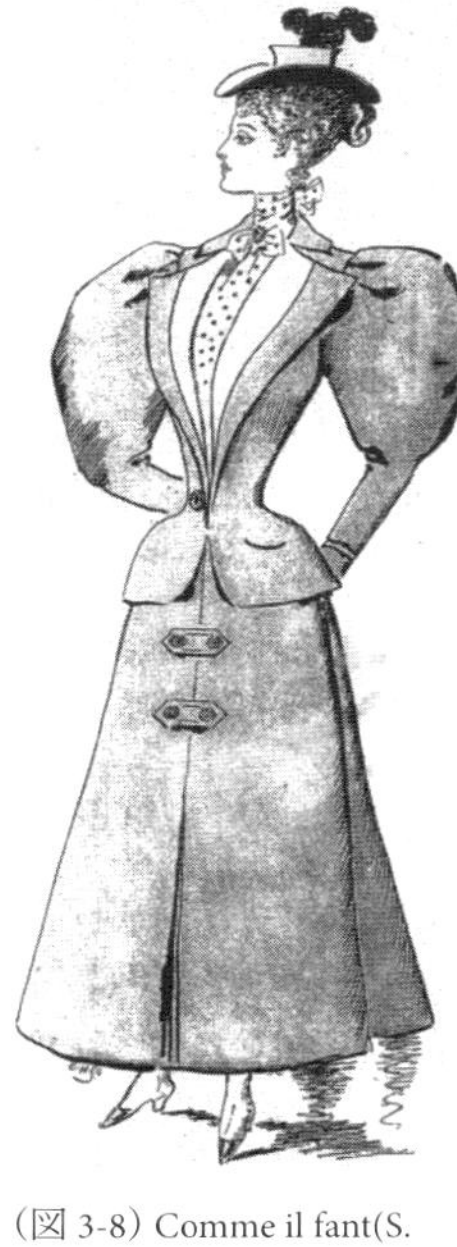

（図 3-8）Comme il fant(S. Fisher and Son)
Lady's Pictorial, 1896.3.21.

車から降りるとボタンをかけてその分割を目立たなくしているのであろう。分割の位置では布が折り重なりプリーツになっていること、前裾よりも後ろの裾幅が広いため、後ろの裾線が大きく波打っていることもわかる。ディバイデッド・スカートでありながら分割を気づかせないデザインであり、自転車から降りたその時には装いのマナーに則っているという趣旨から、このスカートは「礼儀にかなった」と名付けられているのであろう。

レディが礼儀にかなった姿を保つには、こっそりとスカートに隠しごとをしているのである。

プレーンなシルエット

数多く登場したサイクリングスカートのデザインには、プリーツやその他の細工がない、ごくプレーンなフレアースカートも登場している。例えば、〈キャリントン〉では「たくさん自転車に乗る女性たちはこのシンプルな形のスカートを好む。それは使用時にめくれ上がらないような設計で、自転車から降りた時も、カントリーを歩いている時も同じように良く見える。総裏付きで、裾には重みをつけている。また裾の位置を丈夫にするためにステッチが入っている。前スカートがずれないように、内側にはストラップがついている」と説明されている。[19]

その他にも〈フレデリーカ〉は「スカートについて注意を述べると、後ろスカートは実にプレーンで、プリーツやギャザーは入らずにフィットしている。専門家たちはこれを最も優れた形だと断言している」と紹介されている。[20]

そしてウィンター社の商品の場合は「ウィンター氏の狙いは、女性が自転車に乗った時に完全に実用的で、快適な衣服を作ることである。それと同時にひいき目の評価は無視しても、十分におしゃれであるということが認められるものである。それはある場合では、ウォーキングスカートのようである。（…）スカートは快適でかつ見苦しくないのに、適度に裾幅は狭く、丈は短い。その両脇は三重のパイピングで装飾されている。ニッカーズはウエストバンドに取り付けられていて、サテン製である」と紹介されている。[21] スカートはゲートルがはっきりと確認できるような短い丈である。

　このように、ディバイデッドではなく、またプリーツも入らないプレーンなスカートは日常のウォーキングスカートと類似し、かつ、内部にストラップをつけたり、裾が翻りにくくなるように重みをつけたりといった工夫がなされている。プレーンな形状は、見苦しくなく、あるいは優れたシルエットとして、女性たちに好まれていたと言えよう。

　さらに図3－9のアルフレッド・ディ社の商品は「スカートはプレーンなゴアードスカート。とても快適にフィットしている。自転車の要求に見事に応じた装いである」と紹介されている。[22] ゴアードスカートと紹介されているように、イラストを見ると、さらにスカートの裾幅が狭く、すっきりとした印象である。

　ペダルをこぐためには脚が十分に動かせるだけのスカートの広がりが必要である。しかし、不必要に裾幅が広ければ、それはまた脚にまとわりついたり、車輪に巻き込まれる恐れもある。また、広がりが多ければそれだけスカートの重量が増し、動作の妨げにもなる。このようにプリーツやギャザーが入らないプレーンなス

（図 3-9）Becoming Cycling Costume at Alfred Day
Lady's Pictorial, 1896.7.18.

カートもまた、実用的でかつ、おしゃれなサイクリングスカートとして評価されていた。

以上のようにサイクリングスカートの設計は、ペダルをこぐための運動量を確保することと、スカートの裾が翻らないように工夫することに留意している。その中で、スカートの形状とディバイデッド・スカートの形状とのツーウェイの着装が可能なもの、スカート内部で脚に裾を留めつける工夫などが登場した。

当時のテーラーの製図の解説書を確認すると、例えば女性用サイクリングスカートの場合、前スカートに対して後スカートには図で確認できるようにプリーツが入るために、その裾幅が非常に広くなっている。また、スカート内部の両脇にストラップをつけることが指示されている。図3－10の〈パーク〉と名付けられたサイクリングスカートの製図では、後ろ中心線は湾曲し、ストラップを通す位置が指示されている。これはサドルに腰掛けた時にストラップを脚に回して結ぶと説明されている。図3－11のサドル上の女性の後ろ姿をみると、ウエスト位置ではギャザーが入った左右のパーツが後ろ中心で重なり合っている様子である。両脇にしっかりとスカートの裾は垂れ下がっている。おそらく自転車から降りたときには布の重なる分量が多いので、開口部は気にならないのであろう。ということは、スカートといえども、実は後ろ中心部は縫い合わせていな

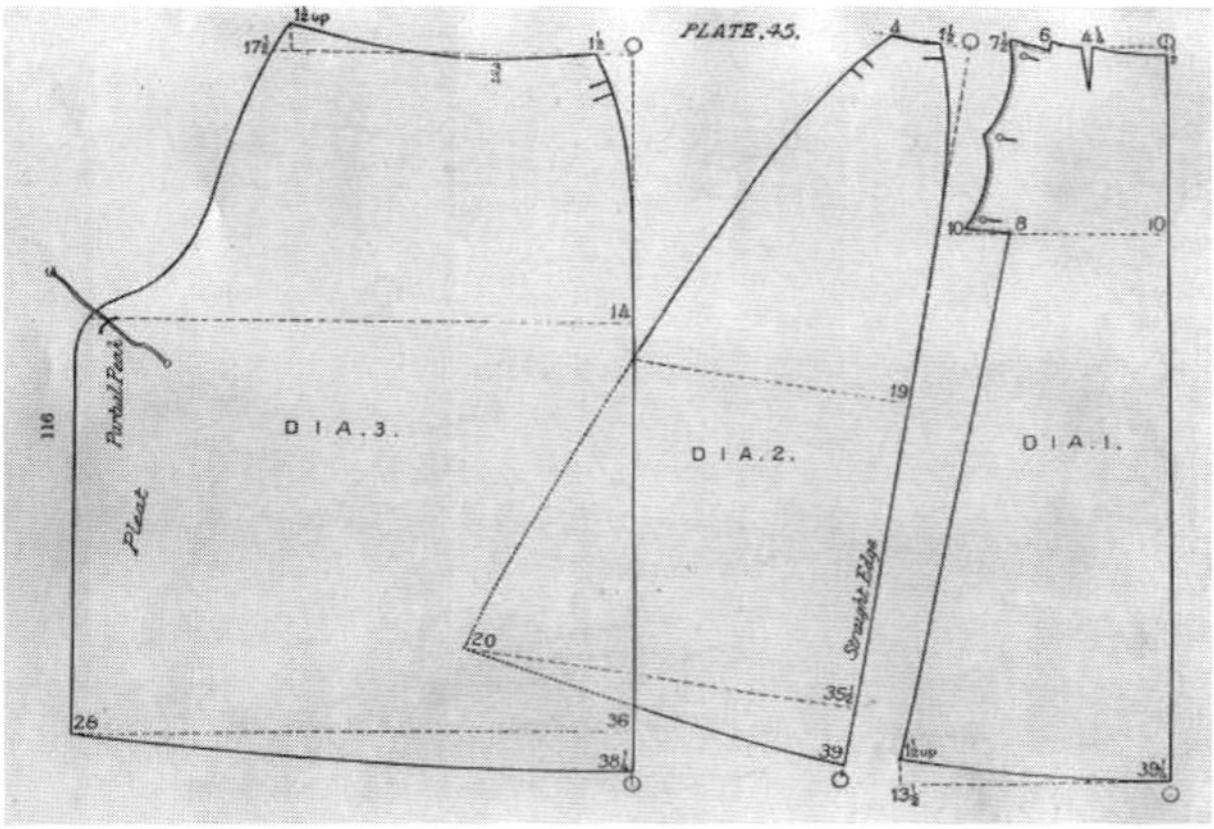

（図3-10）Park Cycling Skirt pattern
Late Victorian Women's Tailoring: The Direct System of Ladies' Cutting (1897)

いということだ。現代のスカートの考え方からすると、不思議なものである。これも乗馬用のスカートと同様に、自転車に乗っている時の姿が優先された設計なのである。

スカート丈への留意

自転車用のスカートの丈についても注目したい。ペダルや車輪に巻き込まれないためには、その長い裾は危険な存在である。しかし、スカートの裾は足元を覆い隠すために慎重にその長さを検討された。スポーツの指南書においては例えば、「スカートは後スカートの方が前スカートよりもほんの少し長く裁断されるべきである。それはもちろん、乗り手がサドルに腰かけている時にはまっすぐに裾が降りている時よりも短くなっている。着用者が立ち上がった時に、スカートは前スカート側で地面よりも上がっているのは6インチ以内にすべきである」と述べている。[23] 後スカート側の方を少し丈長に設定するのは、サドルに腰かけた姿勢になった時に、裾丈を取られるからであろう。6インチ（約13センチメートル）は地面から裾線が上がっているということは、おおむね足首が隠れるくらいのスカート丈と考えてよいであろう。

このように短めの丈に設定された自転車用のスカートについて、他の指南書では次のように述べている。自転車旅行をすることを考えた時に、自転車から降りた際に、大きな街中で足首までの服装のままでいることは、イギリス国内であれば気にも留められないかもしれないが、ヨーロッパ大陸にお

（図 3-11）Park Cycling Skirt
Late Victorian Women's Tailoring: The Direct System of Ladies' Cutting (1897)

いては、じろじろと人に見られてしまうかもしれない。そこで独断かもしれないが、と断った上で「私は1着の自転車用衣服を、状況に応じて長い丈にも短い丈にもできるように作る。それはウエストバンドのまわりに5個の安全フックを1列につけて、スカートの裾にはフックにかける穴を1列つける。このように準備したスカートであれば、自転車から降りた時には他の女性たちと同じような外見となるのである。自転車に乗るときには、フックにスカートをひっかけると、スカートが全く絡まることがないことを知っているので心置きなく自転車をこぐ」としている。[24] さらに、「たくさんの自転車用の誌面で自転車用の服装の記事を読んだが、このような工夫の単純さと適切さによって、自分のものよりも優れたものは見つけられない」と述べている。これもまた一種のフィッシュワイフ・スタイルである。

確かに、多くの自転車用のスカートの紹介記事の中でもスカートの丈を調整するものは、フィリップス・アンド・サン社の〈エクセルシオール〉の他にはほとんど見受けられない。[25]〈エクセルシオール〉とは「さらに高く！」という意味である。スカートの裾の位置を高くできることを強調しているのであろう。

ここで注目すべきことは、登山やスイス旅行の時と同様に、スポーツ（自転車）時とそれ以外の場面でのスカートについての意識である。それは、自転車に乗るときには便宜上短めの丈のスカートを着用しても、降りた時には、特に街中では一般的なフルレングスのスカート丈を装いたいという意識である。フランスでは、女性たちもニッカボッカーズの自転車服を好んで採用していたというが、イギリス女性はスカートへのこだわりを持っている。こだわって短めの丈のスカートをはいた挙句に、自転車から降りたときにその姿のままでは、周囲の人から不作法と思われるかもしれない、と心配してしまうのである。

どうしてスカート?

では、イギリスではなぜサイクリングスカートが大半の女性たちに支持されていたのか、その理由について考えてみたい。既に取り上げた『パンチ』の記事にあるように「道徳上の理由から、脚衣を批判する」という視点だけでは、自転車という新たな楽しみを取り入れる進取の風潮にはいささかそぐわないものであり、説明不足である。

ニッカボッカーズの着用を実用的と認める一方で、スカートを支持する理由を説明する記事を次に示す。

ニッカーはスカートよりもすばらしい、そして逆もまた真なり、とは私は思わない。私にとって自転車に乗るために便利な物とは、そして私が幸せで快適な物とは何か、ということである。(…)体力と気力と人生の本質を自転車に乗ることの記録に尽くしているような女性や、そして一日で笑顔の内に100マイルは走ってしまう女性であれば、とても合理的なニッカーを着用してもよいし、ダイヤモンドフレームの自転車に乗ってもよい。私は彼女の行為は正しいと支持するし、私自身もスカートを着させようとは少しも望まない。

私が長くて骨の折れるツアーを行うことを望むというのなら、私だってニッカーをはいて、叔父の自転車を借りるだろう。しかし私は自分自身が多数派であり、上質の設計で、程よくゆったりとフィットしたスカートが実に適していることがわかっている。[26]

この記事では、体力を消耗する長距離のツアーに挑戦するような場合であれば、ニッカボッカーズは必要である。それに対してそれほどの距離を走らない場合であれば、適切に設計されたサイクリングスカートで十分であるし、そのような自転車の楽しみ方をしている女性の方が大多数である、ということを述べている。

また、この問題について、女性雑誌では脚衣はイギリス女性の体型にそぐわないもの、と主張する記事も出現している。例えば、『クィーン』の1895年9月14日の記事では「既存の合理服は女性の身長やプロポーションといった容姿を損ねるものである」という意見を掲載している。[27] さらに、11月30日の記事では次のような意見を示している。

もしも女性がスリムで背が高ければ、トラウザーズやニッカボッカーズのような服装でも素敵に見せることができるであろう。しかし、大方の女性はとても小柄でそのような服装では彼女たちの容姿が損なわれることに身震いを感じる。総じてイギリス人はショート丈のスカート（これは広がりすぎず、長すぎないもの）との妥協がベストのようである。それは現実的にフランスのニッカボッカーズなどと比較しても、同様に、有用で適切なものである。そして確かにより優雅である。上手に裁断されたスカートとジャケットを着用して自転車に乗るイギリス女性のスマートさよりも、より一層優雅である人を目にすることはとても難しいことである。[28]

小柄なイギリス女性には、脚衣を恰好よく着こなすことは難しく、小ぶりのスカートの方がすっきりと着こなすことができるというアドバイスである。確かにこれはファッションのデザイン効果の面から見て一理ある見解ではある。裾広がりのスカートで足元まで包み込むことは、縦長のラインが強調されて、見るものの目を上昇方向に動かす効果がある。そのため、すらりとした印象を与えることができる。一方、脚衣の場合には、衣服で身体を包み込む部分が少なく、軽快ではあるが貧弱な印象を与えることもある。

そしてこのようなスカート姿を「優雅」であると評価している。「優雅」というキーワードはこれまでに示した商品をはじめ、多くのサイクリングスカートの紹介記事で繰り返し取り上げられている言葉である。それは1895年7月20日の記事のように「前スカートはオーバースカートで、優雅なスタイルになっていて、普通のスカートではっきりとわかってしまう無様な脚の動きを隠す」というように、[29]スカートのデザインを優雅と指摘するもののほかに、「自転車に優雅な動作で乗ったり、降りたりすることを」[30]や、「サイクリングが女性にとっての優雅なエクササイズになってから」といった、[31]自転車に乗る行為そのものに優雅さを意識している記述がみられる。

そこでスカートを着用して自転車に乗る行為を優雅とみなす意識についてさらに考えてみたい。脚衣の実用性を認めながらも、スカートを重視する意識について次のような見解が示されている。

私たちはブリーチズやニッカボッカーズを秘密の方法で着用する。また、恥じ入りながらそれらを購入している。私たちが一般的には、二足を有するということを認めているような時に、なぜこのようなことがなされるのか私にはわからない。むろん女性の中でも進歩的な者は、なぜスカートをはかずにそれらを着用しないのか、と言うのであろう。しかし私の理論では、私たちは脚衣を快適と適合のために着用する。そして、それらを優雅で覆うのである。[32]

快適な脚衣を実用性のために着用することは容認するが、それをさらに優雅すなわちスカートで覆う。

なぜスカートで覆うことが優雅であるのだろうか。自転車の乗り方についての指南にその意識を見つけてみたい。

女性の視点からしても、足首を動かすということは、速度を得るということと並んで、それは優雅さを生み出すという意味で、さらに重要である。自転車に乗っている時の膝の上下の動きは、足首が適切に使用される場合には、二分の一に縮小される。そしてその結果として見物人はより快く感じる。スカートは優雅に垂れ下がり、自転車の乗り手は見た目が良くなるためには、できる限り膝はほとんど動かないようにすべきである。

したがって、もしあなたが十分に高い位置に座り、足首を適切に使用すれば、あなたは自分の力を最大限に利用し、疲労を軽減するだけではなく、同時に優雅さと、サドルの上においてあなたの外見を良くする全ての方法に到達するであろう。[33]

このアドバイスから考えられることは、スカートを着用すること、スカートによって脚部や脚衣を覆い隠すことを「優雅」とみなしているわけではないということだ。大切なことはペダルをこぐ時に、足首をきちんと動かすことで膝の動きを可能な限り小さくすることである。膝の上下運動が小さければ、スカートの下での運動は周囲には意識されない。そのような姿が、優雅であり、周囲のものに心地よく感じられるのである。これは、乗馬の場合にはスカートが皺ひとつない状態を「よし」とした感覚と通じるものであろう。サイクリングスカートの場合は、左右均等に垂れ下がったスカートの裾が風に翻ったり、脚部の運動に応じて揺れ動いたりしない姿が、優雅なのである。

以下に示す意見も参照したい。

スカートにこだわる私たちの理由はあいまいなものかもしれないが、私自身はそれが強固なものであると考えている。スカートはより優雅である。ニッカーズをはいて自転車に乗る女性は、私の考えからすれば滑稽な、ステッキを持ったサルと似たようなものである。その一方で、スカートを着用して自転車に乗っている自転車乗りたちは、芸術的な美しさ、または均整のとれた優雅の本質である。

たいていの熱狂的な自転車乗りたちは、彼女たちの大好きなこの娯楽は優雅なものではないということを、正直なところ考えている。私たちは最善を尽くして、不動の状態であるべきで、私たちが真に賢い人間として、ただ正しく理解されたとしたら、時には今後のために現時点での外見に満足する。そして私たちが自転車に乗るときには、楽しみと共に、なんと私たちにとって良い運動であるのか、と考える。そしてそれは私たちの外見に対して素晴らしい効果をもたらすであろうと考える。

また、私たちの名誉となるように言えば、私たちは自転車に乗るときに最大限の努力をし、自転車の上では優雅ではない体勢を軽減する努力をしている。[34]

ペダルをこぐ動作は本質的には優雅な営みではないものの、楽しみでもあり、身体には良い影響を与えることを認めている。その上で、優雅に見えない体勢にならないように、バタバタとした動きを見せないことを心がけているのである。そのような乗り方をしてこそ、スカートを着用して自転車に乗ることは「芸術的な美しさ」であり、「優雅の本質」なのである。スカートは脚部を覆い隠すのではなく、脚部の動きを覆い隠しているのである。

さらに、「自転車用の衣服」についての記事ではフランスやアメリカではニッカボッカーズが採用されていることを紹介しながらも、イギリスのテーラーがスカートを制作していることを伝え、スカートの方が自転車に乗っている時だけではなく、降りた時にも女性がよりよく見えることを指摘している。[35] つまり、サイクリングスカートは自転車に乗るための裁断の工夫がされているので、運動性も高められているうえ、自転車から降りた時には通常のウォーキングスカートとして、その外観を保つことができるという利点である。この点に関しては商品の紹介記事において、繰り返し指摘されている。

サイクリングスカートの利点はまさにこの2点である。例えば、自転車服の紹介記事では「実に見事なもので、それはイラストのように、自転車にもウォーキングにでもどちらにも適している。前後のスカートは2列のボタンで留め外しができ、スカートの形にもなるし、自転車に乗るときにはそれぞれの脚を包むようにボタンを留めると、合理服のようにもなる。しかし、このように留めていることはその時には目立たず、スカートの両脇は最も優雅に布が垂れ落ちるのである」と、自転車に乗っている姿と、自転車を降りた立ち姿を両方描いて、その商品の特徴を説明している。[36]

以上のように、サイクリングスカートの設計は、運動量を確保すると同時に、脚の動きを隠し、裾の翻りを防ぐことに留意している。その結果、設計上で後ろ中心に開口部を設定すること、内部に裾の翻りを防ぐバンドなどが装着されること、着装方法によってはディバイデッド・スカートのようにアレンジしてツーウェイで着装できる仕組みにすることなどが、テーラーによって工夫されている。

イギリスにおけるサイクリングスカートの着装は、脚衣に対する否定的な見解だけではなく、スカートに対する積極的な肯定の意識であろう。すなわち、スカートの方がより体型を引き立てるデザインであるという考えである。またサイクリングが日常生活の中に広まっていく時に、特別な装いとしてではなく、日常的なスカートの形式を採用した。サイクリングスカートは合理的に、自転車に乗る服装と、自転車を降りた時の服装と、両者に配慮をした服装なのである。そしてスカートに託した表現は「優雅さ」であった。ペダルを漕ぐ動作によってスカートがバタバタと揺れ動いてしまう様子を優雅ではないと考えた。そこでスカートの揺れを嫌って、ニッカボッカーズを着用するという選択をするのではなく、脚部の動きを感じさせない運動を心がけ、敢えてスカートを着用して、脚部の動きを覆い隠すことで「優雅さ」を表現したのである。

スカートの内部の秘密

ズボンはこっそり

　ここまでスポーツのためのスカートの紹介をしてきた中で何回か、スカートの下にニッカボッカーズを着用していることに触れてきた。そもそも男性用である脚衣は一体どうやって女性たちのスカートの下に隠れ潜むことになったのか。

　１８８０年代にはイギリスの女性のドレスのシルエットは、腰高のいわゆるバッスルスタイルと呼ばれるものになっていた。バッスルとは後ろ腰に膨らみをつけるための腰当である。バッスルにしろ１８６０年代に大流行したフープ状のクリノリンにしろ、それらの着装手順を考えると、下着としてシュミーズを着用した上にコルセットでバストのふくらみを支えるとともに胴部のラインを整え、後腰が高く膨らむバッスル型のクリノリンを着用している。クリノリンはスカートのシルエットを整えるためにかご状になっていて裾が軽く持ち上がりやすいため、内部の脚をさらに包むためのリネン製のドロワース（またはパンタレッタ）を着用している。少女が着用するパンタレッタは短い丈のスカートの下から露わになっていたが、成人女性用のそれは人目に触れるものではない。コルセットやクリノリンは身体のラインを整えるためのファンデーション、ドロワースやシュミーズはジャケットやスカートなどのアウターの中に着用する、肌着すなわちリネンである。これらを総称してアンダーウェアと呼ぶが、スポーツ用のスカートの場合には、さらに外衣とアンダーウェアの中間としての脚衣が合わせて着用されてきた。ここではこれらのスカートの内部の着装を検討し、そこからスカートの表現について考える。

クリノリン

スポーツの場面で、スカートのシルエットを決定づけるクリノリンの着用に関しては言及されていない。1887年に雑誌に提案された登山用の服装は、スカートについての解説には「短い丈のスカートにボックスプリーツがついている」としか記述がないが[37]、横向きの姿のイラストから判断すると後腰は明らかにボリュームがあり、バッスルで整えたシルエットをイメージさせている。ただし、雑誌に掲載されたテーラーからの提案は、現実の着装とは乖離している場合もある。

次に、登山の場においても当時の流行の装いに頑なに固執する様を『パンチ』にみてみよう。図3-12はバッスルよりもよりボリュームの大きかったクリノリンが流行していた時期のものである。イギリス西部の保養地モルヴァン丘陵をのぼる女性たちの姿について、下から見上げればクリノリンの中の脚が丸見えになっていることを恥ずかしいと批判している。脚部を隠すことが大命題であるべきヴィクトリアン・レディが何たることか、という嘆きでもある。1860年代半ば頃までのこれらのイラストからは、女

（図 3-12）The Malvern Hills.
Punch, 1863.10.31.

性たちは登山においても、クリノリンやバッスルといったファンデーションを着用していた可能性があることが推察される。

しかし、1860年代のクックのスイスツアーに参加した男性客は次のように記している。


楽しみのひとつは、鉄の鎧を脱ぎ捨てたレディ達の姿を見ていることだ。クリノリンを着ないのはここでは当たり前だし、実際そうせざるを得ない。ロバに乗り、気楽そうに見えるように努力はしているけど、彼女達の乗馬経験といえば、揺り木馬で遊んだ程度だくらいは一目で分った。それでも唇を嚙みながら、家の安楽椅子に座っているのと同じくらい楽だ、などなど可愛い嘘をついている。（…）中にはマッターホルンにだって行けそうな女性もいる。[38]

イギリス国内とは異なるこのような女性たちの振る舞いを、同行する男性客は登山に挑戦する行動的なものとして、興味本位でとらえている。ロバに乗り山道という非日常の環境を旅する女性たちはやはり、その服装を状況に応じて変化させ、クリノリンを脱ぎ捨てなければならなかった。

先に紹介したように女性が乗馬するときには、サイド・サドルを使って横乗りになる騎乗スタイルである。乗馬服を着用して男性の介助を受けて馬の背に乗ろうとしている女性の姿を観察してみよう。女性の乗馬を説明するイラストの横向きや後ろ向きの姿の腰まわりのボリュームの無い様子を見れば、クリノリンは着用していないことは一目瞭然である。仮に、クリノリンを着用したまま騎乗すれば、邪魔になるばかりではなく、裾は浮き上がりむしろ脚が露わになってしまう。身だしなみを保つためには、クリノリンを脱ぐことに必然性があったのである。前述の男性客はこのような事例を知らず、一般的な女性がクリノリンを着用しないことに興味を覚えたコメントなのであろう。『パンチ』の中でもクックツアーの男性のコメントのように、婦人はかさばるスカート姿で何とかロバの背に横座り、山頂を目指して同行する男性たちに支えられながら、山道を進んでいる。[39] スカートの広がりを支えるものはクリノリンだけではない。本来は下着としてボリュームのあるペチコートを下に仕込んで、スカートの広がりを演出していた。クリノリンはそのペチコートのかさばりや重さを軽減するために、登場した産物だ。クリノリンを着用しないと言っても、下着としてのペチコートの着用は想定内であろう。

馬上だけではなく、銃猟や釣りの服装としてこれまで紹介してきた、短い丈のスカートの裾まわりは多少の広がりがあるが、バッスルを着用しているシルエットではない。1863年の『パンチ』の風刺は痛烈ではあるが、1880年代半ば以降の風俗を見ると、アウトドアの活動において必ずしもクリノリン（バッスルも含めて）を着用していた様子はない。むしろ着目したいのは、スカートの裾は短いだけではなく、その裾まわりのボリュームがとても少ないということである。このようなボリュームの少ないスカートは、短い丈のスカートもフィッシュワイフ・スタイルのスカートもいずれにも共通することである。

ニッカボッカーズ

◉アンダーウェアとしてのニッカボッカーズ

アウトドアでの活動の場合、スカートの内部には何を着用したのであろうか。湿地や沼地を歩き回るカントリースポーツでは脚を濡らさないように、また冷気を遮断するために、ニッカボッカーズとゲートルの着用を薦めいている。サイクリングの場合も、スカートの内側にニッカボッカーズなどはアンダーペチコートの代わりとして着用するようになってきたことを伝えている。[40]

例えば「普段の下着、ペチコートの代わりとしては暖かいツィードまたはホームスパンやダークカラーで厚手のフランネル製のニッカボッカーズを薦める。これは丈長で膝の下でボタンを留める。ゆったりとしているので風の日でもペチコートを着ていない状態だとは思われないであろう。ストッキングはリブ編みのウールか、シェットランドウール製の物をはく。ただし、後者はあまり履き心地はよくない」。[41]この記事ではニッカボッカーズは保温性があるだけでなく、ゆったりとしてボリュームもあるため、野外で風に吹きつけられたとしても、スカートはあたかもペチコートを着用しているかのようなシルエットを保つことができると薦めている。

また、「ボタン留めのゲートルはドレスに合わせたもので、ブーツにボタンで固定した。もちろん紐締めのハイブーツもふくらはぎまでの丈の物。スマートな見栄えがするが、それらはゲートルに比べて歩きやすさには到底及ばない。薄手の地味な素材のニッカボッカーズを着ることを薦める。これはドレスの下にペチコートを合わせるよりもずっと快適である」とあり、[42]この場合は薄手の素材を薦めているが、やはりペチコートよりもニッカボッカーズの方がずっと快適であるという。その理由は「ウエストコートとフェイシング（ヘムやカフスの折り返し部分の裏布）は明るい黄緑色のラシャ地でつくられ、この素材はきちんとフィットしたゲートルとニッカボッカーズにも用いられる。これらはペチコートとアンダースカートを不要にするとともに、衣服の重量をかなり軽減し、登山やウォーキングの疲労を小さくする」と記していることで分かる。[43]スカートのシルエットを整えたり、保温性を高めるためにペチコートを重ねるとその重量が腰にかかり、運動時には負担になる。その点ニッカボッカーズは「ゆったりとした」シルエットをつくりだしていたとしても、ペチコートのようにはかさばらず軽量に仕上げられるので、重量は軽減し運動時の疲労が軽度で済むというのである。

ニッカボッカーズは保温性のためには厚手でゆったりとしたものが薦められていたが、次の記事のようにさらに動きやすさを重視した提案もなされている。「女性たちはペチコートを履くべきではない。それが平絹のものでない限り。ゆったりとしたニッカボッカーズをはくべきである。それはバンドやゴムで膝の下の位置で結ばれている。ドレスと共布で仕立てられている。または、望ましいのはフランネルの裏地がついた黒のサージ製である。自由で歩きやすいだけでなく、スカートを揺らさずに歩く事ができる」[44]という記述からは、毛羽立ちの多いフランネルは裏地として用いて、表地には比較的さらっとしたサージを使用すれば、歩行の時にスカートとの摩擦も少なく、歩きやすくなるということであろう。

ただし、『登山』ではスカートに限っては厚手のものを薦めていた。これは保温性と衝撃から腰部を保護するためと推測される。そのためスカート内部の装備も抜かりなく、「スカートの下には膝までの短い丈のアンダースカートをはく。それは同色でより軽い素材のものを。どちらのスカートにもマッキントッシュの縁取りをつける。防水性のニッカボッカーズはフランネルの裏をつけたものが最高であろう。少し重くなるが、野外で寝るときの冷気への心強い対策となる。ウールのストッキング（ひとつははいて、ひとつはナップザックの中へ）は厚手で防水のもの。ボタンのついた山登り用のブーツ。そして布製のゲートル」というように、環境に適した十二分な支度を薦めている[45]。

ペチコートに関しては、短めの丈のものが薦められている。例えば、1885年の記事では「適切な衣服とは布帛のニッカボッカーズ、スカート、これは短すぎないこと。短い丈のペチコート」と記されている。[46]しかし、1890年代には「ベンジャミンが発表した特別なドレスには暖かい編み靴下の上に厚手のブローグ（つま先に穴飾りのついた短靴）を履く。ペチコートは不要である。しかしニッカボッカーズは短い丈のドレスに合わせたもの。これは一般的に身頃と共に裁断されている」[47]、「ペチコートは不要で、同素材のニッカボッカーズを着用することが最適である」[48]とあり、ペチコートの着用は全く薦められなくなる。その理由としては登山の場合であれば「短い丈のスカートは登山用であり、これに合わせてニッカボッカーズも。長い丈のスカートとペチコートは危険である」というように、[49]足さばきの良さを重視した安全性からのようである。

ニッカボッカーズがペチコートにかわるアンダーウェアとして受け入れられたことやその理由が明確にされている。

今日では、多くの女性が、特に冬の季節にはニッカボッカーズを着用する。それはサージやツィード製であり、本来のペチコートの替わりに着用される。ほんの少し読者にはこの手の衣服の利点について、注意を与える必要がある。これらのニッカボッカーズは私たちのような指導的立場の医者によってとてもよく推奨されている。事実、有名な医者は女性が苦しむ、そしてその9割は冷えからくる病気の半数は、ここに説明する衣服を着用することで防ぐことができるであろう、と断言する。スポーツをする観点から言っても、それらは完璧である。ゴルフやテニス、同様にカントリーでのウォーキング、山歩き、全般的な旅行にもこれらの快適さは素晴らしく、一度着てみれば手放すことはなかなかできない。

薄手の素材であればもちろんイヴニングの下にも着用することができる。その場合にはシルクやキャンブリックのペチコートと一緒に着用してもよいし、一緒でなくでもよい。

雨の日のウォーキングには、ロンドンでもカントリーでも、もちろんペチコートは一緒に着用しないことが望まれる。ゲートルは膝まで届く丈なので、アンダースカートの必然性を不要なものにしてしまう。[50]

この記事では、アンダーウェアとしてのニッカボッカーズの利点は保温性であり、スポーツの場面だけではなく、日常的な服装にも、イヴニングに合わせても着用されるように受け入れられていることがわかる。

そしてニッカボッカーズと合わせてゲートル、ブーツを着用することでスポーツに適した安全で実用的な装備になるのである。


ブーツは重要であり、健康のために必要。おしゃれなカバーリングのようなものはムーアでは捨てられるに違いない。厚底で丈夫な皮革製の紐締めのブーツで、しっかりとした鋲がついていて大きな革の下革べろが両側に縫い付けてある、小さな紐通しの穴から濡れてくるのを防ぐようなものをはくべきである。

膝下までの長いゲートルはボックスクロース製。見栄えだけではなく、実に必須のものである。女性でもヘザー（ヒース）の中やカブの根の上を歩いた者は、何かが刺さったり、ひどく濡れることを知っているので、ゲートルは必需品である。[51]

このように、ブーツやゲートルによってさらに足元は水や茨などから守られ、ニッカボッカーズは実用的に整えられている。

とはいえ、ニッカボッカーズははたして実用的な面だけで促されていたのであろうか。次に、これまで取り上げた記事の中でニッカボッカーズの素材にもう一度着目してみよう。

最初の2点は材質としてツィードやホームスパン、フランネル、薄手の物を取り上げている。ところがその他の記事を見ると、ウエストコートと、ドレスと、身頃と共布で裁断されることが伝えられている。さらに、１８８９年の記事の「スカートはコードやズボン吊りのようなものでコートのプリーツの上部にまで引き上げることができる。ニッカボッカーズとゲートル、スコッチキャップは全て同素材でつくられている」という説明のように、[52]ニッカボッカーズとゲートルとキャップが共布で仕立てられている場合もある。これらの記述から考えられることは、ニッカボッカーズをその他のアイテムと同素材で仕立てることで、服装としてのデザイン効果が高められることだ。ただし残念ながら、ニッカボッカーズは文章中に記されてはいても、イラストとして描かれているものはほとんどない。そのため、おそろいの布地で仕立てられることでトータルコーディネイトされたニッカボッカーズを、ヴィジュアルとして確認することは難しい。

そこで、もう一度フィッシュワイフ風スカートの説明で取り上げた１８９４年のハイランドスーツを振り返ってみよう。先に示した図2‐20（93頁）では「ウエストコートとフェイシングとゲートルとニッカボッカーズは同じ素材でつくられている」と説明されている。[53]イラストを観察すると、折り上げたスカートの下からニッカボッカーズがのぞいており、衿の部分と色調を合わせているような印象を受ける。ただし、この記事に添えられた左側のスカートを下した状態のイラストは、丁寧に描き込まれたデザイン画であるのに対して、右側のスカートを上げた状態のイラストは筆致が粗く、ラフなスケッチである。誌面では前者に対して後者はイラストのサイズも半分以下で、記事の説明のために小さく書き加えられたという印象である。その為、ここからデザイン性を問うことは難しいことではあるが、敢えて想像力を働かせてみれば、ニッカボッカーズとそのほかの部分との素材を同じにすることで、全体的に統一された印象となるであろう。ドロワースのように肌着としての脚衣ではなく、テーラーがデザインした一揃いのスーツの一部としてのニッカボッカーズであるといえよう。

このような意図の説明は「全ての衣服は一色または取り合わせの良い色であるべきだ。ニッカボッカーズ、ウエストコート、そしてスカートは色を合わせるべきである。それはもしコートを脱いだ時に、その服装は完全な状態にみえるからである」というアドバイスから[54]も、推察することができる。つまり色彩が調和していれば、見栄えが整うということである。

しかし、このようにスカートの中に着用したニッカボッカーズは、ジャケットやスカートと同列の外衣であると判断してよいものであろうか。

「浅瀬を歩き回るときのスカートは、同素材のニッカボッカーズをはいている時であれば、要求される高さにまで引き上げることができる」という説明からは[55]、スーツとして意図されたニッカボッカーズは、人目に触れても構わないものであったことは推察される。しかし、あくまでもそれは、野山や川辺でスポーツをするときのちょっとした場面でのことだろう。

自転車用の衣服で紹介したように、フランスの女性たちは積極的にニッカボッカーズの自転車服を採用していたようだ。「ニッカボッカーズと、長い裾広がりのバスクのついているぴったりとした身頃[56]」といったデザインが説明されるように、着装の完成形として設計されている。

しかし、イギリス女性のそれはあくまでもスカートの内衣としての設計であった。ドレスメーカーであるラッセル社の嫁入り支度をうたう広告に描かれた女性は、コンビネーションスカートとニッカボッカーズを組み合わせて着用、またはニッカボッカーズを着用した姿で描かれている。上半身はシュミーズとコルセットのみの身体にニッカボッカーズを着用してあることからも、ニッカボッカーズはアンダーウェア側の衣類であることがわかる。それはフィッシュワイフ風のスカートを折り上げると、その裏面に効果的な配色やポケットが登場するかのごとく、ジャケットやスカートとコーディネイトされたニッカボッカーズがアクセントになったのである。

先に触れたように成人用のドロワースは、もちろん人目に触れることを前提としたアンダーウェアではない。しかし、テーラーが設計したニッカボッカーズは外衣というよりはむしろ、人目に触れてもよいアンダーウェアとしてのデザインではなかったのではないか。19世紀には前世期までは肌着であったシャツが、ジャケットとのコーディネイトの中でデザイン効果の一部を担うようになった。しかしそれはあくまでも内衣としてであり、ジャケットを脱いでシャツ一枚になる姿はあくまでも現代の服飾感覚である。当時のイギリス女性のニッカボッカーズもそれと同様で、スカートとの組み合わせにおいて成立しており、スカートの中に存在するものとして容認された衣服であったと言えよう。「多くの女性たちは、ニッカボッカーズという男性的な衣服の上から、短い丈のスカートを着ることを好む」[57]と書かれた通り、男性用だったニッカボッカーズはスカートの中の公然の秘密とされたのである。

◉外衣としてのニッカボッカーズ

ただし、外衣として提案されたニッカボッカーズも登場はしている。例えば、ある自転車服については「女性の自転車乗りの要求に特に応じたもので、最新の型のひとつである。コートはダブルの打ち合わせで、おしゃれな返り衿と長い裾がついている。その裾はニッカボッカーズをほとんど隠してしまう。それは全くもって優雅な衣服である」と説明されている。[58] そのイラストではコートの裾は膝上まで届く丈で、ニッカボッカーズを覆っている。

また、図3－13の〈ジェントルマン・ジョー〉という商品では、ニッカボッカーズの自転車用スーツを見つけた。とてもおしゃれで、全く文句の言いようのないでき栄えである。長いゲートルはニッカボッカーズについている。それは膝の下できっちりとしたバンドで留めつけられている。そしてそれは覆いかぶさっているニッカボッカーズのふくらみによって隠されている。また、ニッカボッカーズはとても丈長のコートによって慎み深く隠されている。事実、私が理解することができたニッカボッカーズはほんのわずかにちらりと見えているだけであった。[59]

と説明されている。コートの裾丈はさらに長く、膝の位置まであるため、ニッカボッカーズが見えている部分はごくわずかで「慎み深く隠されている」のである。上着の裾丈が短く、たっぷりと膨らんだニッカボッカーズがすっかり露わになっている服装も提案されてはいるが、[60]

（図 3-13）Gentleman Joe(Hyam)
Lady's Pictorial, 1896.3.21.

コートの裾で腰まわりから太ももにかけて隠されたスタイルは、ニッカボッカーズを着用していても、それが脚衣である印象がとても薄い。そのため、このように長い裾丈の上着と組み合わせたニッカボッカーズの自転車服は「全くもって優雅である」と表現されているのであろう。しかしながらイギリス女性の服装では、外衣としてのニッカボッカーズはスカートの人気の前では主役になることはできなかった。

もちろん、ニッカボッカーズが活動に適した実用的な衣服であることは、十分に認められている。例えばアルフレッド・ディ社の商品の説明を以下に示す。

今では男性と同様に女性たちにとって自転車乗りは最も人気のある運動のひとつとなったようだ。女性の自転車乗りにとっての適切な自転車用ドレスは絶対的に必要なものとなった。最も可愛らしく、実用的なこれらのスーツのひとつがアルフレッド・ディ社によってもたらされた。女性用の有名なテーラーである。その素材はクルミ色とグレイが混ざった丈夫なツィードである。衣服の形はノーフォークコートでイタリア製の布の裏地がついている。たっぷりとしたニッカボッカーズ。これも総裏付きで丈夫にできている。

そして、同社は最近では女性用のこの服に裏無しのスカートがついたものを作っている。これはウォーキングの時に着用するためのものである。簡単に巻き上げて、自転車で運ぶことができる。[61]

この商品をイラストで確認するとやはり、ノーフォークコートの裾丈は長く、ニッカボッカーズをひざ上まで覆い隠している。しかしそれよりも注目すべきことは、この商品にはスカートが合わせて用意されており、自転車から降りてウォーキングをする時にはニッカボッカーズの上からそれを着用することが説明されていることである。このニッカボッカーズも外衣として成立していながら、自転車から降りるとスカートの下に隠されてしまう、二次的な存在なのである。

こういったことは19世紀末には女性の乗馬服でも出現した。乗馬服のスカートの下には肌着としてのドロワースが着用されていたが、安全乗馬服の図2－4（69頁）にみられるように、1890年代にはスカートの下にトラウザーズが着用されている。立ち姿の女性の足元にほんの少し顔をのぞかせているのがそれである。そしてその上からは裾の長いスカートを着用する。これでサイド・サドルに横乗りをしていたのである。こういった場合のトラウザーズは男性が着用したそれと同列であるとみなせるのであろうか。トラウザーズの形状の脚衣を着用してもなお、スカートをはき、横のりをしてスカートの裾を乱さない女性の意識には、トラウザーズはあくまでもスカートの中の存在であり、外衣ではなかったのだろう。乗馬服のトラウザーズもカントリースポーツやサイクリングのニッカボッカーズもいずれもが、あくまでもスカートの中の内衣なのである。なぜなら着装の基本があくまでもスカートの形式であるからだ。

ペチコート風アンダーウェア

イギリスでのスカートへのこだわりは次の商品の記事でも確認できる。図3－14は1894年に登場した「インクローズスカート（封じ込めスカート）」という商品である。

ベンジャミン氏のすぐれた発明〝封じ込めスカート〟に関して、いくつかの質問が私たちに届いている。ここに図解しよう。この丈長のイラストはこのシーズンにつくられている銃猟用衣服に「封じ込めスカート」を着用したところであるが、スカートの封じ込められた部分は外からは見えない。銃猟用衣服は茶色がかったスコッチ・チェビオットでできていて、ウエストコートはタッターソール（2〜3色のチェック模様）製である。ふたつの小さなイラストがスカートの内部を示している。図のように、それはレギンスをはいた脚のための穴が開いた袋のような形になっている。レギンスは穴には結びついている場合も、ついてはいない場合もある。このスカートは動きの自由を完全に与えてくれる。封じ込めスカートは、ほとんどどんなドレスにも適用できる。銃猟や登山およびスポーツのための服装だけではなく、一般用の服装にも。この商品はアルスターハウスで目にすることができる。[62]

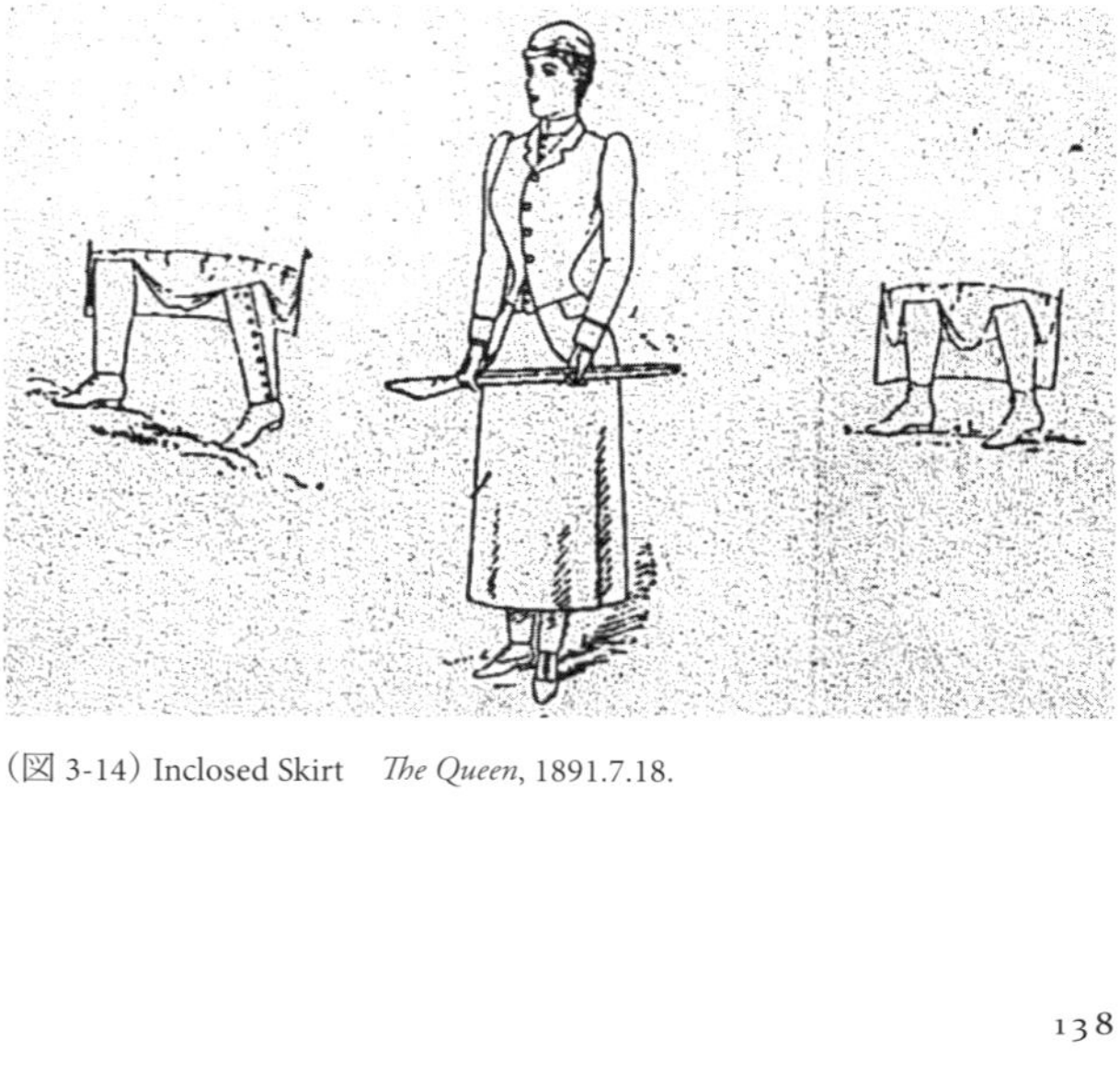

（図 3-14）Inclosed Skirt　*The Queen*, 1891.7.18.

イラストによると、スカートの内部は袋状にたるんでいて外のスカートの丈が短くなっても（左側の図）、その部分は露わにはならない。2本の脚をそれぞれ通す穴が開いた袋状のペチコートということであろう。スカートの裾まわりいっぱいまで脚を開くことができるであろうから、歩行には不便ではないであろうが、おそらく膝まわりで「封じ込めスカート」の裾布のもたつきを感じてしまうであろう。歩くたびに布が脚にまとわりつくのではないだろうか。

このような商品が登場する背景、それはスカートの中つまり脚を隠すことへの執着であろうか。脚衣ではなくスカートを着用することへのこだわりであろうか。またはテーラー側からの、女性はスカートを求めているという発想であろうか。

ただし、この「封じ込めスカート」の話題は『クィーン』ではこの記事のみであり、服飾史の中でも取り立てて話題とされていないことから、人々の大きな支持を集めるには至らなかったようだ。

続いてスカートの裾がふたつに分かれたもうひとつのアンダーウェア「ディバイデッド・スカート」についても確認しておきたい。ディバイデッド・スカートについての質問への回答では「柔らかなベージュのサージや、ツィード、フランネル、またはイェーガー博士[63]のウール素材でつくられる。それぞれの脚はプリーツでわけられていて、ペチコートと見分けることは難しい[64]」、「きちんとつくられたものはとても快適である。フランクス社のものがまさにそれである。これを着ると丈長のペチコートに似てはいるが、もっと暖かく、邪魔にならない。スカートの類はその上に着用する。実にその差は両脚をひとつに包むのではなく、2本の脚をそれぞれに包むことである。ただし幅広なので、その区別はつかない[65]」と、プリーツスカート風にみえること、軽量で保温性に優れ、さらに動きやすいことを伝えている。サイクリング・スカートで紹介したようにディバイデッド・スカートは外衣として成立もしていたが、ここでいうそれは、スカートの下に着用する内衣である。

そして、「〈男勝りではない〉とはまさに、H・ウィルソン社の改良されたディバイデッド・スカートのことに他ならない。暖かくて、軽くて、そして見栄えはまさにドレスが引き上げられたもう一枚のスカートのようである[66]」と、ディバイデッド・スカートに求められていることがまさに女性的な装いであることを強調している。合理服協会は「健康で快適で美しい」服という理念の具体的なデザインのひとつとして、日本の袴を参考にしてディバイデッド・スカートをつくったが、これはファッショナブルではなかったので、当時の女性にはその着用に抵抗を覚えたといわれている。[67]

それでは、「ファッショナブルな衣服」とはどのようなものであろう。『レディの世界』に掲載された合理服についてのコメントを改めて考えてみよう。

ディバイデッド・スカートは暖かさや心地よさや気安さでは悩むことは決してない。そして隠されて見えなくなってしまえば、その奇妙さは誰にも気づかれない。もしディバイデッド・スカートが社会に受け入れられるとすれば、このような着方であろう。[68]

ここから読み取れることは、ディバイデッド・スカートの実用性は容認する一方で、何よりも重視したいことは「隠されて見えなくしてしまうこと」、すなわちスカートの下に着るアンダーウェアであれ、ということだ。いくら実用的であっても「ファッショナブルなスカート」の代わりにはならないと考えているのである。

健康的だ、合理的だといった理由だけでは人々は「この服を着たい」とは思い至らない。その服飾表現に共感するからこそ、人々はファッションを楽しむのである。共感がなければ、提案はなされても、人々に受け入れられないスタイルとなるのである。ディバイデッド・スカートがファッショナブルであるのか否か、これは受け入れる社会、人々の価値観そのもので決定される。19世紀後半のイギリスでは明らかに、スカートの表現を求めていたのだ。

アンダーウェアとスカートの表現

それではスポーツを楽しむ女性たちはどのようなスカートの表現を求めていたのだろうか。

１８９３年のアルスター社の銃猟用の衣服の紹介では「スカートは実にプレーンで革の縁取りがされている。その下にはくすんだ茶色のニッカボッカーズをはいている。ニッカボッカーズはこのシーズンの新しいものである。それらは大きく改良されて、この特製ニッカボッカーズは男性の衣服と同じ設計でつくられている。ボタンは膝下にあり、ぴったりとした布のバンドがついている。それをきちんと合わせたゲートルの上につける」と説明されている。[69] 図３－15を見ると、「実にプレーン」と描写されたスカートのシルエットは、腰まわりも裾まわりもかなりスリムになってきている。この記事にはニッカボッカーズの図は添えられてはいないが、男性用と同じ設計と解説されたニッカボッカーズはおそらく膝まわりがすっきりとし、ボリュームが抑えられたものであろう。

脚衣であるからと言ってニッカボッカーズが必ずしも活動に適していない場合があることを、次の記事は伝えている。少し長くなるが、引用しよう。

私はよく考える。もしも私たちがそのスカートの中にニッカーズを合わせることに

（図 3-15）Shooting Costume
The Queen, 1893.9.2.

ついてもっと注意を払うようになったら、女性はあらゆる種類のフィールドスポーツを、場合によっては荒れた天候の中を歩くことでさえ、もっと行うようになるだろうと。

私たちはスカートの中の衣服は見えないのだから、それに注意を払うことは全く重要ではないという、愚かな考え方をしている。そして、私たちはそれが見えてしまうことは望んではいない。しかし、実際にはそれは私たちの快適さにとても重要なことである。

私はこの秋のある日以来、この問題について熟考してきた。小柄でか弱く可愛らしい色白の女性が、アイルランドの荒れ地を、ある背の高い丈夫そうな見た目の女性に歩き勝つことができた。その後、明らかになったところでは、背の高い立派な見た目の女性たちは、彼女たちのニッカーがとても幅広で、そのために道中恐ろしく不快な思いをし、彼女たちのすべき努力の倍を要したということだ。私たちの小さな友人は、彼女のためにつくられたブリーチズを賢くも着用していた。それはこれらの衣服の最も褒め称えられるつくりである。茶色のトナカイの革製で、その目的に対して最も実用的な方法で作られている。ウォーキングという運動の全ての点について考慮されていて、ふくらはぎの動きの自由が可能になっている。膝の下の伸縮性の布の部分は、ボタン留めされていて、厚地の靴下を着用する。ただしこの靴下は脚の部分は実に薄く、純毛製である。白と茶の革のブーツは軽量で、幅白の靴裏で、角型の低い踵がついている。

そしてスカートは、茶色のツィード製で、これもまた同時に理にかなったつくりで、皮革の裾上げがついている。そして、軽量で、少しもたっぷりとしすぎていない。しかし、この運動に必要とされる、飛び上がったり、よじ登ったりすることは可能であるように、ちょうど適切な広がりは持っている。

これらのことは、私たちが疑問に感じたことを十分に説明している。つまり、小さな華奢なレディはムーアでのウォーキングに完全に適した衣服を着ていて、一方の背の高い丈夫そうな仲間たちが、ただ外観だけが適しているかのような衣服を着用していたというハンディキャップを持っていたということだ。[70]

この記事では、活動に適していて快適で実用的、と言われているニッカボッカーズではあるが、その設計が適切ではない場合、歩きづらく不便なものになってしまうことを指摘している。確かに幅広で膝まわりにボリュームがあれば、歩行時には裾がもたついて歩きづらいものになる。ブリーチズの場合は膝まわりのボリュームが少なく、歩行時のもたつきはないであろうし、ふくらはぎの動きに対応できるようにこの部分は伸縮性のある布地が使われていることでも、歩きやすいであろう。さらに、このようにすっきりとしたブリーチズに合わせてスカートもまた、幅が広すぎず、運動量に応じた適切な広がりであることを述べている。

図3－16はウィルソン社の広告である。ここで扱われている2種類の商品、ニッカボッカーズとスカートの関係を見ると、それは明白である。ニッカボッカーズの説明では、「自転車、ウォーキング、銃猟、釣りなど、その他すべての動きやすさを求めるスポーツに適している」「ニッカボッカーズを通常のスカートに組み合わせることで、とても歩きやすくなる」ことを伝えている。[71] そして、このニッカボッカーズによるシルエットは、右側に掲載されている銃猟用の服装のシルエットと連動していることがわかる。このようなスカートについて、同社はほかの広告では「格好の良い銃猟用のスカート」として掲載している。[72]

スポーツ用として提案されたスカートはショート丈であるとともに、腰まわり、裾まわりのボリュームが抑えられ、それが新たな「格好の良さ」を示していたのである。

男女の社交の場として好まれたローンテニスの場面では、1880年代の終わりにも流行のスカートであるバッスルのふくらみとボリュームのあるものを着用している。[73] しかし1890年代のプレーンなスポーツ用のスカートは円錐形のシルエットをつくり、その表面は極めて静的である。これが格好良いスカートとして求められたのである。「格好の良い《シェイプリー》」という単語は、パテント・シェイプリー・スカート組合の社名にも、また、同社の扱った商品名にも使用されているが、固有名詞であるとともに、スカートの表現の大切な要素となっていたのである。同社の商品を紹介する記事では「もし自転車に乗るときに着用すると予定されているスカートに格好よさを求めるのであれば、理想のスカートを探す自転車乗りたちの考えは、自然にパテント・シェイプリー・スカート組合に行きつくであろう。その名はまさしく望むものを約束してくれる。そしてその自転車用スカートは極めて大きな成功を収めているのである」と述べている。[74] 格好良いスカートが理想のスカートである、ということだ。そしてまさに「格好良いスカート」と題した『グラフィック』の記事では次のように述べている。

（図 3-16）H. Wilson & Co., *The Queen*, 1894.7.28.

いわゆるシンプルなスカートを作るためには、それらが入念なドレープや襞飾りが施されている場合よりも、同じくらい多くの苦心と注意が必要である。各布幅は、体型にぴったりとするように同時に着用者を締めつけないように、慎重に設計され、裁断されているに違いない。長い裾を優美にさばきながら踊るのと同じように、スカートの裁断はかなりの芸術である。そして、良いパターンが身頃と同様にそれには必要だ。[75]

体型や大きさを意識した芸術ともいえる設計と裁断によって、作り出されるシンプルなスカートこそ、洗練された「格好良い」スカートなのである。それはドレープや襞飾りといったボリュームや装飾の施されたスカートとは異なる美的表現の要素なのであった。

ドレスの設計というと、洋裁の技術に疎くなった現代の私たちにはとても複雑なものに思えるかもしれない。しかし、19世紀のボリュームのあるスカートの設計は案外単純だ。望んだボリュームの裾幅になるように布の幅を利用して、または不足であれば布を縫い合わせ、そしてあとはウエストに合わせてギャザーで縮めたり、またはタックを取って整えていくだけである。その上に、どんどんリボンやレースや襞飾りが盛られていくのである。

このようなスカートを基準に考えてみると、シンプルなスカートは体型にフィットさせ、かつ格好良く見せるために、「慎重に」設計する技術を要した、新しいスカートなのである。

ボリュームのあるスカートのシルエットを好んでいた時には、ペチコートの代用でもあったニッカボッカーズも嵩高でなければならなかったが、シルエットがプレーンでスリムになれば、ニッカボッカーズもおのずとボリュームが少ないものが求められるのである。1900年に掲載されたニッカボッカーズのイラストを見ると、より一層そのシルエットが細身になっていることがわかる。記事では「見ての通り、ヒップには完全にフィットしていて、ぴったりとしたスカートに合わせるには不適当なウエストバンドはついていない。ヒップはダーツによってフィットさせてある」と説明している。[76] ウエストからミドルヒップにかけてダーツを入れてフィットさせていること、そして後ミドルヒップの位置に入れたギャザーの分量は控えめであり、膝まわりのふくらみも少なく、全体的にほっそりとしたニッカボッカーズである。

ニッカボッカーズとは本来は男性の服飾品である。しかし、19世紀末にイギリス女性たちが着用したそれは、外衣として単独で成立しているものではなく、あくまでもスカートと組み合わせて、内部に着用するもの、または長いコートの裾にこっそり存在するものであり、女性のアンダーウェアの発展形の服飾品であったのだ。

スカートへのこだわり　イザベラ・バードとエレガンス

スポーツの場面におけるイギリス女性のスカートの着用について紹介してきた。それらはスポーツの活動に応じてスカートの設計を変化させ、また、内衣として脚衣を併用しながらも、なお、スカートの表現に固執している。最後に、イギリス人女性イザベラ・バードの例を取り上げ、スカートに対する意識を考えたい。

イザベラ・バードは19世紀後半のイギリスを生きた女性旅行家として著名な人物である。日本も含め、各地への旅行を繰り返し、その旅行記を残している。その中のあるエピソードとして、アメリカ・ロッキー山脈を旅した時の記録「ロッキー山脈踏破行」に書かれたハワイ風乗馬服に着目したい。バードは「アメリカ婦人の山用の衣服で、少しゆったりとしたジャケット、足首まで届く丈のスカート、それにブーツを覆うフリルのついたトルコ風ズボンといういでたちで、世界中のどこでも山歩きや不便な旅行をする時に着られる実用的でかつ女性的な衣服」を着用して、旅を続けたという[77]。彼女がこの旅をしたのは1873年で、その帰国後に旅行記を発表したのが1875年のことである。この記述は1879年11月27日に執筆され、同年の第2版に掲載された。この加筆は「レディの旅行者たちのために説明したい」と断りを述べて、『タイム』誌の11月22日号の誤った記事に対して、この服装の簡単なスケッチと共に説明を序文に加える」と述べている[78]。この誤った記事、とは「彼女はより一層の便宜上のために男性の衣服を着用した」と掲載されたことである。バードはハワイ風の乗馬服のスケッチ（図3-17）を添えて、これは女性用の服装である、と『タイム』が男性服と報じたことに対して反論をしたのである。初版の本文中では服についての具体的な描写がなく、「ハワイ風の乗馬服を着用して馬の背にまたがった」という文章だけでは、男性と同様の衣服を着用したとも想像されてしまう。それ故に、『タイム』の記事のような誤報がなされたのであろう。そこで、スカートと脚衣を組み合わせた「女性的な衣服」であることを、バードは自ら追記したのである。

そうはいってもトルコ風のズボンがスカートの裾から露出しているこの服装は、当時のイギリスの感覚からすれば先進的なものであっただろう。そのためか、彼女は「19世紀のイギリス女性なのに男のようにズボンをはいて馬に乗った女性」という解釈もなされているらしく、ハイク・バウアーが編集した『女性と異性装、1800年から1939年』という書籍には、マーガレット・E・タボーが『パイオニア・ウーマン』に執筆したバードの伝記と『ロッキー山脈踏破行』の一部が抜粋収録されている。[79]

しかし、ズボンの着用に対してバードの意識はどのようなものであったかは、これまで十分には検討されていない。オリーヴ・チェックランドは彼女の伝記をまとめ、バードを女性の解放を主張した人物と評している。[80] けれども彼女の服飾への意識はロッキーを旅する前に過ごした、ハワイでの旅行記から読み取ることができる。

1873年1月にハワイに上陸したバードは約7か月間ハワイで過ごし、ハワイの気候風土と人々に魅せられながら各地を巡っている。そして、その様子を祖国に住む妹にあてた書簡で詳細に伝えている。

そこでは彼女はまずハワイの現地人女性の乗馬姿に目を奪われる。「ハワイの女性にとり、乗馬はお手のもののようだ。金色の飾り鋲を付けた華やかな突起のある鞍に裸足でまたがり、軽やかに疾走する。黄色や赤色の乗馬服が馬の尾に被さるようになびく。輝く瞳、白い歯並び、艶やかな髪、花飾

（図 3-17）Isabella L. Bird in Hawaiian Riding Dress
A Lady's Life in the Rocky Mountains

り、色鮮やかな着衣は万華鏡を覗いているようだ」と、[81]イギリスでは目にしない色鮮やかな乗馬服と、馬の背にまたがる女性の騎乗姿に驚いている。この乗馬服は「パウと呼ばれるタパで作った短いペチコートのようなもの」で「丈は腰から膝ぐらい」の「晴れやかな」ドレスと記している。[82]

19世紀イギリス女性の慣習として、当然のように横乗りしかしたことがなかったバードであるが、馬の背にまたがるように言われると「火山を見に行きたい一心で、あれほど頑なに持っていた偏見に抗って乗ってみた。試してみると、さあこれでこそキラウェアを目指そう、という気分になり、それ以外の乗り方は考えられなくなった」と、心を決めた。そこで採用したのは現地女性の乗馬の服装ではなく、ハワイにいた他の外国人女性たちも着用している「ゆったりとしたトルコズボンに、踝まで届くドレスという装い」であった。[83]これが次の旅先、ロッキーでも着用したと図に示した乗馬服である。友人がフランネルで新たに仕立ててくれたことも記されている。[84]この後、各地を馬で回り危険な目にもあったバードは、騎乗用の鞍に対して「深い敬意を払わなければならない。もしも片側に脚を揃えることにこだわっていたなら、わたしは溺死していただろう。いまわたしは、この鞍ならどこにでも、どこまでも行けそうに思える」と、馬の背にまたがることを肯定するのであった。ズボンを着用することは、行動に対しての必然性があったからである。

一方、バードはハワイの女性たちを次のように描写する。

ハワイ人女性は、色彩や服装については、わたしたちのように片意地張った無味乾燥なところがなく、自由で、どんなものでも似合うようにする才能がある。まずホロクだが、これはゆったりとした寝巻のようなもので、特に魅力のあるものではない。だが、わたしはいまでは心からこれを称賛し、考案した人の賢明さに感心している。ホロクなら体形の見苦しさは覆い隠されるし、動作に優雅さが加わるという利点がある。また、この地の気候に適し、散歩や乗馬にも都合がよく、総合的に見て最適の衣服だといえる。[85]

自国イギリスの服飾文化とは大きく異なる、ゆったりとしたストレートシルエットのワンピース型のホロクについて、当初はその良さを見いだせずにいたが、時がたつにつれて気候風土に適したものであること、ヨーロッパ型の服飾とは異なる表現要素を持っていることに気づき、バードは賛辞の言葉を贈っている。けれども、そのような土地にいるバード自身は「わたしは乗馬と散歩にはフランネルの乗馬服、それ以外では絹地の黒服を着用している」と述べている。現地の風俗の良さは認めても、なおかつ自国の慣習にこだわる。バード自身もそれがこだわりだと認めている。服装だけではなく現地女性の日常をバードは素晴らしいものと賛同し、「わたしたち白人女性も自国の文化にこだわらずに、ホロクを着れば、少しは憂鬱な時間が減るかもしれない」と、それはかなわぬことと思いながら、妹に向けての手紙につづっている。[86]

一見すると他者の目など気にせずに、さっそうと馬にまたがったかのような印象を受けるバードであるが、イギリスの文化とマナーを簡単には捨てることはできなかった。そして、次の旅先ロッキーで馬を借りようと男性に尋ねたところ、「騎士のように乗る女性は見たこともない」といわれ、バードは思わず「赤面してしまう」のであった。[87] ハワイでは存分に馬にまたがり、その快適さを味わっていたにもかかわらず、違う土地に来て見知らぬ男性に「馬にまたがる女性」と指摘されると、途端に困惑してしまったのである。

馬の背にまたがり、ズボン形式の乗馬服を着用したバードは決して大胆でも、進歩的な思想の持ち主でもなかったはずだ。彼女はただ賢明な選択をする力を持っていたといえるだろう。スイスの山を旅した女性たちと同様に、バードもまた異国の地にいてもイギリス女性としてのマナーと振る舞いを重んじるレディだったのである。

第4章

紳士のものまね

テーラーメイドを着よう

前章では女性の服飾品であるスカートを、スポーツの活動に適合するために変化させたことを述べた。またスカートの内部には、男性が着用しているニッカボッカーズやゲートルを、アンダーウェアとして取り入れた事象を紹介した。ただしそれらの多くは、あくまでもスカートに付随する服飾品であった。本章ではレジャースポーツを楽しむために、女性たちが本来は男性が着用していた服飾品——テーラーメイドコスチュームを自らの装いの主役として取り入れたことに着目していこう。

今日、洋裁のテキストやファッションデザインの事典によると、テーラードジャケットと称される衣服はテーラードカラーまたはテーラーカラーという衿の形状にその特徴を持つ。これは前身頃の打ち合わせの位置の見返し（裏側の布）が、表側に向けて折り返った状態のラペルと、上衿との組み合わせによって仕立てられている。ただし、このような設計のジャケットが19世紀後半の女性雑誌に登場してきたときには、その紹介記事に「テーラードカラー」とは記述されてはいなかった。当時のそれらには「リバース（返り衿）がついている」とだけ記されている。返り衿であることがすなわち、今日でいうところのテーラードジャケットの特徴なのである。しかし、テーラーという言葉はもうひとつの重要な意味を持っていた。それが男性服飾の仕立て師——テーラーによる製作であるという意味であり、女性用の服飾品をテーラーが手掛けることで、テーラーメイドコスチュームと称された新たな服飾品が生み出されたわけである。

18世紀半ばのイギリスの絵画を見ると、この折り返しの衿がついた上着を着用した男性の姿が登場する。一方、この時期のファッションの中心地であったフランス宮廷の正式な男性服飾のアビ・ア・ラ・フランセーズの上着、アビには、まだこのような折り返しの衿はついていない。イギリス絵画のそれは、主にカントリーで狩猟や乗馬をするためのリラックスした時の服装であった。また、アビとウエスト・コートとキュロットがすべてダークカラーのお揃いの布で仕立てられていることも、もうひとつの特徴である。19世紀にはこのテーラーメイドスーツは、身体へのフィッティング性を高めることで、紳士の基本の服装として洗練されたものとなっていった。裁断された布はいせ込みや伸ばしを施して、身体のラインに応じる曲面的な形状となり、各パーツは縫合され滑らかな立体的フォルムに生まれ変わる。こうして、テーラーのテクニックは余剰な装飾を排して、ただそのシルエットづくりにのみに発揮された。アビ・ア・ラ・フランセーズが鮮やかな色彩のシルク素材を用い、さらに緻密な刺繍を施して飾り立てたことを考えると、男性の服飾は大転換を果たしたのである。

19世紀後半における女性服飾にテーラーメイドコスチュームが登場するのは、１８７０年代初め頃である。テーラーが女性用のコート（アルスターコート）を外出、旅行用といった用途に向けて提案したものが最初である。「男性的な外見」と雑誌記事で説明され、１８７０年代後半には女性向けのドレスメーカーも類似するデザインを提案するようになる。１８８０年代にはテーラーにしろ、ドレスメーカーにしろ、両社が手掛けたテーラーメイドコスチュームとしてのデザイン的な特徴をもつものが、女性たちのワードローブの一部となっていった。[1] １８８０年代から90年代にかけて、典型的な「家庭の天使」と称された従順で控えめな女性像とは異なる、新たな女性像が登場してくる。特に1894年にウィーダーによる「新しい女」と題された評論が発表されたことにより、その呼称は特別な意味を持つようになった。すなわち、女性参政権獲得などの女性解放運動に関わり、仕事をもち、自由に行動をすることができる、意思を持つ女性像である。第1章で紹介したギッシングの小説『余計者の女たち』には、結婚できない「余った女」である登場人物たちとの対照的な人物としてローダが登場する。彼女は、生活の自立をめざし手に職をつけ、自身の結婚問題に一度は心を揺らしながらも、男性と精神的に対等な立場でいることを望み、独身を続けることを選択する。自分の人生を自分の意思で決定していく、まさしく「新しい女」である。そして、この新しい女たちが好んだ服装がテーラーメイドコスチュームなのであった。[2]

本章では、女性服飾が男性服飾の要素であったテーラーメイドコスチュームを、如何に女性の服飾品として消化していったかについて考えてみたい。それにより、単純に男性服飾を借り着するのではなく、女性としての着用意識が存在したことを明らかにすることができるだろう。

乗馬は紳士のスタイルで

第2章でも述べたとおり、19世紀以前の女性たちは乗馬をする際には、上半身は男性の衣服と同一の形態のものを着用し、下半身にはスカートを組み合わせる傾向にあった。その傾向は19世紀にも引き継がれている。

18世紀末から19世紀初期にかけての乗馬服は、同時期に流行したドレスの特徴であるハイウエストのシルエットであった。それらはテーラードカラーのジャケットとシャツとクラヴァットの組み合わせ、さらにダークカラー（黒、オリーヴ色、濃いラヴェンダーなど）の嗜好などに男性的スタイルの模倣を見て取ることが可能である。

ところが、１８１０年代には当時の一般的な服飾の流行と連動した、ハイウエストのシルエットに装飾性が高い乗馬服が登場した。例えば１８１５年の婦人雑誌に登場した乗馬服では、ジャケットは着用せず、この時期の流行である白のモスリンの軽やかな印象のドレスにフリルなどが施されている。そしてその解説では「これまでのスタイルは、明らかに繊細な女性に男性的な印象を与えるように計算され、考えられていた。私たちの祖母の時代はウエストコート、クラヴァット、紳士帽といった当時の衣服に必要不可欠な付属品について大変厳密であった。しかし現代のスタイルには男性的な印象は少なくなってきている」と述べられている。[3] 男性の衣服からの影響が薄れた新しいスタイルは「とても優雅でかつ実用的」であり、女性らしいドレスであると評している。身頃の前面とカフスには「趣味のよい独特の刺繍」が施され、「とても豪華なレースのラフがこのスタイルを完璧なものに仕上げている」とあるように、柔らかさや曲線的なラインを重視した装飾が、乗馬服の新たな趣向として取り入れられている。帽子の羽飾りや、胸元の幾重にも重なったフリルも同様である。

しかし、１８３０年代以降はこのような「女性らしいドレス」と形容された乗馬服から再びダークカラーで紳士服を模したジャケットスタイルを採用する。そしてその特徴は身体のラインをきっちりと包み込むタイトなシルエットであった。１８５１年の記事には「袖は腕にぴったりとして手首まで閉じている。シンプルなリストバンドを合わせている。ルーズな袖も用いられてはいるが、シンプルな袖の方が望ましく思われる。なぜなら手がとても自由で、馬勒を扱うときにも邪魔にならないからである」と記されている。[4] タイトなシルエットは馬上での動きやすさ、実用面においても支持されていたと考えられる。そしてそれとともに着目すべきことは、このようなタイトフィットの乗馬服が、乗馬を楽しむ女性の姿をより一層引き立てるものとみなされていたことだ。

1858年の新聞記事「女性のための乗馬」では、女性の乗馬の効用について「心身の健康増進に有効である」ことと並び、「馬上ではとても美しく見える」ことを指摘している。[5] その美しさとは何に起因するのか。第1章でも引用したジョージ・エリオットの小説では、優雅で健康的で美しさを武器にする娘グエンドレンの乗馬姿について「姿勢がいいし、手綱さばきは上手だしする」[6]と、その姿勢の良さを強調している。馬の動きを制して乗りこなすには、背筋を伸ばして騎乗し、脇をしめて手綱を軽く操る。脚の力と動きで馬の脇腹に「走れ」と指示を出し、手綱を引くことで「止まれ」の指示を出す。姿勢が崩れて脇が上がった状態で手綱を引いても、馬の馬銜《はみ》には指示は的確に伝わらず、馬を制すことができない。だからこそ姿勢の良さは重要である。そして、その姿勢の良さをさらに一層引き立てるのが、乗馬服であったのだ。グエンドレンが馬を乗りこなす姿は「彼女の姿態、長い白い首、頬から顎への線、それは簡素できりっとした乗馬服で常に非の打ちどころなくひきたってみえた」と描写されている。[7] 身体のラインにフィットし、余分に飾り立てていない「簡素できりっとした乗馬服」だからこそ、姿勢の良さを引き立て、馬上の女性を魅力的なものにするのである。

またヘンリー・ジェームズの『レディ・バーベリーナ』では、ハイド・パークで見かけた馬上の女性は「男仕立ての丈夫そうな馬上服」[8]を着用していると描写した。本来、皮下脂肪が多くつきやすい女性の身体イメージは、柔らかく滑らかで曲線的である。対する男性の身体イメージは、発達した骨格と筋とで構成されるため、堅くてごつごつとした印象となる。体にきっちりと合わせて仕立てられた「男仕立ての丈夫そうな馬上服」は「体の輪郭も、いくつもの曲線でかたどられてはいながら、きちんと合った着物のために、硬い感じを与えていた」と演出しており、その姿は若い女性の生き生きとした、また近寄りがたい意志の強さを魅力的なものとして、いかんなく周囲に知らしめていることを描写している。

19世紀後半の具体的な乗馬服については、第2章の乗馬用スカートで紹介した図版にもその特徴は表れている。図2－4（69頁）や5（70頁）をみると、リバースのついたジャケットとは、つまり現在の日本でいうところの背広の衿のことであるとわかるだろう。

図4－1は前身頃の打ち合わせが特徴的なデザインである。解説には「ダークブルーの布製で、スカートはできるだけぴったりと仕立てられていて、ヒップのまわりには余分なゆとりがないようになっている。身頃は背中側に長めのバスクがついていて、前身頃ではシングルの返り衿が右身頃側に折り返っている。コートシェープ型の袖は外袖側に4つのボタンが飾られている」[9]とあり、イラストからもラペルが片側にしかないことがわかる。そして背面のイラ

（図 4-1）Riding Habit *The Queen*, 1877.1.27.

ストは身頃からヒップにかけてのきっちりと合わせたラインが強調されていることもわかる。このような、男性服飾と同様にラペルのついたタイトなシルエットの乗馬服は19世紀後半を通じて支持され、洗練された身体の動きとラインを示す美意識を表現していたと考えられる。１８８９年に掲載された女性の乗馬の歴史をたどる雑誌記事の中で、前述した１８１５年の装飾的なドレスの乗馬服や１８２０年頃のハイウエストの乗馬服を「ぞっとするような普通の女性のドレスのタイプ」であり、「今日のようなスマートさや、スポーツマン的なところがまったくない」ものとして酷評している。[10] すなわち19世紀半ば以降に完成された男性服飾を模したタイトな乗馬服こそが、乗馬をする女性にふさわしい洗練されたスタイルであると当時はみなされていたのだ。

身体にフィットすることを意識した乗馬服は、例えば１８９０年のバージェス社の商品紹介の記事では「バージェス社のおしゃれな乗馬服のひとつ。それはとても憧れの的で、有名である。この乗馬服は青いメルトン地でできていて、美しい裁断である。そのため、まるで手袋のようにぴったりと身体にあっている。ボディスは最新のデザインで、ダブルの打ち合わせ。両腰にポケットがついている」と述べられている。[11] この乗馬服は、図４‐２で確認するとウエストラインから裾にかけては長めの丈である。身頃、袖、そしてスカートも含めて、全身にぴったりと寄り添うようなシルエットである。なお、当時のしなやかな子ヤギの手袋は、手にぴったりとフィットしていることが重要であり、手指の寸法を採寸して仕立てた。だからこそ「手袋のような」という形容がなされているのであろう。同じように１８９３年のトーマ

（図 4-2）Tailor-made Novelties(Burgess)
Lady's Pictorial, 1890.9.20.

ス・アンド・サン社の乗馬服も「とても新しい乗馬服。とても細身の裁断で、紳士用のスワローテールの狩猟用コートのようである。柔らかで弾性のあるメルトン地で作られていて、同社の特製品である」と説明されている。[12]「とても細身の裁断」とあり、これらの記事からも、身体にぴったりと合っている、細身であることがいかに乗馬服で意識されていたかが推察できる。

ここでは再び実物資料（図2－6、72頁）を観察してみよう。上衣をみると衣服の構造線が身体の曲線を描き出していることがわかる。図4－3は上衣を平たんな場所において前身頃の位置を撮影したものである。打ち合わせのボタンが並ぶ前中心線の位置は曲線を描いている。今日の一般的な上衣の製図では前中心線はウエストラインから垂直に設定するものがほとんどである。しかし、この乗馬服は前中心線もバストの高さを表現する構造線になっている。前身頃には2本のダーツが入っていて、平たんな場所に置いただけにもかかわらず、上衣のバストの位置は着用基体のバストのふくらみを示すように、浮き上がっている。このように衣服が立体的な仕上がりになることを強く意識しているこの乗馬服は、構造線の縫い目の裏側にテープ状の布を縫い付け、その中に金属性のボーンを挿入してある。後ろ身頃の縫い目の部分を観察すると、中に入れてあるボーンが折れて、縫い付けられているテー

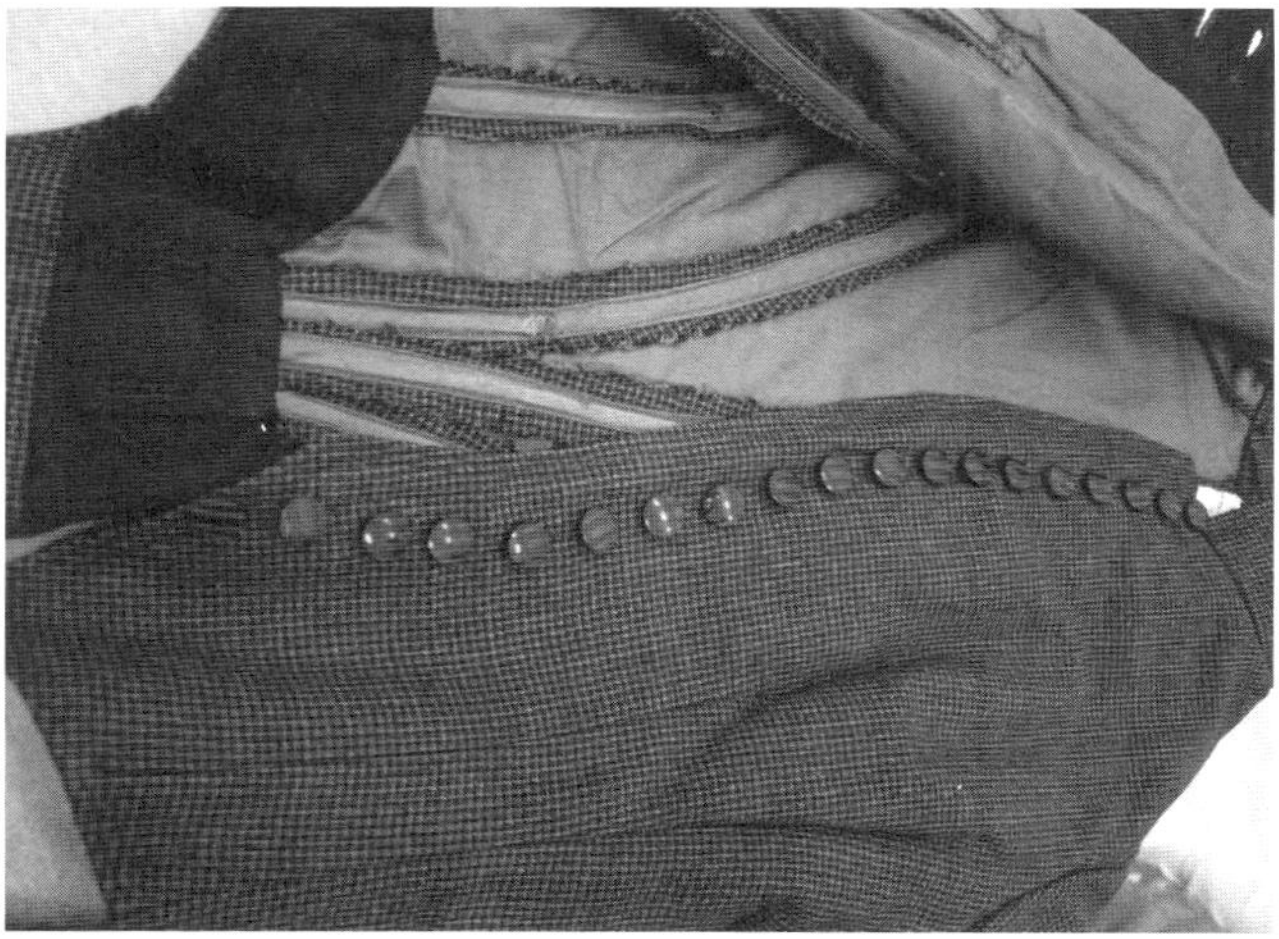

（図4-3）女性用乗馬服　前身頃　島根県立石見美術館所蔵

プ状の布の一部を突き破って、そこから露出している。ボーンが構造線の描き出す曲線を補強しているために、衣服の立体感が保持されているのである。テーラーメイドのジャケットでは構造線自体がひとつの表現要素であると言えよう。

次に図４－４は背面の様子を撮影したものである。２本のパネルラインは、ウエストの位置で一点に集中するかのように湾曲している。平たんな場所においているために、肩の下の位置と、パネルラインの位置に、不自然に皺のような膨らみが生じてしまっている。この膨らみは、着用すれば、肩甲骨の位置の高さを表現するふくらみになる。そしてこのような構造線を目にすると、自然にその視線は滑らかなカーブをたどりつつ、ウエストの狭い幅の位置に誘引される。つまり、布帛を立体に組み立てるためにつくり出される構造線自体が、見るものの視線を引き付け、動かす役割を果たしている。そこで、その衣服を着用した姿を目にする時には、身体の曲線的な形状や、この場合であればウエストの細さを意識させられるのである。

女性用乗馬服は身体にフィットすることを意識している。そのためにこのような構造線が採用されたわけである。縫い目は滑らかにそれぞれのパーツを縫合し、ひとつながりとなった布帛は立体的な身体を表現する。さらに、その構造線は身体のイメージを想起させる重要な役割を持っていたのである。

（図 4-4）女性用乗馬服　背面
島根県立石見美術館所蔵

ハイド・パーク内の女性用の乗馬道であったレディーズ・マイルを駆ける女性の乗馬姿に認められる気品や優雅さ、勇ましさや可愛らしさのある情景は、ブーローニュの森では目にすることのできなかったものとしてフランス人の心をとらえ、[13] またヘンリー・ジェイムズはイギリス女性の乗馬姿を以下のように描写した。

並木道の影の浅い空間を見事な黒馬に乗った娘が普通駆け足でやって来た——アメリカ人の目に英国の風物のもっとも美しい点景として映る、あの申し分のない服装と乗りこなしをした美しく若々しい上流の女性のひとりであった。[14]

女性の乗馬の行為と「申し分のない服装」である乗馬服とは、イギリス女性を表現する美意識を包含していたといえるであろう。乗馬服を着用したイギリス女性の姿はタイトで生硬な印象を見る者に与えている。第2章でも引用した「魅力的な肩といい、締まった腰といい、(…)美しいイギリス娘が、もっとも美しくみえる容姿を、いみじくも完全な形で表現していた」[15]、という描写のように、19世紀後半に完成し乗馬服として取り入れられたテーラーメイドのジャケットの形態の特徴は、タイトなシルエットで身体のラインを描き出し、姿勢のよさ、動作の美しさを際立たせることであったのだ。

スポーツシーンで大活躍　ノーフォークジャケット

乗馬と比較すると、19世紀後半にカントリーサイドに出かけて嗜むスポーツは、交通網の発達や余暇の時間の拡大といった背景を受け、より広い層に手の届く楽しみとして普及したといえる。

第1章で述べたように、カントリーハウスでの社交とスポーツはカントリーサイドでの楽しみであった。カントリーでの服装について1887年の『クィーン』に掲載された「シューティングパーティ用のドレス」の記事では、「このようなピクニックにおいて最もふさわしいのはきちんとしたツィード製のテーラーメイドドレスであり、裂けにくい素材の物である。同様のジャケットとディアストーカー（鳥打帽）を、または晴れた日にはセーラーハットを、そして軽量の防水用のマントを持つべきである」と伝えている。[16] シューティングパーティの場合にはランチが終わると男性たちは再び猟に出発し、女性たちはその後スケッチをしたり、果実を集めたりしてカントリーライフを満喫する。しかしもしも男性たちと一緒に銃を持って歩き回るつもりであれば「彼女のドレスは男性の着る物のような性質のものにするべき」と説明し、それはすなわち「丈夫なツィード製の短い丈のスカートと、同素材のニッカボッカーズ、そしてノーフォークジャケットである」と紹介している。なぜなら「このようなものが最も似合う装いであると同時に、最も快適なもの」だからだ。

カントリースポーツでの衣服の紹介は1886年の「銃猟や鹿追い用のドレス」の記事でも確認できる。[17]「スコットランドの霧や雨からのダメージや、ずぶ濡れの湿原や茨との接触をせざるを得ない衣服はできるだけそれに相応しい身支度に整えるべきである」と述べ、「女性たちはふだんの自分たちの好みは捨てなければならない。つまり、目立たず派手でもない色調が好ましく、手足の自由と暖かさを求めることが実際的である」と説明している。

さて、ではノーフォークジャケットとはどのようなものであるのか。ロンドンのヴィクトリア・アンド・アルバート博物館には１８９０〜１９００年頃の男性用のノーフォークジャケットが収蔵されている。ツィード素材で綿の裏地がついており、ボタンは水牛の角製である。解説では後中心にボックスプリーツが入っているとあるが、前身頃にも左右の胸の位置に縦方向に2本のラインが入っていて、ベルト通しと一体化している。ラインの胸の位置を観察すると、布の浮いた陰を確認できるので、この位置にはやはり内側に向けてのボックスプリーツが入れられていることがわかる。ノーフォークジャケットとは身頃に複数本のボックスプリーツが設計されていて、プリーツの分量だけ身体を動かしたときの体型の変動量をカバーできるようになっていることが、大きな特徴である。つまり、身体にフィットしたデザインであるが、身体を動かしやすい、ということだ。当時の男性がスポーツやカントリーで過ごす時に着用していたノーフォークジャケットが、雑誌では「男性の着る物のような性質のもの」として、スポーツの活動に際して、実用的で、その場に適した似合うものとして、銃猟を楽しむ女性たちに薦められていたのである。

素材についてはここで取り上げられたツィード、またはハリスツィードの他に、チェビオットやホームスパンといったいずれも紡毛の素材が繰り返し紹介されている。[18]

ジャケットのデザインにはノーフォークジャケットが繰り返し登場する。その理由は１８８６年の『クィーン』の質問コーナーの「ノーフォークジャケットのようなジャケットは腕を自由にし、──これは銃猟には必要なことである、そしていつもきちんとした感じがする」という回答にある。[19] ノーフォークジャケットは腰ベルトのあるひだ付きのゆとりのある設計なので、銃を構える動作にも動きやすいから実用的であり、かつ着用するときちんとした身体表現ができるというのである。図4－5はシェットランド産のホームスパンでつくられた銃猟用のドレスにデザインされたノーフォークジャケットである。この解説には「シェットランド産のホームスパン製。裾にはマッキントッシュが縁どられている。ノーフォークジャケットとウエストコートはタッターソウルという2～3色の細い線の縞模様の綾織である。スカートの脇には大きなポケットがあり、共布のベルトがついている」とある。イラストの中でジャケットの左身頃に肩から裾に向けて縦方向のラインが描きこまれている。右身頃側はややわかりにくいが、同じ位置にラインがあるはずだ。これが、ボックスプリーツが設計されていることを示すラインだ。

その他に1893年のバーバリー社のスポーツ用の衣服についての紹介記事では、「銃猟用の衣服はノーフォークジャケット、スカート、ケープから構成されている。ジャケットの素材はギャバジンのスカートの裏布と同じツィードでできている。ジャケットのボックスプリーツはしっかりと固定されていないので、動作に対応できる」とある。[20] この記事ではバーバリー社製のギャバジンが如何に優れているかを紹介している。その内容は「通常のマッキントッシュによる不快、不便をこうむってきた全てのスポーツウーマンはバーバリー社製のギャバジンのコンビネーションの価値を十分に認めるであろう。バーバリーのア

（図 4-5）Shooting dress
The Queen, 1890.7.19.

イデアとは2種類の防水用素材をひとつの衣服に組み合わせることである。外側にはギャバジンを内側には柔らかなウールツィードを用いるこのアイデアは著しく成功している。ギャバジンの主な長所は、通気性があり、とげや茨《いばら》に耐え、様々な季節の温度変化に対応できるところである」とある。通常使用されていたマッキントッシュは防水には優れていても透湿性に劣り、衣服内環境としては必ずしも好ましくない場合が考えられる。織目の緻密なギャバジンと保温性に優れたツィードとを合わせて二重に使用することで、防水と保温、透湿といった用途にかなう素材となっている。さらに銃猟用の衣服のデザイン紹介にあるように、ジャケットにはスカートの裏面のツィードを使用する。といったアイデアはジャケットとスカートとのコンビネーションを狙ったデザイン的な効果がある。

さらに、第2章でフィッシュワイフスカートの例として紹介した、1894年の銃猟用の衣服（図2－19、93頁）では「茶色のチェックのハリスツィード製。（…）ノーフォーク型の身頃には革の縁取りがされており、革製の衿とカフスもついている」と記されている。[21]革製の衿はその他に配された革の吊りベルトとマッチさせてデザインされていることがわかる。

ノーフォークジャケットに類する上衣としてノーフォークボディスやノーフォークブラウスも出現している。これらはラペルのないデザインである。記事には「ノーフォーク型の上衣は両肩からプリーツが入っている」と説明[22]されているところから、ノーフォーク型は身頃にプリーツが入ることを意味しており、身体の運動量を確保することができるのである。「身頃はノーフォークブラウス型である」と解説[23]されているものも、イラストを確認すると衿腰の高い首元が詰まったデザインでプリーツの位置を示すラインが描かれ、ウエストはベルトで細く締めてあることが見て取れる。

第2章で述べたとおり、乗馬で求められる正しい姿勢とは、馬上で背筋を伸ばし、手綱を持つ腕は脇をしっかりとしめた状態である。馬の動きに手綱を取られて脇が上がるようでは上手い乗り手とは言えない。そのため、乗馬服の設計の中で身体の運動量を確保することは最優先ではなかった。スタイル画での描写だけではなく、衣服のシルエットを1897年に出版されたテーラーの製図法の書物に確認してみよう。これには裾まわりが長めの乗馬服の製図が掲載されている。身頃は前身頃、脇身頃、後ろ脇身頃、後ろ身頃の4つのパーツで構成され、前身頃にはさらに2か所にウエストダーツがとられている。切り替え線が多く、バストからウエストにかけて立体的な設計になっている。製図の解説にも「胸まわりの寸法をぴったりと仕上げる」とあり[24]、フィット性が高いことがわかる。

一方、銃を構える、釣り竿を振るといった上半身を大きく使うスポーツでは、乗馬服のように身体に緊密な衣服は不適切である。腕を大きく振り出せば背幅の寸法も変動するからだ。ノーフォークジャケットの製図では、前身頃のダーツ位置は1か所に整理され、プリーツを入れている。さらに、前身頃以外に背中心の位置にもプリーツが入ることを解説している[25]。

またこの書物が執筆された1897年の時点で「依然としてノーフォークジャケットはすたれていない。その理由は女性たちが散歩や一般的な運動、サイクリングや乗馬、などにおいて美しいブラウスと合わせやすいから」と説明している。ブラウスだけではなく、その内側に着用するものは多様であるようだ。1885年の『クィーン』では高地への旅支度のアドバイスとして「上衣はノーフォークジャケットにするべきである。なぜならそれはベルトをするので身体にぴったりとしたサイズには仕立てていない。だから、寒い時にはシェットランドのニットジャケットを、その下に着用することが可能であるからだ」と述べている[26]。

1893年の「スコットランドでの装い」を解説した記事にも「ぴったりとした身頃、これはシングルまたはダブルの打ち合わせで、衿とタイを少し見せるために小さく開いている。これはいつも体をスマートに見せる効果がある。しかし、シャツと長いコートまたはノーフォークジャケットのような素朴なウォーキング用のものほど快適ではない。もしも銃を抱えてウォーキングに行くのであれば、個人的な快適さのためにはこれらを着る方がよい」と説明している。[27] つまり、スマートに見せるぴったりとした身頃よりも、ノーフォークジャケットの方がより快適である、と薦めている。身体のラインにフィットした衣服の表現性は認めるものの、活動のためのゆとり量が確保されたノーフォークジャケットの快適性を支持している。さらに「個人的な快適さ」という記述は、一般的な服飾の志向とは異なることで周囲からの評価を気にするかもしれないが、という意識を含みながらも環境への適応を促していると言えよう。

このようにゆとり量が確保されていることは、ノーフォークジャケットが活動的な衣服として受容されていた要因である。しかしその一方で、ノーフォークジャケットにさらなる設計上の工夫が加えられているものも出現している。図4-6の自転車用の衣服では次のような説明がなされている。

ボディスは称賛されているノーフォークジャケットの一種である。3つのプリーツが入っているが、それらには通常の厚みとかっこ悪さはない。それらのプリーツは

（図4-6）Smart Costume for Cycling (Messrs. Dickins and Jones) *Lady's Pictorial*, 1895.12.25.

ジャケット自体の一部に見える。そしてとてもきちんと、かつ、ぴったりとして、身体にフィットしている。そして巧妙にウエストの位置に向かって湾曲している。[28]

イラストを確認すると、「身体にフィットした」プリーツが入っていることを示すラインは曲線的に描かれていて、バストからウエストに向けての立体感を意識した描写になっている。そうはいっても、これまでに挙げた図のノーフォークジャケットもいずれも身体にフィットした印象に描かれており、これらの図のみではその違いは明確ではない。ただ、この記事の説明から推測すると、一般的なノーフォークジャケットは「プリーツには厚みがあり、かっこ悪い」ものであり、この図４‐６のノーフォークボディスはその欠点が設計上の工夫によって解消されて「きちんと、ぴったりとして、身体にフィットして」おり、両者には違いがあるということなのであろう。

このような意識は１８９７年の自転車用の〈リージェント〉という商品の説明にも見受けられる。こちらは「おしゃれなノーフォーク型。身体のラインにぴったりとフィットさせるように、前後にはストラップが留めつけられている」と解説している。[29] 残念ながらこの説明だけではどのような設計がなされているのかはわからない。しかし通常のものよりもストラップをつけることで「身体のラインにぴったりとフィット」したこのジャケットは、「おしゃれな」型であると紹介されているのである。１８９６年の商品も「ボディスはノーフォークジャケット型で、スケッチのように実にぴったりとしている」と説明されている。[30] こちらも他のノーフォークジャケットとの設計上の違いは明らかにされていない。この記事には続いて「コートとウエストコートの組み合わせも、自転車に乗る女性には好まれているが、ノーフォークジャケットのようにはあまりおしゃれに見えない」と説明している。自転車用の衣服としては、ベルトでウエストをマークするノーフォークジャケット自体が、身体にぴったりとフィットして適切でおしゃれである、とみなされていたとも考えられる。いずれにしろ、すでに述べたようにノーフォークジャケットは身頃にプリーツが入っているためにゆとり（または運動量）が確保されているので、スポーツには適切であると考えられた。しかしその一方で、ノーフォークジャケットに対しても、より一層身体へフィットしたシルエットを求めていたといえよう。

１８９７年の『レディズ・ピクトリアル』の記事では「ノーフォークの自転車服は称賛に値する人気がある。なぜなら、それらはとてもきちんとしていて、適切であり、おしゃれであるからだ。今シーズンには以前よりもさらに着用されるようになるであろう」とある。[31] また、１８９８年の『クィーン』の記事では「ノーフォークジャケットはいつでも人気がある。ケネス・ダーワード社では素敵な裁断で黄淡褐色気味の茶色のツィードの見本を示している。それには長めのバスク（裾の広がり）がついている。これらは快適で着易く、形を崩すことはない」とノーフォークジャケットが愛好され続けていることを伝えている。[32] 快適で着易い、しかも、身体にフィットしてきちんとしたおしゃれな印象を与えることができるからこそ、ノーフォークジャケットが自転車などのスポーツの場面で好まれていたのである。

ヴィクトリア・アンド・アルバート博物館にはやや時代は下って１９０８年の女性用のゴルフ・スーツが収蔵されている。それはフレデリィック・ボスワース製でノーフォークジャケット、スカート、ベルトそしてキャップが共布で仕立てられている。博物館の解説ではゴルフ用と紹介されているが、このようなノーフォークジャケットが20世紀に至るまで、銃猟、釣り、ゴルフ、自転車、といった様々なレジャースポーツのシーンで着用されたのである。このスーツを観察すると、先に紹介した男性用のノーフォークジャケットの身頃が、ストレートなシルエットであったことと比較して、女性が着用したそれはウエストベルトがより細く締められている。しかし、図4－5や4－6に示したデザイン画のノーフォークジャケットではかなりシャープなラインで体幹部がフィットしたデザインに表現されているのに対して、実際の収蔵品は体幹部には適度なゆるみが入っていることがイメージできる。ただし、実物資料のサイズ設定と、着装させたボディサイズとが完全には一致していないであろうことも考慮しなければならない。とはいえ、雑誌に掲載されたイラストはあくまでもイラストであるがゆえに、デザインの意図を誇張して表現する場合もある。つまり、ノーフォークジャケットではあるが、女性の身体により密着したデザインである、ということをイラストは誇張していたと考えられる。

身頃にプリーツを入れて運動量が確保され、さらにウエストはベルトでマークすることができるノーフォークジャケットの設計は、スポーツの活動に適した実用性と、きちんとした印象を与える表現性が認められていたのである。

男の子の制服から女性のおしゃれへ　イートンジャケット

イートン校の生徒たち

ノーフォークジャケットはベルトを締めて着用する設計上、当然前身頃の打ち合わせのボタンは全てかける。しかし、ジャケットを着用する時、前身頃のボタンを外せば、そこに開口部が生じて、設計時に意図したものよりもゆとりが生じ、リラックスした着心地になるだけではなく、運動量も大きくなるのではないだろうか。ただし、本来かけるべきボタンをはずした状態で着用すると、その着こなしの印象は変化する。1900年の広告に掲載された「スマートな銃猟用の衣服」をみると、ジャケットの前ボタンをすべて外して着用している。片手をポケットに差し入れ、片手に銃を携えた姿はウエストコートを合わせることでマナーにかなった装いではあるが、くだけた着こなしの印象を与えることは否めない。

本節では、ジャケットの活動性を検討するために、このようなボタンをはずしてジャケットを着用スタイルから一歩進んで、オープンスタイルとして設計されたジャケットに着目する。特に1890年代には、イートンジャケットと称された女性用のオープンジャケットが多数出現した。ここから男性服飾品が女性服飾品として消化された経緯を確認したい。

服飾事典によるとイートンジャケットについて「イートン・カレッジの制服でたけの短いジャケットをいう。ラペルの幅は広く、上着たけは前のポイントがヒップの最上部あたりまでで、着用のさいは前のボタンをとめずに用いられる。また最近は子ども服でえりなしの背広型のものもイートン・ジャケットと呼んでいる」と記されている。[33]

本項で取り上げる19世紀後半のイートンジャケットとは、この説明文の前者である、着丈が短く、前身頃の打ち合わせをオープンにして着用するものである。ただし、現在一般に広く認識されているイートン校の制服は燕尾スタイルが特徴である。しかしながら、20世紀半ば過ぎまでは、年少の生徒たちにはジャケットの丈がウエストまでの短いものが着用されていた。例えば、図4－7は1891年に掲載されたイートン校の生徒の姿を描いたイラストであるが、左の図の年長の生徒が後ろ裾の長いテールコートを着用しているのに対して、右の図の年少の生徒のジャケットは着丈が短く、後ろ姿が描かれたこの図では、ヒップラインがはっきりと示されている。さらに横向きの姿を他のイラストで確認すると、ジャケットのラペルの幅が広いことがわかる。

当時の男性服飾の中でもデザインの違いが明白であるこのようなジャケットスタイルは、イートンスーツとして少年用の既製服の広告にも登場している。例えばサミュエル・ブラザーズ社の広告には、左端にイートンスーツが掲載されている（図4－8）。その他の商品と比較すると、ジャケットの着丈の短さが際立っている。また、前の打ち合わせにはボタンが設定されているが、ボタンを留めずに、開いた状態で着用している。イート

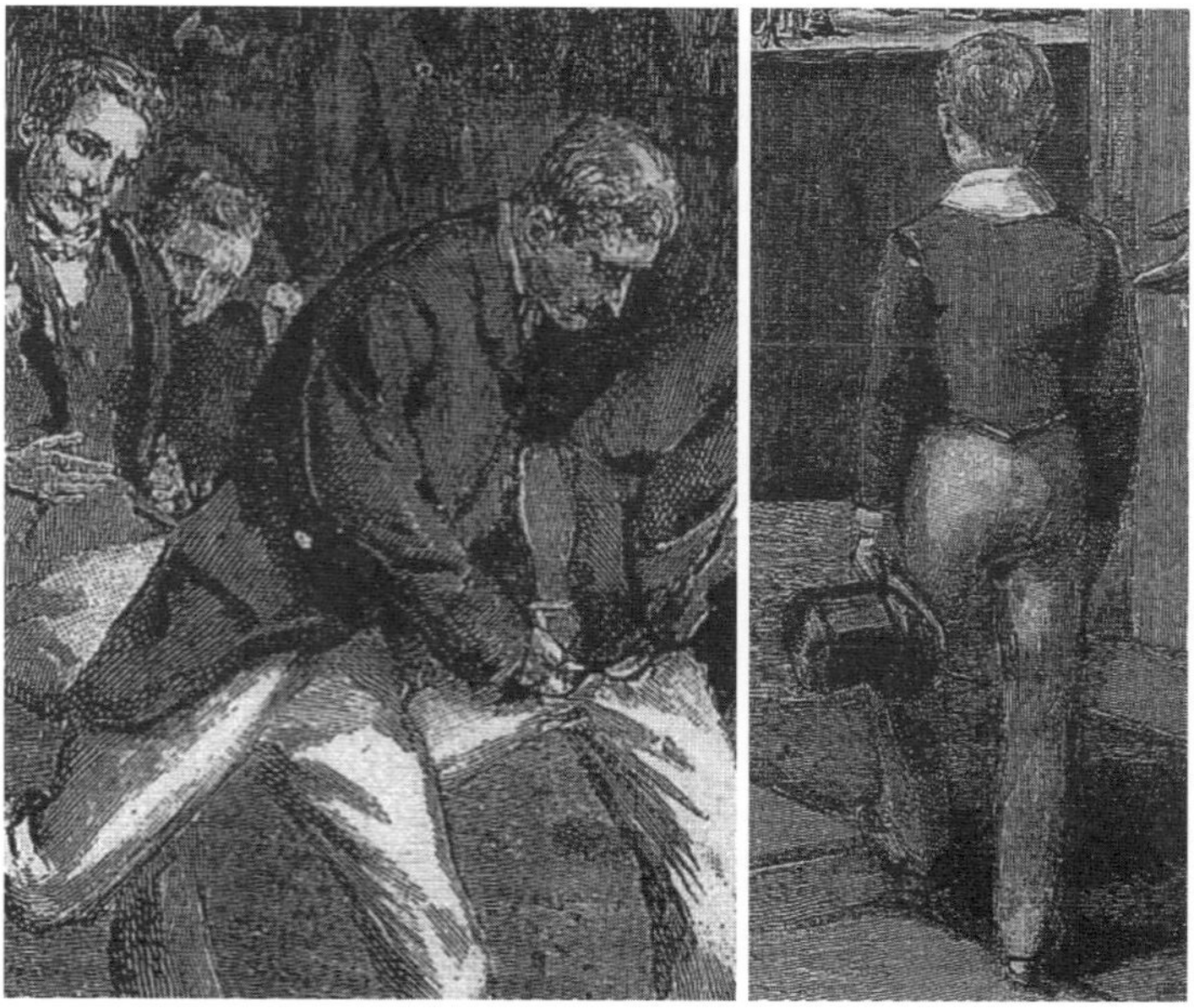

（図4-7）A Boy's Life at Eton *The Graphic*, 1891.6.27

ンスーツの広告はこの他にもピーターロビンソン社のものが「8歳から15歳までの若い男性用」として掲載されていた。[34]

女性用のイートンジャケット

本来は少年用の服飾品であるイートンジャケットが、女性用の服飾として登場し出したのはいつのことなのか。例えば図4-9は1892年3月12日の『レディズ・ピクトリアル』に「幸運にも見かけた最も魅惑的なガウン。テニスやボート遊びにはこれまでデザインされたものの中で最も適している」として掲載された「イートンコスチューム」である。[35] イラストを見ると、着丈の短いオープン型のジャケットには前ボタンはついていない。ハイカラーで前身頃にギャザーの入ったブラウス、ウエストには幅広のベルトを着用している。

同年4月には続いて「とても小型のおしゃれガウン。ボディスはまさにイートンジャケットのようなつくりで、背面は短く先がとがった形状になっている。極めてかわいいペールピンクのダブルの打ち合わせのベストの上に前を開いて着用している。実に今シーズンで最もシックなガウンである」と紹介された[36]（図4-10）。こちらはダブルのウエストコートとハイカラーのシャツと小型のネクタイの組み合わ

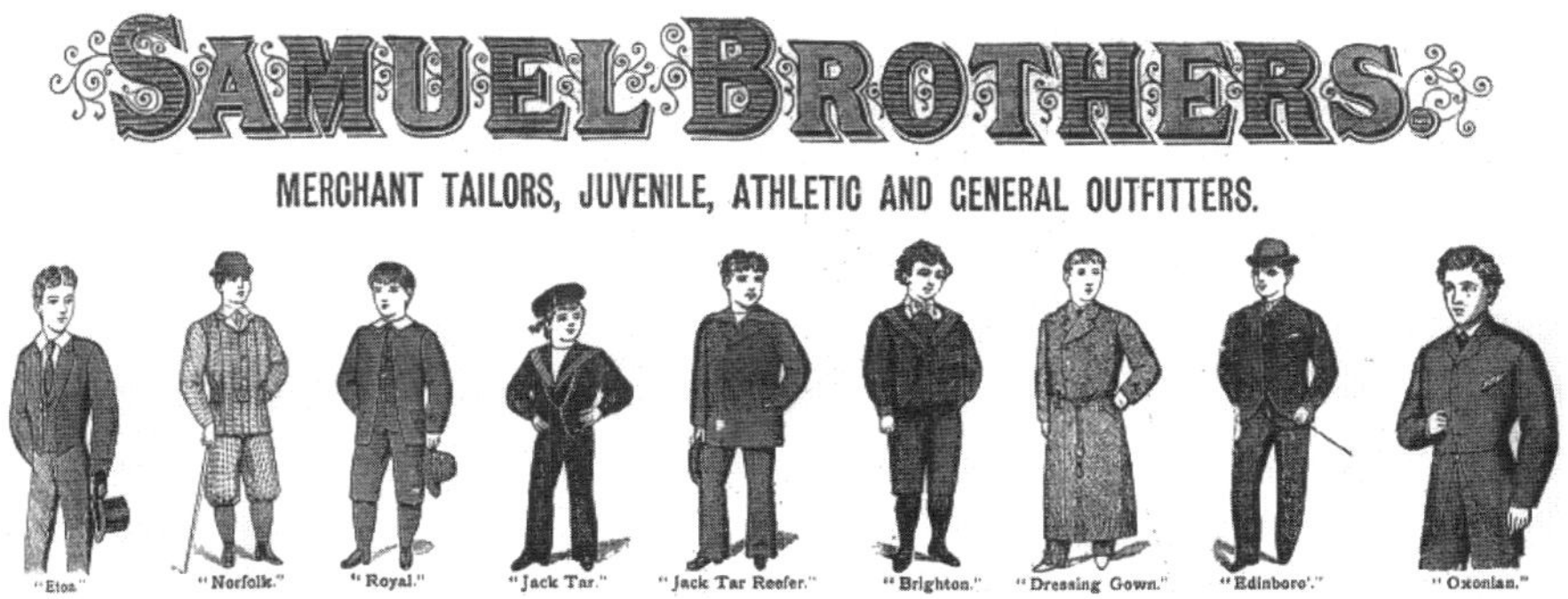

（図4-8）Samuel Brothers *The Graphic*, 1891.8.29.

せである。イートンジャケットのような、という表現ではあるが、着丈はウエストラインまでの短いもので、打ち合わせがつくられていないオープンスタイルのジャケットである。本来は少年用であるイートンジャケットのデザインを、女性用のジャケットデザインに模倣しているから「のような」という記述になっているのであろうか。

同日の誌面にはテーラー、レドファン社の商品も「とてもおしゃれなガウン。青と白のストライプの入ったツィード製。完璧にプレーンなスカートと合わせて仕立てられている。ボディスはイートンジャケットのようである。ダークブルーや緋色のベストは色鮮やかで、効果的である。ウエストのまわりにはベンガル織りの濃いブルーのサッシュが幅広に巻かれている」と紹介されている。[37] こちらも「イートンジャケットのよう」とあり、着丈がウエストラインまでであること、オープンフロントの形状であることが前の図と同様である。ジャケットの着丈が短く、前も開いた状態で、スカートのウエストラインがあらわになる形状であるから、ウエストに巻かれた幅広のサッシュベルトが効果的な印象を与えるのである。

ところが、翌週になると誌面において、このようなデザインはイートンジャケットと明言されている。5月7日号では「今年はとてもよく着られるであろう、可愛らしいイートンジャケットの優雅な

右（図4-9）The Eton Costume(J. J. Fenwick) *Lady's Pictorial*, 1892.3.12.
左（図4-10）Tailor-made Novelties (Fisher and Sons)　*Lady's Pictorial*, 1892.4.30.

種類のものである。これは絹や綿のシャツの上に着用し、ボートに乗るときなどに適している」と紹介されている。[38]ただしこちらの場合はジャケットの着丈はミドルヒップくらいまであり、少し長めである。

同日に掲載されたもうひとつのイートンジャケットについては、「今度のシーズンにはもっとも頻繁に着用されるようになることが、間違いないコートである。それはおしゃれで小型のイートンジャケットで、裁断も縫製も少年用のコートに実によく似ている」と紹介されている。[39]この記事では名称だけではなく、裁断や縫製も明らかに少年用のそれを意識していることが述べられている。どうやら、この1892年夏はイートンジャケットの大流行を迎える兆しである。

図4－11は翌週5月14日号のファンウィック社のイートンスーツと名付けられた紹介記事である。「ネイヴィーブルーのピクーニャの毛織物製で、柔らかな絹のブラウスとの組み合わせ」を紹介している。前後の姿を掲載しており、ジャケットの着丈が短いことが明白になっている。背面の姿を確認すると、ジャケットの裾線の先端が若干とがった形状になっている。図4－10の「背面は短く先がとがった形状」という解説はこのような形状を意味しているのであろ

（図 4-11）Novelties in cloaks and costumes, sketched at Mr. Fenwick's.　*The Queen*, 1892.5.14.

う。図4－7の少年の後ろ姿と類似している。「まさにイートンジャケットのよう」なのである。

同日の『レディズ・ピクトリアル』にはファンウィック社のものや、ジョン・フーパー社の「新しいイートンジャケット」の広告が、翌週にはフィッシャー・アンド・サン社のイートンジャケットの広告が掲載されている。この記事の翌週に発行された『ガールズ・オウン・ペーパー』では「イートンジャケットは人気がある。これはグレイや黒のスカートと明るい色合いのブラウスを組み合わせて着用する」と紹介している。[40]

同年5月・6月には、さらに各社の商品が立て続けに紹介記事や広告で掲載されている。ディッケンズ・ジョーンズ社の広告では「ネイヴィーまたは黒色のサージあるいはスコットランド・ツィード製で、ジャケットの裏には絹の裏地がつく」ことを紹介し、[41] D・H・エヴァンス社の広告では「ネイヴィーまたは黒色のコートとスカートの組み合わせであるイートンコスチューム」を紹介している。[42]また、レドファン社の商品の紹介記事では同社のシャツのデザインを紹介すると共にそれを「短い丈のイートンジャケットと合わせて着用する」ことを薦め、かつ「レドファンのイートンジャケットはとても優れた商品である」と述べている。[43] イートンジャケットの人気を受けて、各社がこぞって提案しているといったところであろう。

各テーラーたちによって仕立てられたこれらのジャケットの特徴は、ウエストラインからミドルヒップまでの短めの着丈と、ラペルがついていること、前身頃の打ち合わせをオープンにして着用することである。図4－11に示した紹介記事では、イートンジャケットの後ろ姿があえて描かれている。この紹介記事以外にも、広告でもやはり後ろ姿を挿絵に加えていることから、[44] ヒップラインがあらわになるこのような短い着丈が特徴であり、読者に関心が持たれていたことが推察できる。また、オープンスタイルの設計については、少年用のイートンジャケットとは異なる点もある。ホールディングは製図の紹介の中で、「女性用イートンジャケットの大半はボタンを付けない仕立てであるが、少年のもののように着やすくするためにはボタンを付けてもよい」と紹介していることから[45]、独自のデザインであることがわかる。使用される素材はサージなどのウールで、その色調はネイヴィーや黒といったダークな色調が主である。

くつろぎの場面でも

イートンジャケットの着用は、前項で紹介した記事のように、ボート遊びのような活動的な野外での社交の場面で好まれた。

婦人雑誌では、人々の関心のあるでき事とそこに集う人々の様子を伝えながら、流行のファッションについて説明する記事が登場する。1839年から続く、テムズ川でのボートの競技会、ヘンリー・ロイヤル・レガッタも、そういった人々の関心を集める話題のひとつである。1892年7月のヘンリー・ロイヤル・レガッタを観戦する女性たちは早速、イートンジャケットを着用している。この時の記事では、ボートに乗って観戦している女性をイラスト入りで紹介し、その服装を「サージ製のイートンジャケットとストライプのウエストコートを着用している」として説明している[46]。ボートに乗って観戦する姿は、さらに川岸から観戦している人たちから、眺められる存在となる。つまり、多くの人たちが集まる中で、最新の流行の装いを披露する場でもあるのだ。

その他の紹介記事でも、「旅行用にはイートンコスチュームはとても人気がある。ツィードや良質の平織りの布製で、ぴったりとした細身のスカートと合わせる。その唯一の装飾は裾の縁取りの太いコードである。ジャケットには返り衿がついていて、さっぱりとしたシャツを見せるように格好よく折り返っている。ウエストコートはのど元までボタン留めになっている。その袖は袖山が高く、こぎれいなカフスがついた手首までの長さである」といった記事をはじめ[47]、「イートンジャケットはネイヴィーブルーやくすんだグリーンのサージ製で、夜がとても冷えるこの季節のカントリーや海辺では実用的である」といった紹介記事がみられる[48]。そしてヨット用の装いを伝える記事では「ヨットに乗る女性たちは船上での実際的な身なりや、陸に上がった時のお祭り用の衣装の計画を立てるのに忙しい。(…)そしてイートンジャケットはおしゃれである」と伝え[49]、すてきなボート用ドレスとしては「もっと風変わりなものは白いサージ製のイートンジャケットで、金のブレードの渦巻き模様で縁どられ、金のボタンが両サイドについているものである」といった紹介がなされている[50]。164頁で取り上げたノーフォークジャケットのように、アウトドアスポーツをたしなむ女性に、「実用的である」という観点からテーラーメイドのジャケットが導入されていたことと同様に、カントリーコスチューム、シーサイドコスチューム、ヨッティングコスチュームといったアウトドアコスチュームとして、イートンジャケットの商品が次々と提供されたのである。

またデザインの特徴から考えてみると、ジャケットの着丈が短い点には特にボートに座った状態でも邪魔にならず、かつ、裾のもたつきがなく、すっきりと着装できる利点があるといえよう。

自転車用の衣服として提案された商品にもイートンはたびたび登場した。例えば、1897年のR・マーカス社の商品〈バッテンベルグ〉は「ケープスリーブがついたおしゃれなイートンコートは、グレイがかったツィル製で、これは紳士用のスーツに用いられているものと同様のものである。前あきで可愛らしいシャツを見せている」と説明されている。[51]装飾としてのボタンがついたオープンスタイルの前端の下には、フリルが折り重なるシャツが着用されていて、ケープスリーブと共に華やかな印象のスタイルである。

フィリップス・アンド・サン社の〈アルフレッダ〉は「最新のモデルであり、その外見はほれぼれとするようなグレイの布地で、イートンコート型に裁断されている。その着丈は、グレイの絹のウエストバンドが見えるように、十分に短い丈である。そしてその結果、ウエストの細さを強調している」と説明されている。[52]ウエストラインよりも上の位置にジャケットの裾線が設定されていることと、「白とグレイの小さなボタンがグレイの絹のコードによって連ねられている」フロントラインは閉じられているので、ウエストバンドに向かって、ほっそりとしたラインを強調している印象を受ける。

また、アルフレッド・ディ社の商品〈ブレナム〉は「ダブルの打ち合わせのイートンコート」である。[53]図4－12で確認するとダブルに並んだ4つのボタンがウエストの位置を強調している印象を受ける。フィッシャー・アンド・サン社の自転車用の衣服〈ボヌール〉もダブルの打ち合わせであり、「小型のイートンジャケットはとてもぴったりとフィットした型」と説明されている。[54]バストラインよりも上の高い位置からのボタン留めになっていて8個の大きめのボタンはとても目を引く。「黒のサテンのベルトは片側でとてもおしゃれな蝶結びにする」と説明されているように、ウエストラインにはジャケットの下から効果的に黒の配色を効かせたベルトがのぞき見え、大型の袖の

（図 4-12）Blenheim(Alfred Day)
Lady's Pictorial, 1897.3.20.

ボリューム感と対比させて、引き立てている。自転車用のイートンジャケットは、風を受けて身頃がはためくことを考えると、前述3例のように、前を合わせた着用方法も適していたのかもしれない。その他にも、A・フィリップス社の自転車用の衣服〈ミナ〉もまた「特に魅力的なのは、ダブルの打ち合わせのイートンスーツで、カットスチール製のボタンで留められている」と紹介されている。[55]

さらに、1898年の銃猟用の衣服の紹介には「ツィード製のコートはイートン型にアレンジされている」とあり、[56] カントリースポーツ用にも取り入れられていくのである。

ノーフォークジャケットはあくまでもレジャースポーツの場面での服装であったことに対して、イートンジャケットは必ずしも野外での活動の場に限らず、より広く女性の日常生活の中に受け入れられている。例えば図4－13は、女性が女主人として客人をもてなす場で着用するティー・ジャケットの一種としての紹介記事である。ここで描かれたイートンジャケットは「きつね色の絹のブロケード製で、その模様は茶色である。白いシフォンのベストの上にオープンスタイルで着用する。ベルベット製の返り衿とベルトが合わせられている」と解説されている。[57] ジャケットの素材や模様表現とイラストを重ね合わせてみると、紳士服とは異なる装飾的なイートンジャケットであることがわかる。

図4－14は室内で友人と話をしている女性の姿である。自転車に乗ることを医者に止められ

（図4-13）The Hostess at an 'At Home'
The Graphic, 1895.10.5.

たことを憤慨して友人に相談をしている、という場面を描いているので、女性が着用しているイートンジャケットに、「テーラーメイドコスチュームを着る新しい女」というイメージを込めている可能性も含んでいるかもしれない。だが、1884年の『クィーン』に既にテーラーメイドジャケットがハウスウェアとして掲載されていた例を指摘[58]されているように、イートンジャケットは屋内でも外でも着用が容認されていたことが推察できる。すなわち、テーラーメイドコスチュームはアウトドア用の衣服と限定されていないということだ。イートンジャケットの流行は野外、室内の区別なく受け入れられているといえよう。

（図 4-14）*Punch*, 1898.1.29.

多彩なデザイン展開

それでは、なぜイートンジャケットは、野外の活動のみならず、着用シーンが幅広く、屋内での着用にも取り入れられるようになったのであろうか。その理由はノーフォークジャケットとは異なり、イートンジャケットは素材や装飾方法などにヴァリエーションが派生し、女性の服飾の多様な場面に適応できるようになったからであると考える。

イートンジャケットが着用され始めた初期には、その記事の登場はヨットやボートなど水辺のアウトドアの活動に適した初夏から夏にかけてが主流であった。しかし、着用場面が必ずしもアウトドアに限定されないことで、イートンジャケットについての紹介記事は、秋から冬にかけても掲載されるようになった。例えば１８９４年には「イートンジャケットやギャルソン・ド・カフェジャケットは、この秋にぴったりで、おそらく冬にも人気があるだろう。しゃれたベストを合わせると、快適であり、おしゃれである」と伝えている。[59]ギャルソン・ド・カフェジャケットの詳細は不明であるが、添えられたイラストからすれば、やはり着丈の短いジャケットの一種であろうと想像される。先に取り上げた図４－13も10月の掲載であった。

また、着用時期が広がることだけではなく、イートンジャケットは素材、形態、装飾といったデザイン上の要素において、多彩な展開を見せることになる。

まず図４－15のリゾート地での散歩用の装いの場合では「少しくすんだ緑色のウール地には、黒い輪郭線の模様が描かれており、とても優雅な衣装」と紹介しており「イートンジャケットはリオン製の黒いベルベットの返り衿とカフスがついていて、裏地はコーヒー色のサテンである」と解説されている。ジャケット、ウエストコート、スカートが共布でセットアップされ、黒のベルベットの返り衿や、長く垂れ下がったサッシュベルト、スカートの裾まわりに配されたバラ飾りなどが全体的に女性的な印象である。特に一面に模様が表現された素材は個性的である。

次に図４－16は「ブラウスと組み合わせる

（図 4-15）Bathing and Promenade dresses sketched at Ostend *The Queen*, 1892.8.13.

イートンジャケット」と題されている。その記事には「イートンジャケットが再び人気であること。そして以前のものよりも、より一層ウエストにぴったりとしたラインであること」が述べられ、ダーツなどで体型にフィットさせた設計であることが説明されている。また、大型の衿は絹製であり、レースの装飾品が施されることや、装飾ボタンが用いられることも説明されている。図を見ると、セーラーカラーと見間違えるような大きな衿である。前身頃の両脇のダーツによってつくられたウエストフィットのラインが、大きな衿や肩幅、大型の袖との対比効果により一層強調されている印象を受ける。

ジャケットの形態そのものも多様になっている。右記のように衿が大型化することもそのひとつである。さらに、1895年の「先がとがったイートンジャケット」とタイトルがついているものでは「先の尖った形状のイートンジャケットは最も新しい形である。全体は緑色の平織り布製で、とても巾広で白い平織り布の返り衿が肩の上に広がっている。その衿と前あきの位置には最高級の真珠ボタンがダイヤモンドのまわりにあしらわれている装飾が付いている」と説明している。二重になった大きな返り衿や、裾のラインが水平ではなく、先が尖った形に裁断されており、シルエットのヴァリエーションの一種であるといえよう。

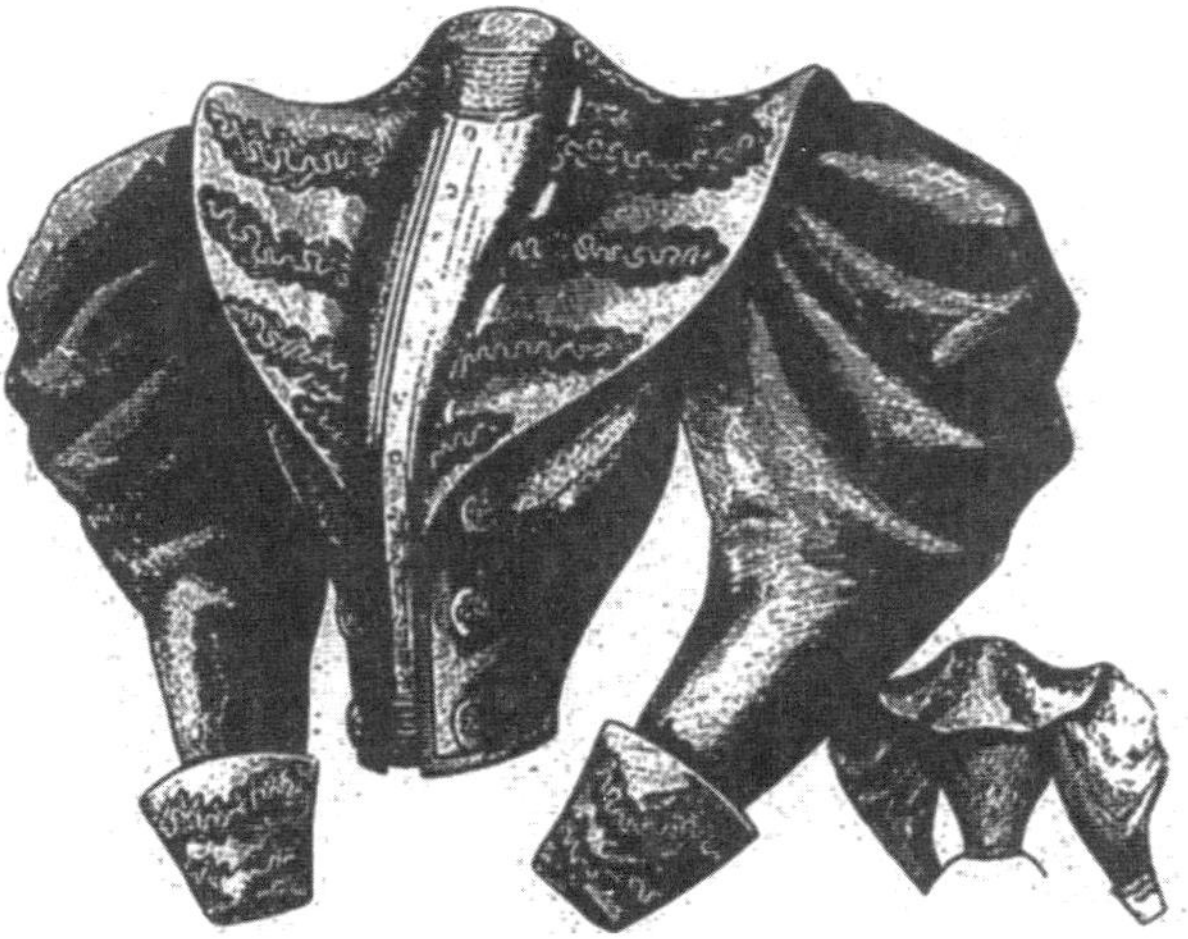

（図 4-16）Eton jacket to wear with blouses　*The Queen*, 1894.6.23.

イートンジャケットの装飾や形態と並び素材も多様になっている。1895年に掲載されたパターンの解説では、「新しいイートンジャケットは、ホームスパンからベルベットやサテンといったほぼ全ての素材で着用されている。その構造はとてもシンプルで、しかしボーン（芯）を入れて裏打ちがされており、よく身体にフィットする」と記されている。[60]

さらに1896年1月末に掲載されたものを見てみよう。こちらは「カラクール（中央アジア原産のヒツジの一種）を使用したイートンジャケットはとても最新のアイデア」であると紹介している。[61]そして、1899年の記事ではグラフトン毛皮社の商品を紹介している。ここでもこの冬に注目すべきファッションとして毛皮を取り上げ、「イートンジャケットはカラクールの毛皮製である。そして高い衿足と返り衿はアーミン（オコジョの毛皮）でできている。これはただただとても魅力的である。前面はさらにいっそうこの小さな動物の尻尾で縁どられている。これは近年ではドレスにはほとんど好まれていないものであった。しかし、かわいらしい女性たちはイートンジャケットとその類の物を冬季の毛皮の衣服として採用することを選んだのであった」と、イートンジャケットは毛皮を取りいれていることを伝えている。[62]

1899年の「ヴィクトリー社のエレガントな毛皮製品」を紹介した記事では「イートンジャケットのラペルと衿足にはアーミンが使用され、セーブルが束になって飾られている」と述べている。[63]シルエットは細身であるが、衿は立体的な曲線を示し、ボリュームのある華麗な印象のジャケットである。

スポーツで取り入れられたテーラーメイドのジャケットはダークな色調やウール素材を使用し、本来、男性的《マスキュリン》な印象であった。しかし、イートンジャケットは上記のように絹や毛皮などの素材や、レースや装飾ボタンを取り入れることで、エレガントな服飾表現も可能にしたといえよう。女性にとってより汎用性の高い服飾品として受け入れられていたのである。

次にイートンジャケットの設計についてみてみよう。図４－17は１８９７年の書物に掲載された製図である。[64]ウエストラインよりも少し高い位置に裾線が設定されていることと、ウエストからのダーツ量が多いことで、図４－16で取り上げたデザイン画の説明で「より一層ウエストにぴったりとしたライン」と記されていたようなシルエットに仕上がることが予想される。ラペルは身頃からの裁ち出しであり、上衿を合わせる設計である。ところが雑誌に掲載された家庭裁縫に対応するためのパターンの紹介記事に掲載された裁断図（図４－18）では、本来は返り衿であるべきものが、上衿とラペルの部分が一体化して、ラペルの刻みを模したラインの衿が見られる。[65]このような裁断では、本来はテーラードジャケットの範疇とはみなすことができない。イラストをみると、衿は大型で、衿腰は低く、刻みがなければむしろセーラーカラーのような印象をうける。イートンジャケットと紹介されてはいるが、変化型であるといえよう。雑誌に掲載されたデザイン画から判断すると、同様に衿腰が低く描かれているものもあり、おそらく別衿仕立てであろう。衿腰が低いと頸のラインが強調されるデザインとなる。さらに、このような仕立て方のほうがラペルと上衿を縫製するよりも比較的容易であり、家庭洋裁でもイートンジャケットを取り入れやすくしていると考えられ

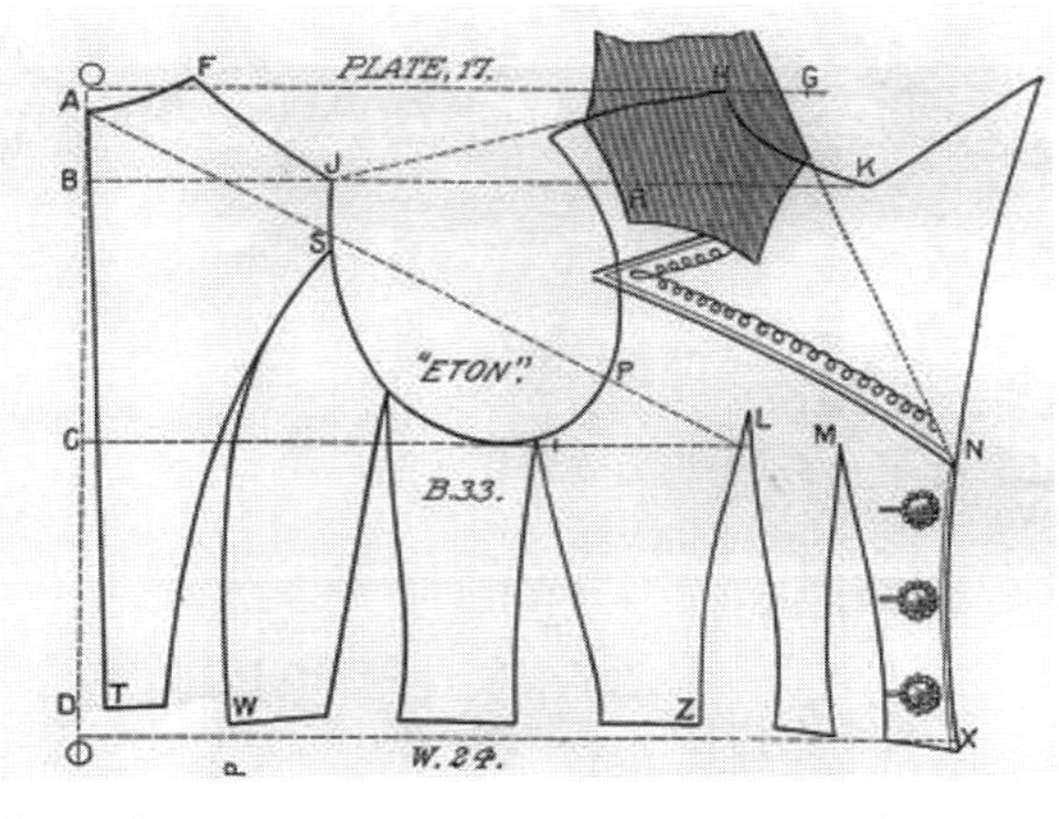

（図 4-17）Eton Jacket pattern *Late Victorian Women's Tailoring: The Direct System of Ladies' Cutting* (1897)

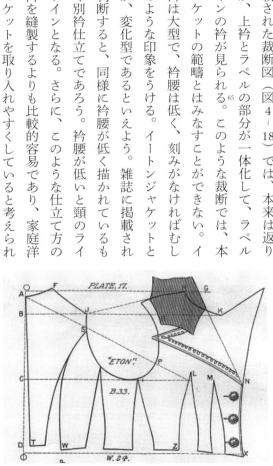

る。

以上のようにイートンジャケットはその流行の過程で、色彩が多彩になる、レースやフリル、貝、真珠、人造宝石などの装飾的なボタンや、ブレード等装飾要素が多様になる、ホームスパンのウールからベルベット、サテン、そして毛皮など素材が多様になる、といったデザインのヴァリエーションが確認できる。さらにシルエットそのものにもアレンジがうまれ、ジャケットのデザインイメージはフェミニンな印象が強調されている。

またジャケット単体のデザインイメージだけではなく、コーディネイトにおける印象についても雑誌の中では言及されている。１８９２年8月の『ガールズ・オウン・ペーパー』の記事ではイートンジャケットの流行を伝えるとともに、その長所のひとつは「私たちが自らを輝かせたい時には魅力的なブラウスを着用する場合もあれば、派手な印象にしたくない時には必要に応じて、適切なブラウスを選ぶことで、地味な印象にすることができる」ことであると伝えている。[66] オープンスタイルのイートンジャケットの場合、組み合わせてインナーに着用するシャツまたはブラウスが目につきやすい。コーディネイトするブラウス次第でスタイリングの印象が変わるということである。既に取り上げた図版の中でも、図４－11ではジャケット自体はシンプルであるが、胸元にド

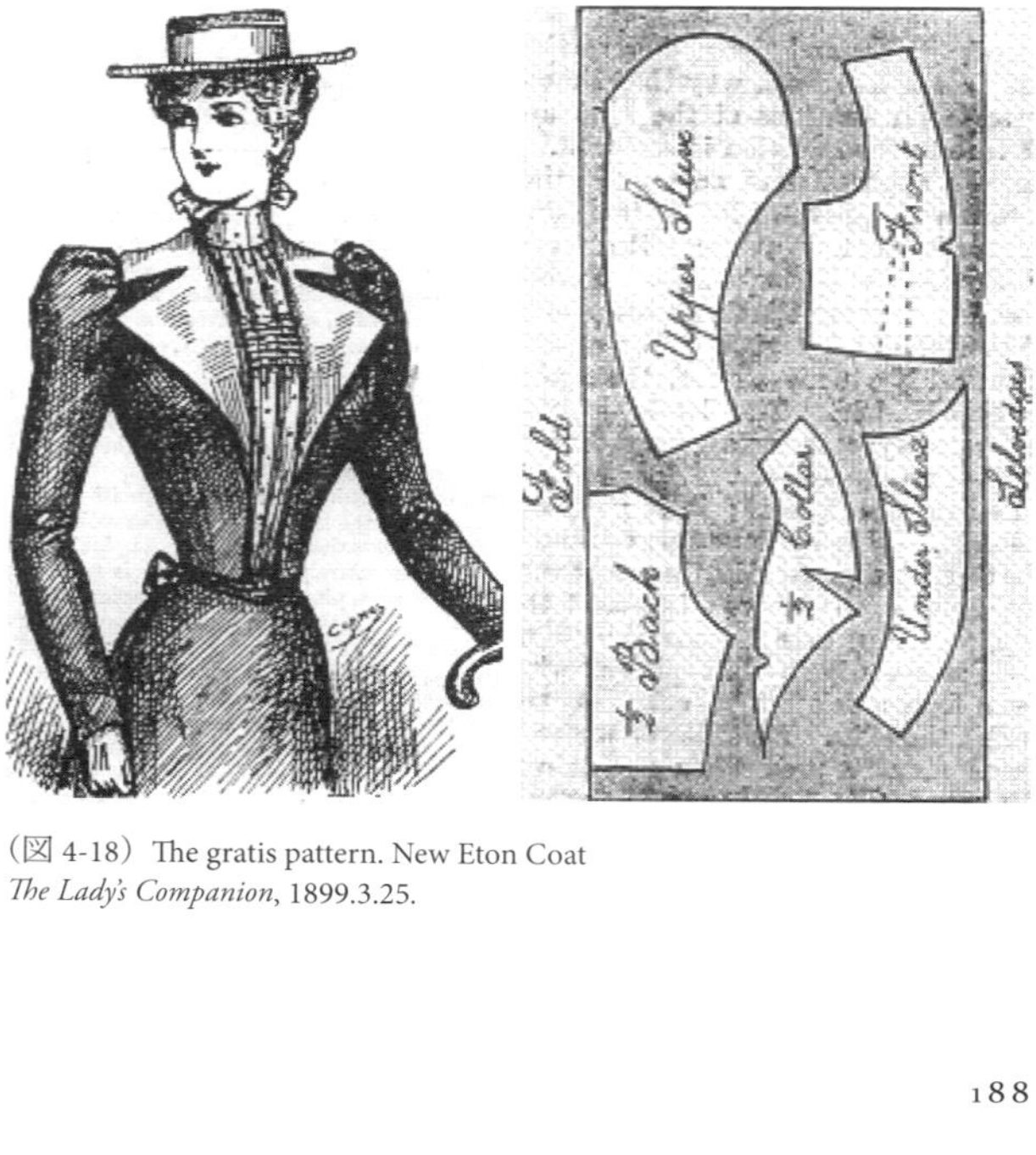

（図 4-18）The gratis pattern. New Eton Coat
The Lady's Companion, 1899.3.25.

レープの入った「柔らかな絹のブラウスと組み合わせ」られている。一方、図4-10や4-12はシャツ、ウエストコートそしてタイとの組み合わせであり、マニッシュな印象が強いコーディネイトである。また、図4-19のように「黒またはネイヴィーのサージ製。黒または白の縁取りが施されている」シンプルなシルエットのジャケットに、開口部にフリルがあしらわれたブラウスを組み合わせることで、その着こなしは女性的な印象になっている。同じ広告内に「魅力的な新型のシャツ」と紹介されている〈チズイック〉は、前身頃にフリル装飾が施されており、オープンフロントのジャケットとのコーディネイトに適していることがわかる。

さらに、ウエストコートとのコーディネイトや図4-9などのように幅の広いサッシュベルトを合わせることで、フロントの開口部を印象的に演出することも可能である。

（図4-19）Garrould's Great Summer sale　*The Queen*, 1892.7.9.

若さが輝く

前項に挙げたようなイートンジャケットの展開は、女性の服飾として採用しやすくなった理由と考えられる。それにしてもイートンジャケットはなぜ女性たちの人気になったのか。

イートンジャケットのデザイン的な効果にはまず、先に取り上げた〈アルフレッダ〉のように短い着丈がウエストの細さを強調することがあげられよう。そしてアルフレッド・ディ社の商品は「若々しく、流行のイートン型の服装は、緑色の布製で、コートはこぎれいできちんとフィットしている。返り衿とボタンがついている。おしゃれな緑色のベルトを見せるように、ちょうどウエストの上までの短い丈である」と紹介されている。[67] コンパクトで軽快な印象のイートンは、若々しさを表現しているのである。また、素材の多様化について取り上げた記事で「その構造はとてもシンプルで、しかしボーン（芯）を入れて裏打ちがされており、よく身体にフィットする」と記されているように、[68] シンプルな構造でありつつ、身体のラインにフィットして身体のシルエットを表現していたのである。

イートンジャケットの着こなしについて『ガールズ・オウン・ペーパー』の記事では次のような注意を与えている。それは「イートンジャケットは姿勢のよい、細身の姿でなければ適切な衣服であるとは言えない」といった、体型とジャケットシルエットとの関わりについてである。[69] ウエストまでの短い着丈のイートンジャケットと、そのためにすっかりとヒップラインがあらわになる、タイトなスカートを着こなすためには、細身の体型が必要であると指摘しているのだ。そして同記事ではイートンジャケットのシルエットをアレンジした「長いコートテールのデザインは、あらゆる姿に似合っている」と紹介している。コートテールであれば、ヒップラインは隠されるので、どのような体型の女性でも着こなしやすいというのであろう。このように前ウエスト側は着丈が短く、後ろウエスト側にはバスクがついてヒップをカバーするシルエットのジャケットを『クィーン』では「イートンジャケットのいとこのようなもの」と説明している。[70]

図4-20では「イートンは全ての人に似合うとはいえないが、このイラストのジャケットはほぼ全ての人々にとって、決定的なものである」と説明している。人気のあるイートンジャケットが、決して誰にでも似合うものではないというのは、いささか手厳しい意見である。このイラストを見るとウエストラインは、前から観察するとウエスト丈のジャケットの裾によって半ば隠され、オープンスタイルのゾーンの限られた分量だけが眼につくはずだ。すると、見た目の印象は本来の寸法よりも軽減されたものになるという、分割の錯視効果が期待できる。後ろから観察するとバスクはヒップをカバーし、ウエストラインを隠すことになる。細身の人だけに限定せず、多くの人に着こなしやすいデザインであるというのであろう。

図4-21はイートンジャケットと並び人気を博した、さらに着丈の短いボレロの紹介である。着丈の短いオープンスタイルへの執着をこ

右（図4-20）Crepon dress with silk front *The Girl's own paper*, 1892.9.24.
左（図4-21）Bolero *The Girl's own paper*, 1900.6.30.

の記事では伝えており、このようなデザインが「痩せた姿にはとても可愛らしく」「若々しい少女の姿がもっとも魅力的に見える」と提案している。[71] イラストを見ると、サッシュベルトを巻いたウエストラインがすっかり見えてしまっている、短い丈のボレロが痩身の女性の身体をより一層引き立てている。痩身だからこそ着こなせるともいえ、記事では「太ることのないように気をつける必要があるファッションである」と指摘している。さらに太らないためには「十分なエクササイズと食事への注意」を促している。『ガールズ・オウン・ペーパー』は当時の少女や女性たちに対して、身体の健康や新しい身体観を提言していた。[72]

このような短い着丈のジャケットを着装することで、スリムで潑剌《はつらつ》とした健康的な若さが表現されているのである。本来、女性の身体は成長と共にバスト、ヒップに皮下脂肪が蓄積し、ふくよかで丸みを帯びた体型になる。こういった、肉感的で曲線的な身体のラインは成熟した女性の証である。その反対に、まだ成長途上の少女の体型は、痩身で未成熟である。スリムなシルエットの服飾とは、身体の生理的な特徴から言えば、未成熟な少女のような若さをイメージするものなのである。

スポーツや演劇の話題を中心に扱っていた雑誌『イラストレイテッド・スポーティング・アンド・ドラマティック・ニュース』の中でも、自転車のシーズンを迎えるにあたって、ボレロについて言及している。1897年の3月には「短い丈のボレロが疑いようもなく、今シーズンには最も一般的になるであろう」と説明したうえで、次のような見解を示している。

ボレロは用心して取り入れなければならないだろう。それは賢明なる婦人服仕立て屋によって取り入れられたものであるが、太った女性でさえもボレロを着用すれば姿がよく見える。とはいえ、テーラーの仕立ては無情であり、容姿の最もきちんとした者以外の人に対しては、優しくしてはくれない。それ故に、私たちのようにスリムではない者は、このことをよく考慮して、自らのために運動をしなければならない。[73]

着丈の短いボレロが、太った女性の容姿をよく見せるとは、おそらく上半身をコンパクトに見せることで、すっきりとすらりとした印象を作ることに成功するということであろうか。とはいえ、容姿の最もきちんと整った者でないと、本来は着こなすことが難しい、と指摘しており、流行の衣服を着こなすためには運動などで体型を整えなければならないと提案している。同誌はおそらく『ガールズ・オウン・ペーパー』よりも内容から考えて読者の年齢層は高めであろう。若く、痩せ型の少女体型を魅力的に引き立てる短い着丈のボレロは、年齢が上がり、恰幅の良い成人女性にとっては運動などで体型を整える努力をしてこそ、着こなすことができるのである。

このようにイートンやボレロのような短い着丈のジャケットは、ウエストの細さを強調した。そして、タイトなスカートを着装したヒップラインをあらわにしている。全体としては細身ですっきりとした印象を与える、若々しさを表現するデザインであったと言えよう。

次に、オープンスタイルの着装の表現について考えてみよう。既に述べたように打ち合わせを留めずにジャケットを羽織れば、着心地はゆったりとしたものになるが、その一方で着こなしはフォーマルな印象ではなくなる。

19世紀の女性のジャケットの着こなしはどのようなものであったのだろうか。

先行研究では、テーラーメイドのジャケットを着用する女性は、当時の社会構造の規範を破るものとして風刺の対象になっていたことを指摘している。[74] ただし、『パンチ』に掲載されているそれらの風刺のイラストを見てみると、その批判の対象は男性的なテーラーメイドのジャケットを着用していることに加えて、その着こなしにも注目すべき点があるのではないかと考える。例えばジャケットの打ち合わせをはだけて、腰に手を当てる姿[75]などは、不遜な印象を与え、当時の服装規範の中ではいかにも生意気な女性と受け止められることは必至である。「男性!」と題された図4-22は男性の帽子とジャケットを借り着している女性に対する風刺である。オーバーサイズの男性用のジャケットをぞろりと着流し、ポケットに手を突っ込んだ女性に対してその友人は「あなたったら、フレッドの帽子とカバーコートを着ているのね」と問いかけ、「あなたはまるで若いオトコのように見えるわ。それも、とっても女々しいオトコ」と批判している。[76] 女性としての魅力も、男性的な魅力も感じられない、だらしない印象であるというのであろう。このように従来の打ち合わせのあるジャケットは、本来の設計された通りのシルエットとは異なった着崩した着装が可能ではあるが、その代わりに、それはインフォーマルで、だらしない印象を与えてしまうのである。しかし、最初からオープンスタイルに設計されたジャケットであれば、軽快かつ緩やかな着心地とともに、かつ、フォーマルな印象を示すことができる。

もっとも、イートンジャケットの登場以前にもオープンスタイルのテーラーメイドコスチュームは出現している。それはヒップラインまでの長い丈のジャケットである。ウエストからヒップにかけての曲線的な裁

(図4-22) The Sterner Sex
Punch, 1891.9.26.

断は優雅な印象を与えるものではあるが、ウエストの位置で細く絞られた形状は、前面がオープンであるとはいえ、身体の活動を束縛するものであろう。

しかし、イートンジャケットのように着丈がウエストまでの短い丈で、さらにオープンスタイルに設計されたジャケットは、着丈が短い分その重量も軽減され、着用者にとって着衣の負担が少ない軽やかな衣服であるのだ。

これまで取り上げたテーラーメイドコスチュームをそれぞれその設計上の特徴から考えると、乗馬服は身体にタイトフィットしたシルエットで、着用時の拘束性が高い。それ故身体のラインをひときわ引き立てる効果を持っていた。ノーフォークジャケットは身頃に加えられたプリーツの設定により、運動量を確保し、その内側に着用する衣服の厚みもカバーできるゆとりがある。それと同時に、ウエストをベルトでマークすることで、身体のラインを整えることができる。イートンジャケットはオープンフロントであることと、ウエストまでの短い着丈が設計上の特徴である。そのため、衣服の開口部が大きく、体幹部が開放されることで、従来のジャケットよりも軽快な着心地であるといえよう。

1880年代後半にノーフォークジャケットを紹介する記事では「男性の着るようなもの」として読者に対して薦め、「手足の自由と暖かさ」といった実用的な長所を指摘している。しかし、1890年代に登場したイートンジャケットは素材や装飾、形態、コーディネイトのヴァリエーションをもつことで、男性服飾的なデザインの域を超えて、女性としての着こなしが可能なジャケットとして愛好された。イートンジャケットに対する人々の支持は、1898年の「イートンジャケットは何がなんでも絶滅しない」という記事からも推察することができる。[77] イートンジャケットは従来のジャケットに比べて身体の活動性が高まると同時に、ファッショナブルな着こなしができる女性の軽快な服飾品として、テーラーメイドコスチュームが日常的に導入されるきっかけを提供したと考える。それは、女性用のテーラーメイドコスチュームが男性的な要素を持つ、実用的な服飾品であるというカテゴリーから脱した、活動的な機能と、フォーマルさをあわせもち、さらに若々しさという身体表現が可能である、汎用性の高い服飾品として女性たちに受け入れられたことを意味している。ウエストまでの短い着丈のジャケットは、必然的にヒップラインをあらわにすることになる。第3章で指摘した格好の良い細身のスカートを着用した下半身と小型のイートンジャケットの組み合わせは、全身をすっきりと整え、女性の身体に若々しい魅力を与えたのである。

テーラーの仕立ては表面的な装飾要素よりも、その設計と、裁断の技術が要である。「はつらつとした見た目の優雅なイギリスの少女が、優れた裁断の完璧な仕上がりのテーラーメイドの服飾を適切に着用していることほど、私の心にとって気持ちの良いことはない。今や本質的にテーラーメイドガウンの時代がやってきた」という記事からは、[78] テーラーの仕立てた衣服が、女性の優雅さとはつらつとした活動的な身体を引き立てるものとして女性たちに着用されていることがわかる。女性がコルセットによって身体のラインを整える意識は、きちんとした身なりという印象を与えることを目指したものである。テーラーの優れた設計によって身体のラインを意識して仕立てられた衣服は、「男性的なもの」を目指していたのではなく、それと同様の役割を担っていたと言えよう。

男性服飾品であったテーラーメイドジャケットは、スポーツの活動に適した実用性が導入のきっかけにはなったが、身体のラインの表現への志向と、着装時の活動性が一致してこそ、女性の服飾品として受容されたのである。

男性服飾から転化した女性用のテーラーメイドコスチュームは、袖に特徴が表れているともいえる。図4－1と図4－2の袖を見比べてみると、袖山の高さの違いが目に付く。女性の服飾品であることを語る部分は、袖である。図4－11など1892年のイートンジャケットになると、袖山はもう少し高くなり、ギャザーが入っていることもわかる。図2－22の自転車をこぐ女性が着用しているブラウスのように、1890年代半ばには、女性のドレスの袖はマトン・オブ・スリーブと呼ばれた大型のものになる。テーラーメイドジャケットの袖もそれと連動している。図4－6と図4－13のように、これはイートンジャケットにしろ、ノーフォークジャケットにしろ同じである。

本章の冒頭で述べたように、テーラーの仕立てのテクニックの特徴は、各パーツを滑らかな立体的フォルムに縫合することにある。それ故、紳士服の仕立てにギャザーというテクニックは登場しない。つまり、袖山が高くギャザーが入っているということは、すでに女性的な仕立てなのである。男性のものであるとみなされていたテーラーメイドコスチュームであるが、1890年代には明らかに女性服飾品として設計されていたといえる。

帽子は必需品

スポーツと帽子

レディの「かぶりもの」

公園での散策といった野外での楽しみもまた社交の場とした19世紀のイギリス女性にとって、プロムナード用、ウォーキング用といった野外での活動時の服装に合わせるかぶりものは、頭部の保護といった実用的な要素と装飾的な要素を兼ね備えた、重要な服飾品であった。その形状や装飾は実に多彩である。「かぶりもの」という言葉は少々古めかしい印象を与えるが、あえてこの言葉を最初に取り上げたのには訳がある。19世紀の女性が頭に被ったものには大きく分けて3種類のアイテムがある。ひとつは現在でも日常的に使用する「ハット」つまり頭部を覆う部位――クラウンの周囲にブリムがあるものと、「キャップ」こちらはブリムがない、またはまひさしと呼ばれる前面だけにつばがあるものを言う。今日でいうところの野球帽のような形が代表的である。そして、もうひとつは「ボンネット」である。「かぶりもの」とはそれらの総称である。イギリスにおける服飾文化の中ではハットは男性用のかぶりものとして象徴的な意味を持っていた。16世紀、エリザベス1世の時代において、貴婦人にとっての宮廷での正式な装いはボンネットであり、ハットとは本来は男性が着用するものであった。貴婦人によるハットの着用は、乗馬や旅行といった限定的な場面においてのみであった。さらに市民階級の女性にはハットの着用は認められていなかったという。ハットは男性と女性という性別における優位性、そして身分による優位性を指し示していたのである。[79]

19世紀の社会においても、ハットは男性用、ボンネットは女性用の服飾品として欠かすことができないアイテムであった。19世紀前半から半ばにかけてのロマンティックスタイル期に愛好されたボンネットとは、ブリムが後頭部から頭を包み込むような形状で、顎の下で結ぶリボンがついていることが特徴である。装着のためのリボン以外にも花、レース、羽などの装飾品が盛り込まれている。そのブリムの幅が広いものは、横顔を包み隠すようであった。１８８８年の『ウーマンズ・ワールド』では１８３０年代のボンネットのデザインを振り返って、

ポークと言われたボンネットをかぶっていると、その美しい頭はすっかり隠されてしまっていた。女性の横顔を人目にさらすことはお行儀のよいことと思われていなかったのである。古い小説には女性の容姿を皮肉る記述がある。「あるレディのウェリントン公風の鼻はボンネットを超えて人目に触れる」と。１８３７年には顔は隠されていることが正しいとされたのだ。ブリムの幅は一般に巨大であった。羽飾りと蝶結びリボンはどっさりと積み重ねられていたのだ。

とその理由を探っている。[80] ボンネットはこのように横顔を包み込むような形としており、そこに飾りつけられたベールについても「ボンネットにつけられた長いカーテンは正式なものであった。とても長いベールはボンネットのサイドに優雅にくくりつけられていた。そしてそれはウエストベルトに結び付けられており、カーテンは謙虚な女性にとっては必要不可欠なものなのであった」と続けられている。顔がボンネットやベールで守られているさまを、カーテンと称して慎み深い女性の姿であった

と評しているのであろう。すなわち、ボンネットは頭部を包むだけではなく、横顔を他者の視線から包み隠す役割を果たしていたのである。

記事ではさらに「1840年になるとボンネットの後ろは短くなった。しかし顔は隠されたままである。そのあだ名は石炭バケツと呼ばれた」とある。[81] バケツ型の円錐台形のボンネットの形状は横顔まで深く包み込むものである。時期によってそのブリムに大小の差異はあるが、後頭部から耳元や横顔までを覆う形状は独特のものである。「かぶりもの」という言葉を用いてはいるが、ボンネットは頭頂部に「かぶる」のではなく、頭全体を「包む」ものである。そして、その形状は顔全体を囲み、図2-9のようにブリムの内側にもフリルなどを飾っているため、頭部装飾品というよりは寧ろ顔の周囲を縁取る額縁といった印象を受ける。

一方で、イギリスの帽子を話題にしたときに、今日のアスコット競馬の女性観戦者の奇抜な帽子ファッションが取りざたされる。これは現代の競馬イベントにおいて突如、登場した風俗ではない。19世紀の競馬観戦でも花やリボン、羽飾りといった装飾品を盛り込んだ大型のデコラティヴな帽子が描かれている。つまり、当時の女性の装飾的な帽子の着用が、アスコット競馬の観戦風景に古の風俗の名残として継承され、今日ではこの時とばかりにバラエティに富んだデザインの帽子を、女性たちが得意げにお披露目しているのである。

ハットはクラウンを頭頂部にかぶることが基本である。そのため、帽子を着用した場合はその横顔はすっかりあらわになる。雑誌に紹介されたレース観戦用の衣装の一例には、その帽子は「ベージュ色のタフタのリボン、オーストリッチの羽飾り、バラの花々で飾られている」[82] と記述されている。装飾品のヴァリエーションとしては、帽子の上に鳥の剝製が飾られているものも登場する。幅広のブリムはリボン、羽飾り、花、さらには鳥の剝製といった装飾品をこぼれんばかりに盛り込むための、絶好のステージなのである。図4-23はアスコット競馬観戦の時の女性たちの服装を伝える記事である。上段左側の女性のように、小型の帽子をかぶるもの、上段右側の小型のボンネット(イラストの紹介記事には「ナツメグの藁製のボンネットにベルベットのボウがついている」と説明している)[83]、そして下段中央と右側の女性のような大型の帽子、といった多彩なかぶりものが確認できる。この時期には帽子と同様にボンネットはもはや顔を包み隠すような形状ではなくなっている。ただし、ボウをあごの下に結ぶ姿は変わらない。いずれも当時の女性が着用したドレスと連動して装飾的な要素が盛り込まれており、その装いの仕上げにかぶりものの着用は欠くことができないものとなっていた。そして、第1章でレイ・ストレイチーが不満を漏らした、装飾的で大型化した帽子、もしくはかぶりものというにはあまりに形骸化した小ぶりなボンネットは、いずれも頭上に不安定な状態に据えられた。そこで登場するハットピンは女性の

(図4-23) Dress Sketched by our Artist on the Cup Day at Ascot
The Queen, 1892.6.25.

頭をチクチクと刺激し、女性の身体の活動を制限する結果ともなったのだ。

19世紀における多種多様なかぶりものの登場は、女性たちにとっておしゃれの重要な関心のひとつであったことを意味しているといえよう。読者の興味に対して『ウーマンズ・ワールド』の記事以外にも、例えば『ガールズ・オウン・ペーパー』では1880年にそのかぶりものの変遷をたどる記事が掲載されている。[84] 1820年代から1880年までの変遷をボンネットからハットまでイラストとともに紹介している。ただし実際に服飾雑誌の記事に登場した、女性のかぶりものの形状や装飾の動向はもっとめまぐるしく、記事のように概略的なものではなかったはずであり、このような変遷をたどる内容がその全てを伝えているわけではない。

帽子を飾り立てることは、女性の趣味の良さを発揮する場でもあった。時代は少し後になるが、20世紀初頭の小説には、経済的に不都合な立場になったレディが手掛けるには、帽子を作って売る仕事がふさわしい、といった内容が登場する。レディとして培ってきたセンスをいかんなく発揮でき、かつそこそこ体裁の良くこぎれいな仕事というのであろう。小説から時期を少し遅れて1920年代のことであるが、現実の世界でもココ・シャネルが手掛けた最初の仕事は、彼女のセンスをいかんなく発揮できる帽子デザイナーであった。

さて、これまで第1章から紹介してきた様々なスポーツシーンの女性たちは、アスコット競馬を観戦する女性たちとは異なるデザインの帽子を着用している。女性たちはスポーツを愉しみ、スカートを工夫し、紳士のテーラーメイドスーツを我が物にし、さらには男性の服飾品である帽子をもまた、女性のアイテムとして取り込んでいったのである。

スポーツをするなら

スポーツが中産階級にまで広く流行する以前に、乗馬はハイクラスの楽しみであった。既に紹介したように女性用の乗馬または狩猟の服飾については紳士服仕立てのジャケットと裾丈に工夫がなされた乗馬用スカートに特徴がある。それらと合わせて着用したかぶりものは、男性用のライディングハットと同様の物であった。それは16世紀のエリザベス1世の乗馬姿にも残されている。例えばトップハットをかぶった図2－2（68頁）の記事には「帽子の高いクラウンにはゴースのベールをまいている」と解説があるように[85]、女性の場合はベールや羽飾りなどをなびかせるところは、男性とは異なる点であるが、帽子そのものは男性用とまったく同型である。トップハットは日本ではシルクハットという呼び名のほうが身近である。クラウンが高く、使用している素材がビーバーやシルクであるため、そのつややかさには目を奪われる。19世紀の紳士服は前世紀のロココ調の多彩な色彩や刺繡などの装飾を捨て去り、ダークな色調に洗練された趣味を求めた。その装いにあってこのトップハットの形と輝きは格調の高さを誇示している。乗馬は19世紀後半以降、中産階級にもその趣味は広がっていくが[86]、前世紀以来の一貫した貴族的な趣味を貫いた。乗馬用の帽子を紹介する記事では、シルク製のトップハットやフェルト製のボウラー[87]（これは図2－4［69頁］に描かれている）と呼ばれる山高帽をとりあげ、「古いスタイルのリバイバルがみられる点、そしてスポーツウーマンのかぶりもののようなビジネスライクのものが好まれている点」と説明しており[88]、これらが典型的な乗馬用の帽子であるといえる。

では、乗馬用のライディングハット以外に着用された、レジャースポーツ用の帽子を以下に挙げる。これらはまたいずれも本来は男性が着用していたものが採用された。

まずジョッキーキャップと呼ばれる、騎手がかぶるようなまひさしの長い帽子である。次にタモ・シャンターと呼ばれる、スコットランド人がかぶる頭頂部に房がついたベレー帽も着用された。ジョッキーキャップやタモ・シャンターは汎用性が高く、これまで紹介してきた銃猟やハイランド地方でのレジャー、釣りのほかにも、スポーツ全般で着用されていた。また、図2-19（93頁）は高地用のスーツに用の衣服として紹介されたジョッキーキャップである。例えば図2-15（88頁）は銃猟着用されたタモ・シャンターである。タモ・シャンターとは本来は、銃猟やハイランドリゾートを楽しむために訪れるスコットランドの服飾品であるため、このような着装は着用シーンのイメージを楽しむ意味も込められているといえよう。図1-4（37頁）のイラストを見ると、女性たちが鹿追いのゲームを楽しむ様子に驚く右側に描かれた男性たちは、短いキルトを着用したスコットランドの装いである。彼らは皆タモ・シャンターをかぶっている。一方、レジャースポーツと異なるシーンとして、1890年12月の記事ではホッケーチームがチームごとに色分けしたタモ・シャンターを被っていることを伝えている。[89] この場合の帽子はチームを判別する記号的な意味が込められた着用であると推察でき、一般的な服装行動とは異なる意味合いも含んでいることは確かである。ただし注目したいことは、この記事で女子選手たちが兄弟の帽子を借りて着用することも伝えていることである。このことについてカニントンも、1884年のファッションの中で「ローンテニスの時には多くの少女達は兄弟のクリケット用のキャップ、弓術用のジョッキーキャップ、タモ・シャンターを被る」と解説している。[90] 多くの服飾品が男女の体型差によって形状や大きさに差があることと比較して、頭部に着用する帽子は、男性用女性用といった形状の差はほとんどないといってよいであろう。それ故、女性が男性用の帽子を借りて着用をしてもさしたる支障がないのであろう。

様々なレジャースポーツシーンに着用された帽子について、ここで2枚の図を確認してみよう。図4－23はアルスターハウス社の「これからの旅行や休暇のシーズンに適した」商品紹介の記事である。上段左端の女性は乗馬用の鞭を手にしてはいるが、記事の解説には「ボート用ドレス」とあり、ベルベット製のジョッキーキャップを着用している。上段右から2番目の女性の服装は「男性用のカバーコートと似たもので本来は乗馬や馬車のドライブ用であったが、今では散歩用に用いられている」とあり、山高の帽子は「服装に合わせたもの」と記されている。また、上段右端の女性は散歩用のドレスを着用し、「ドレスに合わせた、クルミの形の帽子」をかぶっている。下段右から2番目の女性は「ボートやヨットに適したジャケット」を着用し、やはりジョッキーキャップをかぶっている。下段右端の女性は散歩用のドレスを着用し、プリンセスキャップと名付けられた帽子をかぶっている。イラストからはブリムがほとんどない形と推察できる。[91] また、図4－24は同年翌月のレドファン社のヨット用ドレスの商品紹介記事である。いずれもヨット遊びを楽しむ女性たちの服装を描いている。

（図 4-23）Sketches made at Messrs Benjamin's, Ulster House, Conduit-street. *The Queen*, 1886.6.19

上段左端の女性はクラウンが高く、ブリムの幅が狭い「騎兵隊風帽子」をかぶっている。上段右から2番目の女性はセーラーハットをかぶっている。下段左端の女性は2色使いの「ジョッキーハット」をかぶっている。ジョッキーハットは記事の中の記述のままであり、キャップとの差異については明確にはなされていない。下段左から2番目の女性もやはり「小型のセーラーストローハット」をかぶっている。さらに、下段中央の横顔の女性については紹介記事の中には帽子についての言及はなされていないが、ひさしのあるピークドキャップである。[92]

右記の記事の中で確認できた帽子は、乗馬用のトップハットをはじめとして、ボウラー（山高帽）、ジョッキーキャップ（またはジョッキーハット）、タモ・シャンター、クルミの形の帽子、プリンセスキャップ、セーラーハット、そしてピークドキャップなどであった。このように多様な帽子が着用されているが、これらの帽子はあくまでも着用のシーンがレジャースポーツの場面に限定されていた。1883年の記事には「ボウラーと呼ばれる帽子は濃い色のベルベット製である。カントリーでのテ

（図4-24）Yachting Costumes, designed by Messrs REdfern, Conduit-street. *The Queen*, 1886.7.17.

ニスやトリサイクル、散歩の時によく用いられる。しかし、それらは街中の通りではしっくりとこない」と記されており[93]、街の中においては、スポーツ用の帽子はイヴニングドレスにはもとより、昼間用のデイドレスなどにもふさわしくないと考えられていたことがわかる。

水兵気分で

水兵さんのセーラーハット

このようにスポーツの流行とともに取り入れられた帽子の中で、この時期に顕著な流行を示したのが図4-24の中でも登場している、セーラーハットである。セーラーハットとは本来、イギリス海軍の水兵が着用していた麦藁製の帽子である。水兵のスタイルは19世紀半ば以降に、図2-10(82頁)のような子供用のセーラースーツや女性用のセーラーブラウスにそのデザインが取り込まれていった[94]。その後、日本では女学生の制服にセーラー服として定着するに至る。では、セーラーハットはどのように水兵のものから、一般の女性たちのものへと受け入れられていったのであろう。

シーサイドリゾートが流行する中、セーラースーツとともに、海辺やヨット、ボートといった水遊びの場面で、海軍のイメージを伝えるデザインの帽子が、女性たちに取り入れられた。ただしそれはセーラーハットに限ったことではなかった。例えば図4-25は1892年のヨット用の衣服を伝える服飾記事にみられる艦艇用のキャップを着用している例である。この記事では「クリーム色のサージ製でヨットの名前がブルーのリボンに刺繍されている」と紹介されている[95]。

セーラーハットの着用については、先ほど取り上げた『ガールズ・オウン・ペーパー』の1880

年の記事ではセーラーハットのイラストに１８７０と書き込まれているが、『クィーン』では１８７８年のボート遊び用衣服を紹介する記事にその早期の事例が確認できる。この記事ではセーラーハットにリボンが巻かれ、後方に垂れ下がったとても長いリボンの端がなびいている様子がイラストで紹介されている。そして１８７９年掲載の船旅についての紹介記事の中には「帽子については大抵の女性たちはセーラーの麦藁帽を海岸に上陸するときにも被っている。それらにはヨットの名前が書かれたリボンが巻かれている」と記されている。[96] 本来の水兵の帽子同様にヨットの名前を記したリボンを取り入れたデザインの帽子は、女性たちにもあたかも本格的なヨット乗りのイメージを付与しているかのようである。しかし記事には続いて「もちろん、スマートなドレスには他の帽子を被らなければならない」と書かれており、この時期のセーラーハットはあくまでも着用シーンが限定されたものであることが推察される。

（図 4-25） New Yachting Gown, Prepared for the force coming season, by Redfern *The Queen*, 1892.7.9.

あれもこれもセーラーハット――セーラーハットの形もいろいろ

この記事以降、１８８０年代に入るとセーラーハットは服飾記事に頻繁に紹介されるようになる。その中でセーラーハットは本来の水兵の帽子からデザイン上の展開がみられた。今日、服飾用語辞典におけるセーラーハットの説明には「ブリム全体が上に巻き上がった形の水兵帽に似た帽子のこと。古くはブリムのまっすぐな麦わら製のキャノチェと同様の型のものもセーラーとよんだ」と書かれている。[97] もともと水兵が着用した帽子はつばがそりあがった形状であった。図2-33では若干確認しにくいが、ブリムは上向きに描かれている。フランス語のキャノチェまたは英語のボーターはクラウンが角ばり、ブリムがまっすぐな形状のものであるが、セーラーハットと混用されるに至ったようである。19世紀後半に女性たちが着用したセーラーハットは必ずしも本来の形状とは限らず、セーラーハットのヴァリエーションが様々に出現した。

ブリムが上方にそりあがった形状のセーラーハットは「帽子はレギュレーションシェープでこげ茶色のパナマ産の麦わら製」と紹介されており、[98] これが本来の形状であると認識されていることがわかる。その一方で、図4-26の1891年のタッカー商店の広告ではセーラーハットと表記されてはいても、図の左端は水平なブリムのもの、左から2番目は『ポンポネットセーラーハット』と表記され、ブリムの後方が反り返っており、そこに羽で作られたポンポンが施されたもの、または右端のものは『ロウ・クラウンセーラーハット』すなわちクラウンの高さが低いセーラーハットと名付けられており、形状の少しずつ異なるも

（図 4-26）Tucker Widgery, *The Queen*, 1891.5.2.

のをいずれもセーラーハットとして紹介している。『ポンポネットセーラーハット』はこのシーズンの人気の形であることを広告記事では解説している。[99] さかのぼって１８８２年の記事ではこのシーズンも引き続きセーラーハットは若い人に人気があり着用されていることを伝えている。そして、それと同時に「セーラーハットの一種である『ペイシェンス・ハット』は、ブリムの後ろがシニヨンの上で平らになっている」と伝えていることから[100]、このような形状のアレンジは、セーラーハットの流行とともにごく初期から行われていたと考えられる。ところで、忍耐《ペイシェンス》の帽子とはどのようなものであるのか。残念ながらこの記事にはイラストが添えられていないので、不明である。

セーラーハットの飾りもいろいろ

次にその装飾品について紹介しよう。

当初のセーラーハットは先に取り上げたように、水兵が着用するもののごとくにヨットの名前を刺繍したリボンを巻いていたものであった。しかし、次第に多彩な装飾品が取り入れられていった。まず、１８８１年のテムズ川での装いを紹介する記事では「すこぶるかわいいセーラーハットは、花冠が周囲に飾られている。羽飾りは目的に合わないが、花は生花がつけられている」[101]、またボート用のドレスを紹介する記事では「ロンドンでは今や川辺は最もファッショナブルなリゾートである」と前置きをして「セーラーハットには白いリボンが巻かれている」と説明する一方で、「最高の着こなしをした女性の多くは白のフランネルのガウンとセーラーハットを身に着け、生花の束をその前部に飾っている。それは赤いパラソルや帽子にマッチしている」と伝え[102]、「カントリーや海辺ではセーラーハットを被る。それらは装飾として花や果物を載せている。しかし、最もかわいらしいものは前面に蝶結びをつけたリボンを一巻きしてあるものや、葉のない花を一輪だけ、バンドに差し込んだり、ブリムに添えたりしたものである」[103]と、リボン以外の装飾品として花、とりわけ生花、果物などが流行し始めたことを伝えている。例えば図４－27ではブリムの前方に果物をイメージさせるものが飾られている。

ただし先ほどの記事の後半の「しかし」以降に着目すると、「最もかわいらしいものは」と注釈をつけているところからすると、その装飾はあまり過剰でないもの、シンプルにリボンとせいぜい花が一輪、といったものが好まれていたようである。

帽子を飾ることには並々ならぬ関心が寄せられていた。

１８８７年3月の記事には「帽子もボンネットと同様にブリムの飾りやリボン、フラシテンやベルベットで飾られている。それらは十分にきれいではあるが、衣服に対して重々しすぎると思う」と提言されている。[104]帽子の場合はボンネットの場合と異なり、ボンネットのように飾り立てすぎると衣服とのコーディネイトのバランスが悪い、というのである。これは帽子をどのような服に合わせるかにもよるであろう。これはテーラーメイドコスチュームと合わせるのであれば、確かに装飾過多はふさわしくない。

そして同年5月には「帽子はあまり美しくない。リボンが飾られすぎなのである。リボンは帽子にもボン

（図 4-27） Autumn costumes
The Girls' Own Paper, 1882.9.16.

ネットにも花に代わって好まれる装飾である」と帽子の装飾の流行の変化を伝えている。[105] そしてセーラーハットに関しては同年に掲載されたヨット用のドレスの紹介記事の中で「貧弱でないかぶりものが適切である。羽飾りや花ではなく、セーラーハットにはリボンが巻かれている。また、今年のものはリボンの束が飾られている」と述べて、[106] 同様に装飾品の流行の変化を伝えている。

先の記事では「羽飾りは目的に合わない」と記されていたが、1890年代には羽飾りとリボンを組み合わせているものが見られる。図4‐28の1896年の記事ではその他に紹介している帽子と比較して、「これはもっとシンプルな帽子で、カントリーウェアに向いている。それは洗練されてとてもおしゃれであり、自転車にも適している。この帽子は茶色の麦わら製で、クラウンは見ての通り左側が高くなっている。そしてトップの中心はへこんでいる。ブリムはほとんどまっすぐで、顔に向けて若干カーブしている。黒いベルベットのリボンは2・3インチの幅でクラウンにルーズに巻かれている。同素材のループが何本かついていて、3本の鷲の羽をベルベットのボウの間にさす。たいていの少女たちにはこれが実用的であり、人気があることがわかるだろう」と説明している。[107] 同年のその他のレドファン社のヨット用の衣装を紹介する記事にも、「パナマ産の麦わらの帽子には、蝶結びと彩色された羽毛が飾られている」とある。[108] 1897年の記事にも「パナマ産のセーラーハットはとても好まれていて、リボンの

（図 4-28）Hats of Today
The Girl's Own Paper, 1896.10.10.

バンドがシンプルに巻かれている。その脇には羽飾りがついている。セーラーハットの多くは立ち上がった羽飾りと蝶結びをつけている」とあり、羽飾りも好まれるようになったことが記されている。[109]これは1891年の記事に「オーストリッチの羽飾りが素敵な帽子には人気がある」とあるように、[110]当時の一般的な服飾でも帽子の羽飾りが流行していたことと連動していることが推察できる。図3－13（135頁）の自転車に乗る女性のセーラーハットにもやはり、羽飾りが2本挿さっている。セーラーハットの導入初期である1879年6月の紹介記事には、ヨット用の帽子について「セーラーハットは魅力的なもので、デッキの上や海岸でも被っている。しかしオーストリッチの羽飾りはつけない」[111]と、あえて他の帽子の装飾性とは異なるデザインであることを記していたことや、1880年代の記事では「羽飾りは目的に合わない」と記していたことから考えると、セーラーハットはその流行とともに、本来のセーラーというイメージにはこだわらず、次第に装飾が多彩になっていったと考えられる。

その他の服飾記事からピックアップされるセーラーハットの装飾要素は、リボンを巻きつける以外にバラ結びや蝶結びにしたもの、花、果物、羽、ポンポン、バックル、ジェットなどで実に多彩である。また、色調についても触れられている。すなわち「セーラーハットはあらゆる色がかぶられている。赤い色も」とあり、[112]色調もまた多彩であったことがわかる。

セーラーハットをかぶってどこへ行く？

初期のセーラーハットは、ヨットでの旅で、そして海やボート遊びの場面でといった水兵から連想される水辺で着用されていた。そのイメージは引き継がれ、1890年8月の記事でも、「ボートやヨットのシーズンがやってきた。これらの場面に似合いのかぶりものについて、人々は少なからず関心がある。カウズ（イングランドの海港。毎年8月初めのカウズウィークにヨットレースを開催する）のときに着用するものには、可愛らしいセーラーハットよりもおしゃれで似合うものはない」と図4-29を紹介している。帽子の装飾の説明では「とても優雅なふたつのバラ型のリボン飾りは、ひとつは白でもうひとつは赤い色である。バンドとバラ飾りはそれぞれのヨットクラブの色に合わせて変えることができる。もしくは帽子と合わせて着用するガウンの色に揃えて変えることもできる」と述べている。[113] イラストを見ると小ぶりのブリムとクラウンの正面に大型のバラ飾りがふたつ並んでいる。このふたつのバラ飾りの色が赤と白であるということはとてもコントラストがはっきりとした、強い印象であろう。そして、ヨットクラブの色に揃えることもできるというところは、船の名を記した水兵の帽子と同様の表象性である。

（図4-29）Sailor hat
Lady's Pictorial, 1890.8.2.

しかしセーラーハットの着用は、水辺のイメージのみではない。1885年の記事に着目すると5月には「テニスにはタモ・シャンターやジョッキーキャップが最もよく用いられている。それから新しいセーラーハットはブリムの前は幅が広く、後は幅が狭い」[114]と記されており、ここではまだセーラーハットよりもタモ・シャンターやジョッキーキャップが人気であるようだが、7月になるとローンテニスについて紹介する記事の中で「セーラーハットがこの夏とても人気であり、たいていの若々しい顔立ちに似合う」と記されている。[115] これはセーラーブラウスが1880年代後半には水辺をイメージするヨットやボート用のドレスやシーサイドドレスといった服飾としてだけではなく、様々なスポーツ服として着用されるようになった時期と一致している。[116] その先駆けの例は次の記事である。1884年7月の『クィーン』にはレドファン社製の「テニスまたはボート用の衣服」の商品紹介の記事では、セーラーブラウスを着用した女性がセーラーハットをかぶってラケットをかざしているイラストが添えられている[117](図4‐30)。記事では帽子については言及していないが、このような商品紹介がセーラーハットの着用のイメージを拡大したと考えられる。セーラーブラウスを取り入れたテニスドレスとともに、セーラーハットがテニスのシーンでも着用されている。[118]

セーラーハットはカントリーでの社交でも着用された。1887年のシューティングパーティの記事でもランチ・ピクニックに出かける装いとして「晴れた日にはセーラーハット」をかぶるように薦めている。[119]

その後の1895年のサイクリングの衣服についての紹介記事には「セーラーハットを装いの仕上げに組み合わせることはたいへんに上品である」と述べられている。[120] 先に挙げた1897年の紹介でも「自転車にも適している」ことを伝えている。[121] また、乗馬のスタイルにもセーラーハットが取り入れられている様子も描かれ[122](図4‐31)、アウトドアス

（図 4-30）Tennis and boating costume
The Queen, 1884.7.12.

ポーツにおいてセーラーハットの着用シーンが広がっていったことがわかる。

スポーツの指南書においても、セーラーハットの着用を推奨している。例えば自転車に乗るときの服装には、「自転車に乗るためには、あなたは風にとばされない帽子をかぶるべきである。そして一年のある時期には日陰を作ることが望ましいので、あなたはドレスに調和する、気が利いて、手際の良いものとして、セーラーハットよりも優れたものを見つけることはできないだろう。一般的な誤りは、素早い動きをする時にもかかわらず、たくさんの飾りをつけた重たい帽子をかぶり、快適でいられないことである」と述べている。[123] 日除けの役割を果たすこと、そして、自転車用に適した衣服に相応しいものとしてセーラーハットが優れていることを指摘している。しかし、装飾過剰のものは活動性から見ると不適切であると述べている。

また、ローンテニスの場面においても「帽子に関しては、広い幅のブリムのついた麦わらのセーラーハットが最もかぶりものとしては実用的である」と紹介されている。[124] セーラーハットは装飾品を調整することによって、活動的な場面に適した実用的な帽子として認められていた。

さらにスポーツの場面以外の装いにも、セーラーハットは取り入れられるようになった。1891年の記事ではテーラー仕立ての衣服の紹介に「赤いバンドを巻いたセーラーハット」を組み合わせて

（図 4-31）The Newest Riding Habits and coats, sketched at Messrs Tautz and co.'s,: *The Queen*, 1896.10.3.

いる。[125] 着用の用途は明確には記述されていないが、望遠鏡を手にしたイラストからは、概ねウォーキング用や旅行用のドレスと想定される。これはまだカントリーでの姿と考えられるが、次のイラストはおよそこれまでとイメージが異なる。

図4−32はおしゃれなウォーキングドレスというタイトルで、「白いパナマ産の麦わらの帽子は新型のクラウンが高いセーラーである。金色のバンドはクラウンの周囲に巻かれており、赤と白のシルクの布の大きなバラ結びがブリムの前面に、小さなものが後部に付いていて、それはおしゃれな印象を与える」と記されている。[126] こちらは街中での着用を意識したデザインである。この場合海辺やスポーツの場面と敢えて限定されているわけではないので、セーラーハットの着用シーンが広範囲にわたっていることが考えられる。

以上述べてきたように、本節ではセーラーハットが女性の装いに導入されて以降、その形状、装飾、着用シーンにおいて、多様性を持って受容されていったことがわかる。

（図 4-32）Smart Walking Dress
The Queen, 1894.7.28.

女性の帽子に対する視線

これまでに取り上げたスポーツシーンの帽子はいずれも本来は男性の服飾アイテムであった。水兵のものであったセーラーハットにしろ、兄弟のものを借用してかぶると指摘されたクリケット用のジョッキーキャップやタモ・シャンターも同様である。19世紀の装いにおいて男女の服飾アイテムには厳然とした差異が存在した。第2章で述べたように、女性が男性的な服装をすることで批判的な視線を浴びたことは、1851年の『パンチ』に掲載された、一連のブルーメリズムに対する風刺の例からも明らかである。[127] 男性的とは言ったものの、ブルーマー夫人が提唱した脚衣はトルコの女性服飾風のゆったりとしたシルエットで、当時の男性のトラウザーズのようなものではなかった。それでもなお、その提唱に対して痛烈な批判がなされた。それにひきかえ、当時ジョッキーキャップなど女性が取り入れた帽子に関しては、男性の服飾品を女性がそのまま借用することが容認された、ある意味で特殊なケースではないであろうか。

次の風刺を例に考えてみたい。図4－33では鳥打帽とおぼしき帽子をかぶった若い女性（おそらく領地のお嬢様）が釣りをしていると、密漁をしている小僧と間違われた、というストーリーである。その顚末を伝えるキャプションでは「ふん！　俺のすぐ目の前に領地内で密漁をしている小僧がいるよ。捕まえて(…)。とうとう、悪党を捕まえた！　ウヘー、ミス・エミリー様。すみません。私はとんだ間違いをしました。あなただとわか

（図 4-33）Extraordinary Poaching Encounter *Scraps*, 1994.9.22.

りませんでした」と管理人の独白で語られている。[128] ミス・エミリーはニッカボッカーズを履いているところから進歩的な女性のイメージで描かれているが、水辺に座っている後ろ姿からは下半身の服装はわからない。つまり、男女同型の帽子をかぶった（そして、テーラーメイドコスチュームの上着を着た）上半身の後ろ姿が、男性なのか、女性なのか判別がつかなくさせているということである。従来は男性の象徴のひとつであった帽子であるが、女性が着用することが容認され、このような帽子の混用が性別不明の記号となっていることを、ここでは風刺しているのである。

19世紀の女性服飾を考える上で、特別な意図や場面で行われた異性装という事象を例外として、女性の日常的な装いの中に、男性の服飾アイテムをそのまま取り入れる例は稀なことである。そして1850年代にアメリア・ブルーマーが提唱した服装が、一般的な女性の服飾として採用されることはなかったにもかかわらず、激しい風刺の対象になったことと同様に、女性が男性的な服飾アイテムを着用することに対する風刺の例は繰り返し行われた。

図4-34では帽子とコートを着用した女性たちに対して男性が「なんて変な奴らだ。男なら着るべきものがあるだろう。帽子とコートはい

（図4-34）*Punch*, 1855.10.13.

いとしても、男のくせに女のような格好をしている」と愚痴をこぼす様子を描いている。[129] 図4‐31でも「ごく自然な誤解」と題して、海水浴場の管理をする女性が帽子とコートを着用した若いレディたちを男性と勘違いしている様子を描いている。[130] この2例は女性の服飾アイテムであるスカートを着用していることは一目瞭然であるにもかかわらず、帽子とコートを着用した彼女達は男性と誤解されているのである。それは風刺画に描かれたような「帽子とコート」は男性の象徴であり、女性の服飾としては認められない、つまりそのような服装をするものを女性と認めることはできないという男性からの批判的な視線である。

カニントンは1860年代のかぶりものについて「ハットがボンネットに取って代わったことは注目に値する。年長者にもモラルが緩やかな場所では取り入れられたが、もちろん教会では許されなかった」と記しており、[131] 帽子が女性服飾の正装としては認められていなかった点を指摘している。図4‐32では合理服を着用した女性たちに対して、司祭が「常識として男性は教会に入るときには帽子を脱ぐものである」と苦言を呈している。なるほど、司祭はトップハットを後ろ手に持っている。一方、女性は教会に入る時にボンネットのようなかぶりものを

（図4-31）A Very Natural Mistake *Punch*, 1856.9.6.

脱ぐことはしないものだ。女性は神の前ではその髪をベールで被うべきと記された聖書の教えに従っているのだ。ところがこの風刺は、合理服を着てセーラーハットをかぶった人を女性としては扱えない、したがって、男性が神の前で帽子を脱ぐのと同様に帽子を脱ぐべきである、と言っているのである。これらの風刺に、女性が男性服飾のアイテムのひとつである帽子を、日常的な服飾品としてそのまま着用することに対する批判的な意識を読み取ることができる。

セーラーハットはレディのものに

このような風刺もみられる中、なぜ、男性の服飾品であったセーラーハットに関しては、女性の着用が広く認められたのであろうか。

先に述べたように、ボンネットの形状の特徴には後頭部から包み込むような形状であることがあげられる。しかし19世紀後半のボンネットの変遷に着目すると、１８５０年頃のとてもつばの大きい麦藁製のボンネットの登場以降、そのような形状は影をひそめ、顎の下でボウを結ぶというもうひとつの特徴のみがボンネットには引き継がれていくことになる。それらは結い上げたヘアスタイルの上に装飾的に載

（図 4-32）Rational Costume *Punch*, 1896.6.13

せられたボンネットである。1880年の19世紀のボンネットとハットについてその流れをたどる記事では、花や羽やチュールといった装飾品で飾り立てた1870年代の頭部装飾品は、もはやボンネットともハットとも区別をつけ難くなったと指摘している。[132] 女性固有のアイテムであるボンネットと、ハットとの境界線が曖昧にされることで、人々にとってはハットを受け入れやすくなっていたと推測できる。

このような時期にセーラーハットは女性たちに着用され始めた。セーラーハットの形状は本来つばが上方に反り返っていて、こういった正規の形状も着用されてはいたが、むしろつばが平らなものがより多く雑誌記事には出現した。あまり大ぶりではないがつばがあるセーラーハットは「頭の上に上手に乗せられ、日陰を作り出すという好結果をもたらす」と記され[133]、アウトドアスポーツを楽しみつつも、日差しを避けたいという女性の意識に合致したものでもあろう。

また、タモ・シャンターやピークドキャップと違い、元々リボンが巻かれていたセーラーハットにはその他の装飾品をさらに追加することに抵抗が少なかったのではないであろうか。ボート遊びなど水辺の遊びの流行とともにセーラーハットの着用は広まった。もちろん女性自らボートを操り楽しむ姿も伝えられてはいるが、それらは競技スポーツとしてボート漕ぎによって肉体的に激しく体を動かすことが目的ではなく、ボートに乗る女性はむしろその姿を周囲の人々にアピールすることが目的であったと考えられている。[134] そこでこのような場面において、セーラーハットはボンネットと同様の装飾的要素が追加されたのである。形状や装飾のアレンジによりセーラーハットは男性の服飾アイテムではなく、女性用のアイテムとして認識されたのであろう。

水兵の着用したセーラーハットそのものを着用するだけではなく、独自のデザインにアレンジが行われたことにより、女性の着用により広く受容されてきたのだと考えられる。

若々しさが魅力

セーラーハットに限らず、女性のかぶりものでは花やリボンといった装飾品が好まれたのであったが、19世紀末の資料の中には新たな感性を認めることができる。

1893年の『パンチ』には「彼女のセーラーハット」と題された詩が掲載されている。[135] そこには「ロンドンの社交場であるロトン・ロウではリボンに羽飾り、幅広ブリムの帽子をかぶっているが、海辺に来たら風の吹く中、小さくて平らなこざっぱりとしたセーラーハットがはるかに粋である」とある。さらに「狭いブリムのセーラーハットは、とても小さく貧相で独身女性には似合わないかもしれない。(…)しかし、そよ風がドレスをはためかせる中、あなたの髪の毛に合わせると、あなたはとても素敵に見える。魅惑的な髪の毛を見つめながら、素敵なセーラーハットを好ましく思うものもいるのだ」と続く。この詩に添えられた挿絵をみると(図4-33)、装飾の施されていないセーラーハットを風に飛ばされないように、帽子に手を添えて女性が一人で歩いている。リボンや羽などの過剰な装飾的要素で女性に付加価値をつけるのではなく、小さくこざっぱりとした帽子が女性自身の魅力を引き立て、女性が自分自身の魅力で輝いていることをうたっている。

(図4-33) Her sailor hat
Punch, 1893.9.2.

また、1898年の記事では自転車用の衣服と合わせてギャロルド社が提供している帽子は「青い麦わらのセーラーハットは簡素な装飾で、青いシルクリボンが片側に蝶結びされている」[136]とある。イラストで確認すると大きな蝶結びがブリムの左側に立ち上がっている。簡素、シンプルという意識は単純に無装飾という意味ではない。同様にハイアム社の商品説明では、「帽子はこの服に合わせるべきで、黒と白の取り合わせである。チェックのシルクと羽飾りの手際の良い取り合わせが、とてもシンプルな飾りが大いなるおしゃれな外見をもたらすということを示している」と、シンプルという言葉を用いて説明されている。[137]この場合は装飾品の形や大きさというよりも、着用している黒と白のチェックのベストと色合いをあわせて、シンプルな色使いが洗練された印象であることを意味していると考えられる。

その一方では装飾品を簡素にする、という表現も好まれた。「セーラーハットには飾りのついているものもあるが、多くのものはもっとシンプルで労働者風の麦藁帽を好む。それはリボンが巻いてあるだけであり、これこそ若々しくかわいらしい顔に最も似合う真の帽子である」と記され[138]、装飾的な要素で飾り立てるよりもむしろシンプルなものの方が若々しい女性の魅力を引き立てる、と女性雑誌も読者に対して提言している。

さらに、1899年の記事では「サテンのバンドが巻かれたシンプルなものは、前面に装飾がないのでサイクリングに適している」と述べている。[139]ボート遊びの場面でのように女性自身は活動の主役ではなく、花を添えるような存在である場合には、セーラーハットにもたくさんの装飾品が盛り込まれていたとしても不都合はない。しかし、サイクリングのように自らが風を切ってペダルをこぐという活動的な行動をとる場面において、よりふさわしいデザインが選択されるに至ったといえよう。

若々しい女性の魅力を引き立てる、とみなされたセーラーハットに関して、さらに次のような提言がなされている。

もう若くはない自転車に乗る女性たちは、自分にはセーラーハットは似合わないと考えている。しかしながら今日では、装いに関して年齢による境界線はひかれてはいない。（似合わないのではと）居心地悪く感じることは無駄なことである。元気のよいセーラーの類とは異なる帽子を選ぶことも可能である。ただしそれらはより若々しい顔にもっとよく似合うのである。そのとてもかわいらしいスタイルとは、ビーフィータークラウンの一種である。[140]

セーラーハットは若々しい顔立ちに似合い、元気の良い印象を与えると認める一方で、装うことに年齢差を意識することは無駄であると断定している。自転車に乗る元気な女性であれば、年齢にとらわれずに若々しいおしゃれを楽しもうということであろう。

最後に帽子の装飾に関連してハットピンについて述べる。帽子の着用にあたって、それを頭上にとどめておくためにはハットピンが使用されていた。これは帽子を結い上げた髪の毛に挿し留める実用性と、その上部に施された細工による装飾品としての要素を兼ね備えている。前述のように帽子の装飾を排し、シンプルなものが好まれるようになった傾向の中、装飾的な要素を持つハットピンを使用したか否かについての記述は雑誌記事には登場しない。ただし、図4-34の広告にそれと関連するものが認められる。これは、ハットピンに替わる帽子留めである。文面では「帽子を髪の毛にではなく、頭に結び付ける」ものであり、「完全に快適で安全」とうたっている。〈リンペット〉すなわち吸着、という商品名が帽子留めの威力を物語っている。イラストをみると、帽子に付けた紐が、シニヨンを抱え込むように結ばれている。こういった商品が登場したことは、装飾性を排したシンプルな帽子を、活動的な場面で着用することを望む女性のニーズを表しているといえよう。

同種の商品は図4－35にも見受けられる。

これらの帽子留めはニッケルメッキがなされていて、半永久的である。それらは単純で、どんな帽子にも適合する。そして好みの位置に帽子を保持する。これらの帽子留めを使用することで、あなたは帽子を守るだけではなく、頭をチクチクと痛ませる危険な要素を取り除くことができる。[141]

（図4-34）"The Limpet" Hat Fastener *The Queen,* 1985.1.19.

この広告のイラストだけでは、実際にどのような仕掛けで帽子を留めているのかは、不明である。「風の日に、旧式のハットピンで帽子を留めた女性」は帽子の位置がずれてしまい、あわてて帽子を押さえようとハンドルから手を放して姿勢をくずしている。その一方で、「風の日に、クックサンの帽子留めで留めた女性」は帽子の位置はずれずに、安心して自転車をこいでいる。広告のキャッチコピーの通りに、野外で活動する女性たちにとっては大切な「レディの友達！」なのである。

装飾的な要素を加味することで女性の服飾アイテムとして受容されたセーラーハットであるが、意識や行動の変化に伴い、あらためてシンプルなデザインに回帰したのである。

19世紀後半のスポーツにおけるイギリス女性の服飾品のひとつとして、男性服飾品から受容したかぶりものに注目し、さらにその中でも顕著な広がりを見せたセーラーハットの流行を中心に紹介した。19世紀後半に着用された大型で過剰に装飾が施されたかぶりものは、女性の頭上に不安定に居座り、活動を制約する不便なものであった。一方、スポーツの流行はライディングハットをはじめとしてジョッキーキャップやタモ・シャンターなどの従来、男性を象徴する服飾品のひとつであった帽子を女性にも着用させることになった。その中でセーラーハットは形状、装飾などの要素が本来の水兵の帽子のデザインから離れたことで、女性用の帽子として受容され、スポーツシーンから日常的なシーンへと着用場面を拡大して着用された。男性の服飾アイテムである帽子を女性が着用することに批判的な視線を受けたことも確認される。しかし、意識や行動様式の変化はかぶりものの流行にも影響を与えた。１９００年のボウラーを紹介する記事に確認された「スポーツウーマンのかぶりもののようなビジネスライクのものが好まれている」という指摘にあるように、装飾的なものよりもむしろシンプルで実用的な帽子のほうがより女性に好まれるようになり、さらにはそのようなシンプルなデ

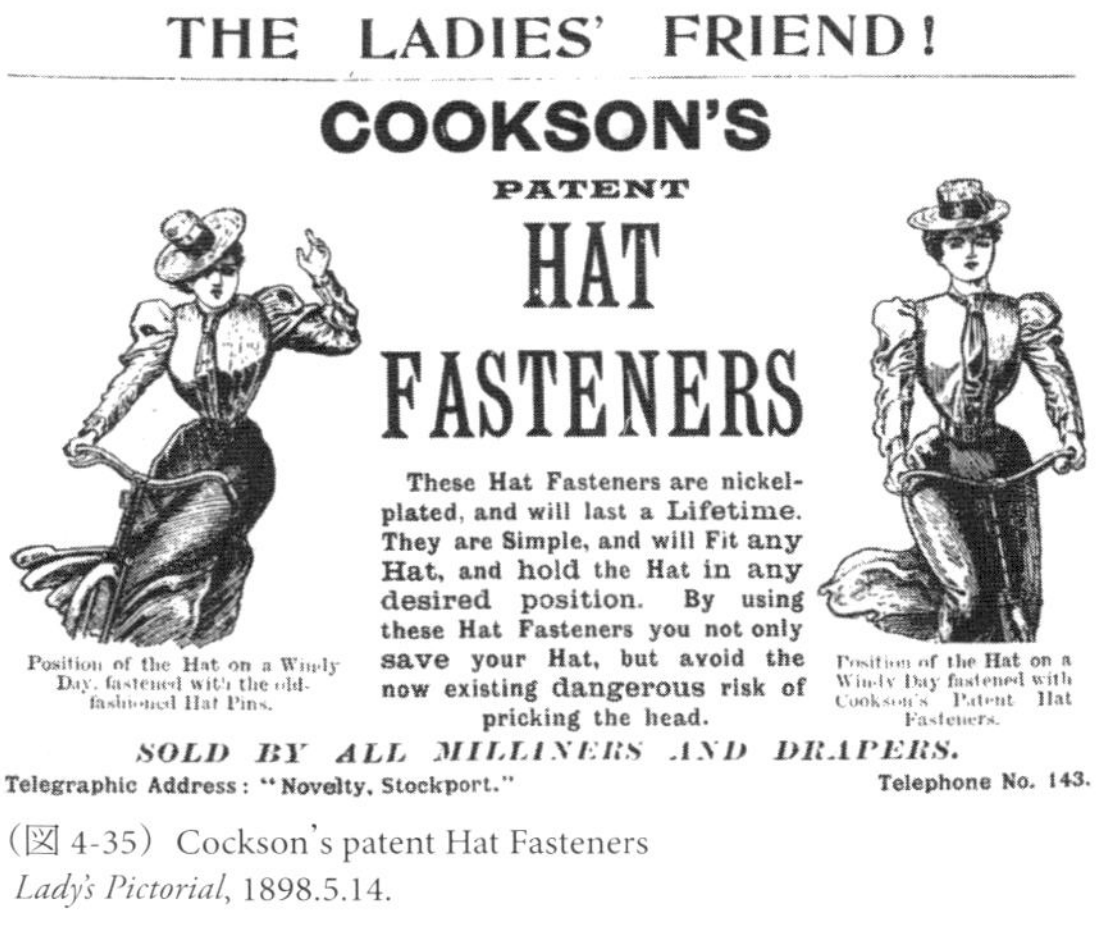

（図 4-35）Cockson's patent Hat Fasteners
Lady's Pictorial, 1898.5.14.

ザインこそが「若々しくかわいらしい顔立ち」という、ある種の女性の魅力を引き立てるものであると認識されるに至ったと考える。

スポーツを通して男性服飾品であった帽子を受容した女性たちは、活動に適した服飾品を選択した。それは実用性のみを評価したのではない。そこに従来の装飾的な女性服飾品のかぶりものとは異なる表現要素を見出したのだ。シンプルなものこそが若々しさといった自らの魅力を引き立てる表現上の特性を包含していることを認めたのである。それと同時に、スポーツを楽しむ服装はもう年齢による区別はしなくなっている。セーラーハットはスポーツを楽しむみんなのものとなった。

第5章

男と女、どっちがどっち

オープンカーは砂まみれ

自動車に乗るという行為は新規の服飾品を生み出した。キャデラックは１９０４年に運転席が室内に設計された屋根つきの自動車を発表しているが、このようなデザインは「当時としてはかなり早いといえる」とされ、[1]自動車が新しい乗り物として広がり始めた19世紀末から20世紀初頭には、オープンカーが主流であった。そのために、風雪といった気象条件はもちろんのこと、自動車の速度が上がるにつれて、ドライバーや同乗者たちはスピードによって巻き起こる風と砂ぼこりを全身に浴びることになる。そこで、ドライバーには冷たい風雨や砂ぼこりをよけるための装備として、自動車用の服飾品が必要となるのである。

新規の自動車と自動車用の服装への注目は、１９０３年の『クィーン』の記事にも読み取れる。「トーマス・アンド・サン社の自動車用の特別な品」と題された記事では「クリスタルパレスでの大々的な自動車ショーでの注目すべき特徴は、トーマス・アンド・サン社の自動車用の服装の展示である。自動車に乗る人々は自分たちのためのファッションを作り上げてきた」と述べ、[2]人々の目を引く独自のファッションが登場してきたことがわかる。

自動車に関する指南書『自動車と自動車の運転』の中ではドライブをする時の服装について男性用、女性用とそれぞれに分けて執筆され、注意が述べられている。新規のスポーツは男性にとっても女性にとっても、初めて体験する異環境であったのだ。女性用の服飾について執筆したレディ・ジューンは服装の注意点を2点指摘している。それらは「冬の寒さから身を守り、夏の埃から身を守るためには、保温性と、かぶりものを突風に飛ばされないための工夫が必要である」というものだ。[3] それは頭部から顔面までをすっぽりと覆うベールとマスクの組み合わせ、または目元をカバーするゴーグルと、ドライブ用の大型のストレートシルエットのオーバーコートである。このような装備は不可欠で、一年中ドライブを楽しむことを前提に「ドライブのたくさんの楽しみは快適で相応の衣服に依存している」と女性雑誌の記事でも、適切な衣服の重要性を指摘したうえで、自動車用のファッションを紹介している。[4]

自動車に乗ること、それは歴史上においても全く新しいスポーツであったので、男性に対してはどのような注意を喚起したかを確認してみよう。『自動車と自動車の運転』にフランスの自動車クラブの会長が解説した、男性用の服飾の特徴は次の通りである。[5] まず第一に、防風性に優れた衣服の素材の重要性についてである。これはツィードやメルトンのような厚手の布地が推奨される一方で、皮革素材は防風性がよい反面、衣服内が蒸れることを指摘している。また、雨に対する備えとして防水性に富んだ素材の重要性も説いている。第二に服飾アイテムのデザインであるが、ノーフォークジャケットとニッカボッカーズまたはトラウザーズとストッキングの組み合わせという、当時のカジュアルな活動的スタイルを推奨している。これに関しては他のレジャースポーツ用とかわりはない。その一方で特徴的なものは、テント型のコートである。膝下までの長い裾丈と、不自由なくハンドルさばきができるように、短めの袖丈の組み合わせである。また、自動車に乗る様子を描いた当時のイラストにはしばしば見かけられる、ひざ掛けの使用はクラッチやブレーキペダルの操作の時に大変危険であることを指摘している。図1‐9（59頁）では男女が仲良く一緒にひざ掛けをかけているが、それでは危ないですよ、ということだ。第三に帽子について、第四に手袋について、そして最後にゴーグルについての注意が挙げられている。

美人も台無し

その人相、いかがなものか

ゴーグル

埃や風から目元を保護するために、男女問わずに人々がまず装着したアイテムがゴーグルである。これは実用性が高い半面、人相を実に面白おかしいものにしてしまったようである。『パンチ』にはゴーグルに関する風刺画がたびたび掲載される。例えば図5‐1では、車の後部座席に乗る男女が、ともにゴーグルをしたまま見つめ合っている。キャプションはバイロンの叙事詩の一節「やわらかなまなざしは瞳が物語る愛を見つめていた」を引用している。と

（図5-1）An Idyll. *Punch*, 1906.1.10.

はいえ、ゴーグルをしたお互いの瞳とまなざしははたしてどのように絡み合うのであろうか。おそらくはゴーグル越しに見つめあうどころか、ゴーグルのガラスに己の顔が映ってしまい、間近に座る恋人の表情もわからないであろう。このようにあからさまに、ゴーグルを装着した男女の様を皮肉っていることがわかる。さらに目元を隠せば、表情もかき消され、人相は怪しくなる。

また図5－2では「歴史は予言する」とタイトルをつけている。自動車に乗って走り回る様を、18世紀末の山賊の一団が馬車で村々を走りまわる様になぞらえている。キャプションには「略奪者の一団はお抱え運転手と呼ばれている。この国の四方八方を走り回る者たちとして組織されたのである。彼らは間もなくものすごい人数になることだろう」と書かれており[6]、自動車の流行の様子とその人口の増加を伝えるとともに、これまでにないモーターの力を借りて、スピードを上げて疾走する様を、傍若無人でマナーに欠ける様子として、風刺しているのである。ゴーグルをつければ紳士淑女も、眼帯で顔を隠した人相の悪い山賊並みであるというのであろう。

（図 5-2）History anticipates itself
Punch, 1905.9.27.

ベールとプロテクター

さて、こういったゴーグルの無粋さを解消するものとして、女性雑誌では自動車用の頭部装飾アイテムが紹介されている。『ジェントルウーマン』1902年6月の記事には「自動車に乗ることほど爽快なスポーツは無いが、その欠点は、かわいらしい女性の顔を台無しにするようなおぞましいゴーグルをかけていないと、ほこりが目に入ってしまうことである」と述べている。そこで、単なるベールでは目に飛び込んでくる埃を防ぐことができないが、同誌に掲載された自動車用ベール（図5－3）とその内側に取り付けた自動車用マスクプロテクターについては「女性の魅力を損なうことなく、着用者が不快な思いをすることもない。マスクプロテクターは良質の透き通った雲母製で、ベールの内側につけられている。そして完全にほこりと砂から目と顔色を保護する」と紹介されている。[7] この商品は翌月12日発行の『クィーン』の広告記事には「醜悪な物の追放。自動車に乗る女性たちが醜いゴーグルで顔を台無しにすることはもはや必然ではない」というキャッチコピーと共に商品名〈Invisbl〉（原文のまま、おそらくは"invisible"目に見えないもの、を意味しているのであろう）として掲載されている。[8] 残念ながら「目に見えない」ものをイラストにしているので、この図からはマスクプロテクターの存在はわからない。この図の通りであれば、それまでにも女性のファッションに取り入れられていた、シーサイドリゾートやアウトドアのレジャーを楽しむ際の女性のベールの使用とそう大差のない印象である。

野外での埃除けのために女性がベールで顔を覆う姿は、自動車以外でも見られるものだった。例えば1891年9月の記事では、ベールを帽子の上からかぶせて顔をすっぽりと包み、あごの下で結ぶように装着して物を紹介している。「今の季節には白いも

（図5-3）The new motor veil at Messrs. Gamage's Holborn.
The Gentlewoman, 1902.6.7

のを、冬が来たら黒いものをつけるだろう」と解説している。[9]図3－1（103頁）を見ると、自転車をこぐ女性も、帽子の上から顔全体を覆うベールをかけていることがわかる。しかし、自動車に乗って強い風や冷気にさらされる場合にはベールだけでは役不足であり、そこに雲母製の透明なマスクプロテクターが登場したのであろう。

実際にベールを巻いた女性の姿はどのようなものであったのだろうか。『自動車と自動車の運転』では「ベールの素材には、夏にはゴースを、冬にはグレイのシェットランドウールの柔らかい素材の物を。グレイは最適の色である。それはほかの物よりも埃を目立たせないからである」と薦めている。[10]図5－4は同書に掲載されたベールで顔を覆った写真であるが、「とても強くて冷たい風から顔を保護している」[11]ためとはいえ、顔面をすべて包み隠した様相には、さすがに違和感を覚えずにはいられない。このようなベールは「少なくとも2ヤードは必要であり、幅は4分の3ヤード幅である。これは前の部分を上手につくってボンネットにピンで固定する。その時には耳まで覆う。そして後部で交差させて、前方に両端を回してくる。そうするとあご下で蝶結びをすることができる。2〜3本のピンを後ろで刺して固定し、もしも上手にピンをさせれば一日中きちんとした状態を保つことができる」と解説している。[12]このようなベールは顔や頭を保護すると同時に、女性の装いに欠かせない帽子を吹き飛ばされてしまわないように、

（図5-4）The Veil covering the face
Motor and Motor driving,

上手に頭にとどめておくために用いられている工夫なのであった。とはいえ、しっかりとピンで固定したら一日中崩れない、というが長いドライブ旅行の場合は一日中顔を覆ったまま過ごすのであろうか。これでは途中でお茶もランチもいただけないのだが。

女性雑誌には如何に外観を損ねずに、風や埃から顔を守るものを装着するかにポイントを置いた商品が次々と登場した。先ほど取り上げた図5－3は冷気や埃から顔を守ると同時に、女性の顔を隠しきれないことを考慮している。そのために、ベールの内側に透明なマスクプロテクターを装着する点が新規の仕様である。ベールはフランス製のシルクを使用しており、ベールをつけていないマスクのみのものは男性も使用できることを伝えている。[13]

同様の趣向の商品はガメージ社のみならず、他社からも続々と発表されている。例えばウールランドブラザース社のレース製の顔を覆うベールの広告では、「シックなモーターベール」としてシフォンとモスリンと蜘蛛の巣状のネットの組み合わせ、「おしゃれなモーターベール」はシフォンとモスリンに黒いベルベットの水玉がついていると説明している。ラブス社のシルクシフォンにベルベットのスポットがついたベールは、モータースポーツ用に人気のあった形状のキャップをすっぽりと包んでいることがよくわかる。これらは図5－4の写真のベールと比べてみると、うっすらと透けるレースやネット上の素材を使用し、顔の様子がわかるので不気味さは感じないが、肝心の冷たい風や埃をよけるにはいささかもの足りないかもしれない。

また、『ジェントルウーマン』1902年10月の記事のマスクとベール（図5－5）は〈デジレ〉という商品で「雲母、シルク、ネットを用いて、帽子、顔、頭を覆って、顔や髪が吹きまくられてほこりをかぶることを防いでいる」と紹介されている。[14]これは女性にとても人気があると記載されている。図を見る限り頭からすっぽりと覆い隠した様は、素材は異なるが、今日のフルフェイスのヘルメットを装着している様子とみなせばよいのであろう。なによりも埃よけとしての機能を重視している。またこの記事にはイラストは添えられてはいないが、〈アデレ〉と名付けられたコンビネーションマスクも紹介している。この商品は「完全に顔を覆う。それは良質の雲母製で、黒いベールの下に隠れている。透明な網の換気部分があり、自由な呼吸と視界は妨げられていない状態である」と説明されていて、デジレと並びとても人気がある商品であることを記事は伝えている。

ディッキンス・アンド・ジョーンズ社の特許マスク付きのベールは「これこそ、唯一の完璧なモーターベールである。アルミのフレームがついた良質の雲母製のマスクは目をカバーしている。顔の下半分、口元などはシフォンの裏地がついたレース製のベールでカバーされている。これは口や鼻を埃やその他から守ってくれる。サイドのフラップは首の後ろに回してクロスさせ、イラストのように前に持ってきて結ぶ。すると埃をよけてくれるスカーフのような役割を果たす。これはどんな帽子の上からでもかぶることができる」といった説明がなされている。[15] マスク付きのベールはオールウェザー社も発表している。[16] 防水のシルクでつくられたベールは首の位置でギャザーを寄せて絞った形状になっている。いずれも図5-5に見るように、目元には透明なのぞき窓のようなマスクが組み込まれており、ゴーグルとは違い、顔立ちを損なうことはない。ただし、頭でっかちのバランスであること

（図 5-5）The new motoring mask and veil at Messrs. A. W. Gamage's. *The Gentlewoman*, 1902.10.11.

は否めない。

一方、オールウェザー社の頭部を包み込むフードは、目元にはゴーグルをつけて、顔の露出は最小範囲にとどめて、頭からすっぽりと防水加工されたシルクなどのフードで包む形状である。[17] 図5－1の右側の女性はこのようなゴーグルとフードの組み合わせである。

『ジェントルウーマン』1903年4月の記事では「自動車に乗る楽しみは、女性がこんな事情でも素敵に見えて、かつ、埃や風からしっかりと保護されるときに、大きなものとなる」と述べながら、数々のフードやマスクが紹介されている。[18] この記事によるとフードには「どんな帽子にもフィットして、雲母製マスクがついている」や「後頭部を覆うシルク製のフードには、帽子に取り付けるためのスチール製のスプリングが付いている。そしてシルクスカーフと雲母のゴーグル、あるいはベールとともに着用される」とあることから、[19] 頭頂部の大きさは帽子の上から着用しているためだとわかる。フードやベールは目や顔を覆い、埃を避け、肌色を美しく保つ役割を果たしていた。さらに、これらは当時の女性の装いに不可欠であったかぶりものを、車上で吹き飛ばされてしまわないためにその上から覆う役割もしていたのである。

以上のように頭部（もしくは顔）の装着品として、ゴーグル、シルクのベール、雲母製のプロテクター、そして帽子やボンネットの上からすっぽりと包みこむことのできるフードが使用されていた。記事の中ではマスクやプロテクターについては透明であることが繰り返し述べられている。この点がゴーグルと異なり、女性のかわいらしい顔を台無しにすることなく素敵に見せる、と言わしめているのであろう。

まるで盗賊

女性雑誌では大真面目にベールやフードを紹介しているのであるが、このような服飾品を身につけて自動車を楽しむ姿に対する否定的な視線が、風刺の中には登場する。自動車に乗る女性に対する風刺の内容は、主に3タイプに分かれる。

そのひとつはゴーグルもしくは目元のマスクの装着に関するものである。前節の冒頭に自動車に欠かせないゴーグルを着けた男女の姿に関する風刺を取り上げた。それら以外にも、ゴーグルなどで顔を隠した女性に対する風刺は繰り返し取り上げられている。例えば、図5‐6のタイトルは諺の「事情によっては話が違ってくる」。つまり、状況に応じて態度を変えることへの風刺である。スピード違反をしたゴーグルとベールで顔を覆った女性ドライバーに対して、警官は「時速25マイルですよ。奥さん、名前と住所を。何をそんなに急いでいるのですか」と仏頂面で問いただす。すると、ベールとゴーグルを外した若いレディが「お巡りさん、私のことをファーストネームでよびたいのではないかしら」と小生意気に言い返す。すると警官は急ににやけた顔で優しく「お嬢さん。今は時速5マイルでいかなければならないということを

（図 5-6）Circumstances alter cases.*Scraps*, 1903.8.29.

調べているだけですよ」と態度を豹変させる様子を描いたものである。[20]

同様の風刺は他にもみられる。スピード違反のドライバーを捕まえた警官が「少なくとも60マイル！　お若いギャングさん。よくもまあ、君は6か月はくらうよ」と厳しく注意するが、目元のマスクと帽子を取って、顔を表したのが若くてきれいな女性だと気付くと「ああ、どうも。失礼。あなたがレディとは知らなかったもので」と態度を一変するのである。[21]

これらの風刺ではふたつのことがうかがえる。そのひとつ目は、ゴーグルやベールをして顔を隠しているために、年齢も性別も判別がつかないことと、相手によって態度を変える警官に対する風刺である。またふたつ目は若い女性が制限速度も無視して、自動車を乗り回していることとである。

さらに、図5－7では馬上の男性が通り過ぎていく自動車を振り返って、「(かつては) レディが馬車に乗って出かけるときには素敵に見えるようにしたものだが、今どきの人気の車に乗るときの彼女たちの姿は、まるで目と耳を病んでいる患者のようだ」とゴーグルとフードで完全防備した若い女性の姿を嘆いている。[22]傍らの馬も女性の姿に驚いたように、口を開けている。旧来の風習であった、馬車でのドライブを楽しむときには、女性たちはキャリッジドレスやボンネット、パラソルなどで着飾っていた。それは馬車に乗る自分の姿が

(図 5-7) *Punch*, 1907.10.2.

人から見られることを意識したものでもあった。しかし、それと比較すると、若く美しい女性の顔を無粋なゴーグルで隠すことを厭わない女性たちのことを、男性の視線を意識した行動をとる、嗜みのあるレディではすでになくなってしまったように感じるのであろう。

　次なる風刺の対象はフード（頭をすっぽりと覆う形状で、文中ではマスクと表記される場合もある）である。『ジェントルウーマン』で１９０５年４月から８月にかけて連載された女性とその服装に関する風刺において、「女性の姿が最も醜くなる時」と題されたコラムでは自動車に乗る女性の姿もその対象になっている（図５－８）。マスクに関しては「自動車用の頭のカバーは、最もかわいらしい少女を梟のように見せてしまう」と批判している。[23] 人相が隠されてしまうという以外に、フードで包まれた頭部はいたずらに大きく膨らみ、滑稽であるというのであろう。大きな頭部は女性の身体のバランスを悪くするようだ。

『パンチ』１９０５年掲載の「同じ帽子」という風刺では、同じ帽子とフードであっても、若い女性の場合は「とても普通の」であるのに、年配の女性になると「ただただひどい」と笑い物にされている。[24] すらりとしたスタイルの良い若い女性であれば大型のかぶりものも着こなすことができるが、ずんぐりとしたスタイルの年配の女性が同じものを被れば、とてもバランスが悪いというのであろう。女性雑誌ではおしゃれなフードと紹介されてはいるものの、それを実際に着用してみれば、人によっ

（図 5-8）When Women Look Their Worst.
The Gentlewoman, 1905.5.27.

ては傍から見れば無様な様相だというのか。

とにかく寒い

もうひとつの特徴的なスタイルであるオーバーコートを取り上げよう。『自動車と自動車の運転』ではレディ・ジューンは「暖かく、埃を寄せ付けないガウンが重要」と述べており、その理由として「野外での長時間での活動と切り離すことのできない疲労は、旅行中のスピードによってさらに強められる。日が経つごとに疲労は増加し、それに伴い、寒気が引き起こされる。もしも十分に暖かい衣服を着用していないのであれば、極度の疲労がとてもつらいものになる」と述べている。[25]自動車による長距離の移動を想定したアドバイスである。

続けて「寒さを防ぐ最適の素材は皮革、子ヤギ革、またはシャモア革、である。後者はコートの裏地におすすめである。子ヤギ革は外側の表地に向いている。これはしかしながら重くて堅い。シャモア革はもっと柔らかいがだらしない印象である。シャモア革や毛皮で裏打ちされたコートは何よりも上できの物で、外側は防水素材でつくられている」と素材については説明しているが、[26]具体的なデザインについては言及されていない。

その後、女性雑誌には次々と自動車用の衣類の紹介記事や広告が掲載されるようになる。自動車用のコートの特徴はまず、保温性に留意したその設計にある。例えば、『クィーン』1903年4月25日号に掲載されたオールウェザー社の広告記事には、コートとエプロンの組み合わせとうたった〈二重〉コートが登場している。この商品をさらに詳細に紹介した『ジェントルウーマン』1903年8

月の記事には、「あらゆるポイントが着用者を風や機械類の汚れから守り、手は快適なポケットに押し込まれ、顔は襟足の高いストームカラーで保護されている」と記されている。[27]図5－9で確認すると、ロングコートのシルエットは裾に向けてゆったりとしており、袖口も緩やかに広がっている。大きな襟（ストームカラー）はボタンを留めて立ち上げると深々と顎が隠れる。〈二重〉と名付けられている所以《ゆえん》は、コートの前裾にエプロン状のオーバースカートが重ねられていることによる。右側の図では大型のポケットに手を差し込んでおり、左手には布の端が握られている。左側の図をみると、それはコートの脇線の位置にボタン留めされているようである。記事には「コートとエプロンが結合したような外観である」と書かれていることから推察すると、コートの前の打ち合わせの位置が風にあおられて開かないように、また足元を暖かく包むように二重に布を重ねているのであろう。このコートは防水のツィードで仕立てられている。

さらに留意すべき点はコート用の素材である。前頁のとおり『自動車と自動車の運転』では皮革、子ヤギ革、シャモア革について、重くてかたい素材であったり、逆に少し柔らかすぎるとだらしない印象になる、といった欠点などを踏まえた上で推奨している。女性雑誌で取り

（図 5-9）Allweathers, Duplex coat　*The Queen*, 1903.10.10.

上げられている素材は概ね3種に分類できる。そのひとつが上述の二重コートでも用いられているツィードである。19世紀後半より女性用にもスポーツウェアに取り入れられてきた素材である。例えば『ジェントルウーマン』1905年3月の記事では、「それは新しいタイプのツィード——ダブルフェイスド・リバーシブルツィード（両面織のツィード）と呼ばれている。それは表面が緻密で、驚くほど埃や雨よけになっていると私は感心した」とある。[28] 紡毛糸のツィードは一般的には織が粗く、ざっくりとした質感が特徴であり、表面にも毛羽立ちが多い。しかし、この記事から推察するとツィードとはいえ織りの打ち込みが密な、しっかりとした仕上がりであったのであろう。衣服の表面が滑らかであるほうが埃も付きにくいはずである。走行中に浴びる埃から身を守ることに腐心していたことがうかがえる。

また、そのほかに自動車用のコートの素材として好まれていたもののひとつが毛皮である。『ジェントルウーマン』1902年8月には「新しいモーターコート」という記事で、「アーサー・ペリー社は目新しい毛皮を新たな自動車用コートに取り入れたことで評価される。この新しい毛皮とはロシアンポニーで堅く引き締まっている。七分丈のコートは、大型で暖かく、大きな衿とラペルとカフスがついている。荒れ模様の風や天候、凍えるような霜からも保護してくれるものになっている。ロシアンポニーは雨によるダメージをうけない」と紹介している。[29] もちろん、服飾素材において毛皮が1900年代になって初めて登場したわけではない。だが、寒風に吹きさらされる車上において毛皮は必需品となったのであろう。

1903年秋は毛皮が一層の広がりをみせたようであり、『クィーン』では「この冬には毛皮の勝利はまさしく完璧なものである」と伝え、[30]『ジェントルウーマン』でも「新しい毛皮が毎日のように登場しているようである。その最新作は暖かく青みを帯びたグレイにも見えるヤギの毛皮で見た目がよい」と紹介しており、それはツィードとリヴァーシブル仕立てとなっている。[31]

毛皮への愛好は引き続き１９０５年９月の記事でも確認できる。「毛皮はより一層興味深く、様々なものになっていくであろう。そしてこれまでの冬よりもさらに魅力的なものになっていくであろう。毛皮商人はいつも何か新しい毛皮や、既に知られた毛皮でもその新しい処理の方法を探しているようである」と新商品の登場を知らせ、ミンクやマスクラットの毛皮が「実用的で丈夫であり、自動車用のコートに仕立てられる」と伝えている。[32] この記事で取り上げた商品はマスクラット（ニオイネズミとも呼ばれ、毛皮用に養殖される）の毛皮を使用した、フルレングスのボリュームのあるコートである。毛皮の利用は、毛皮を表面に使用している他に、ツィード素材を表側に使用し、毛皮は裏打ち用としている場合がある。これは先ほど取り上げたように風除け、埃除けとしてのツィードと、防寒としての毛皮のそれぞれの特徴を効果的に組み合わせた実用性の高い利用方法なのであろう。毛皮の優れた防寒性はドライブには必需品であったようだ。既に取り上げた自動車用のフードにおいても、１９０５年３月の記事の中に「夏用の新作のシルク製のドライブ用フードを見つけた。これは寒い天候の場合には毛皮の裏打ちをつけることができる」とあるように、利用されていた。[33]

次に皮革を使用した具体的な商品紹介としては『ジェントルウーマン』１９０４年７月の記事などが挙げられる。この紹介記事には「今日では全てのものが快適性と、実用性と、おしゃれさを兼ね備えている。例えば、トーマス・アンド・サン社の特製品のコートは柔らかなグレイのカーフ（子牛革）製である。大きなバスクがつき、ロシアンブラウス型である」とあり、スタイリッシュなシルエットの短い着丈のショートコートが取り上げられている。[34] 皮革の素材としては、その他に同誌１９０５年

3月の記事ではシカ革の使用も伝えられている。[35]

保温性に留意した大型のシルエットのコートの特徴は、次の記事に確認できる。図5－10は〈アークコート〉と名付けられたコートである。arkすなわち箱舟コートと呼ばれたこれは、肩のラインがはっきりとして肩幅が広く、裾にむけて大きなボックスシルエットを描いている。このコートの特徴は、大型のシルエットであることと、自動車に適した巧みな設計にある。イラストではコートの全身像のほかに、袖口の部分を拡大して描き、その部分について記事の中では巧みな袖の構造にも「カフスは折り返しになっていて、天候が悪い時にはイラストのように反転させることができる。ボタンとタブもイラストの中に見えるであろう。タブは袖をたぐり寄せて、ボタンはもうひとつのイラストのように袖にぴったりと止めている。それは風、雨、その他から腕を守ることになる」と言及している。[36]つまりタブとボタンの掛け外しによって風雨などから袖口が保護されることを強調している。また、ポケットの位置が前身頃の脇の縫い目に巧みに隠されていること（シームポケットであろう）、襟は本来のストームカラー（雨風が浸入するのを防ぐために、台衿や前の端をタブできっちり留めるように工夫されている衿）であることを伝えている。[37]

コートについて紹介する記事の多くは袖に着目している。アクアスキュータム社のコートの紹介記事では「着用者の完璧な満足がそのコートの便利さや快適さの最高の証になっている。その腕が完璧に自由になっていることに気づくであろうか。そしてその手首が如何に快適か気

（図5-10）A serviceable motor coat
The Gentlewoman, 1905.6.10.

づくであろうか」と述べている。[38] この袖はラグランスリーブであることがデザイン画の袖付け線から判別することができる。袖幅はとてもゆったりとしている一方で、袖口はカフス仕立てで絞られている。アークコートと比較すると肩線はなだらかである。この記事でも前出の記事と同様にポケットにも言及している。このコートの場合「ポケットはとても気が利いていて、脇の袖の下の位置についている。そこはもっとも巧妙な位置である。なぜなら腕を袖に通していてもいなくても、そこに手が届きやすいからである」と述べている。ラグランスリーブの長所は「ラグランスリーブの裁断がなされたコートは、腕の動きがとても自由であり、スマートなコートである」と書かれた記事からわかる。[39] ラグランスリーブの袖付け線は、内側に着用した衣服の袖付け線と重ならず、さらに広めのアームホールを確保することができるため、コートの設計には適しており、腕の運動性を保持することができる。

島根県立石見美術館では１９１０年頃のポール・ポワレ作のドライブ用コートを所蔵している（図５－11）。素材はアイボリー色の絹のシャンタンである。全体のシルエットはフルレングスで、身頃にはダーツや切り替え線はない、ほぼストレートなボックスシルエットである。前打ち合わせは深いが、表面上には大きな貝ボタンが4個、一列に配置されている。この貝ボタンは全身がアイボリー一色のこのコートに色調を合わせてある一方で、その深い艶が控えめながらアクセントとなっている。

このコートの各部位を確認する。衿は衿先を

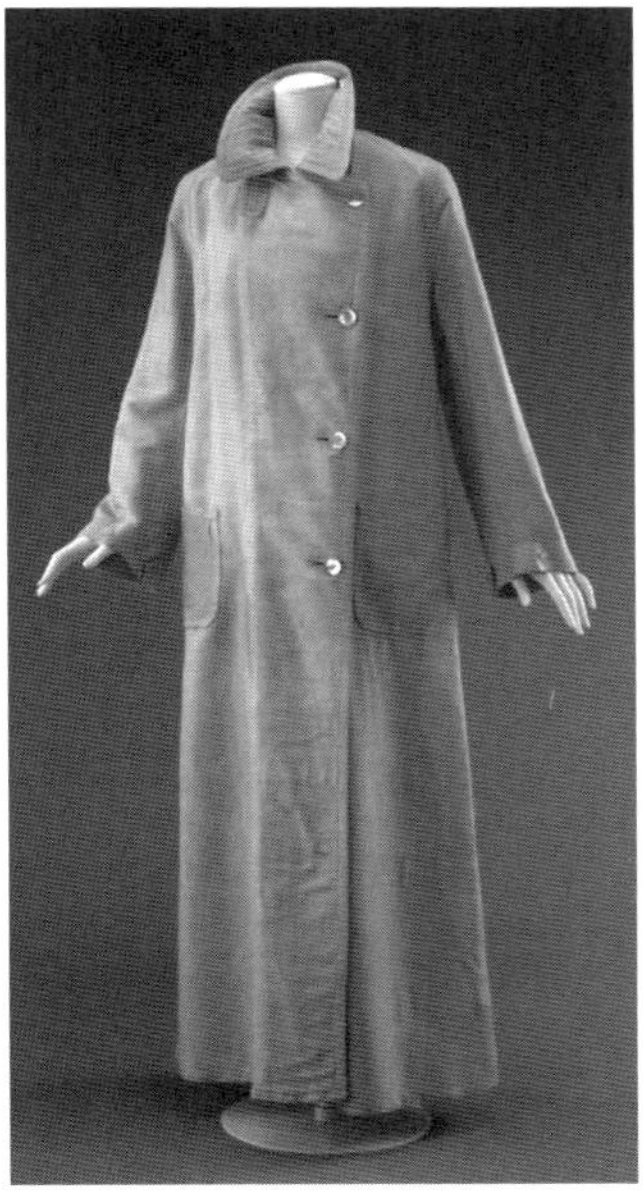

（図 5-11）ドライブ用コート
（ポール・ポワレ）1910 年頃
島根県立石見美術館所蔵

折り返した状態でも着装できるが、ボタンをタブで留めると、幅の広いストームカラーとして着装できる。衿まわり線の処理や、表衿、裏衿の仕上がりの状態を観察すると、ストームカラーの状態で表側になる衿布の方が皺が寄らずに、きれいな仕上がりになっており、衿まわりは裏側に若干控えられた状態に仕上げられている。このことから、明らかにストームカラーとして衿を立てた状態での着装を優先して設計されていることがわかる（図5－12）。そして、ラグランスリーブの袖付けの袖幅は広く、袖口まで筒状になっている。袖口にはボタンとタブがついており、タブをボタンにかけることで袖口を細く閉じることができる。さらに、両脇にアウトポケットが据えられており、掌がすっぽりと入るほどの大きさである。単純なラインの組み合わせで、全身を覆い隠すシルエットであることがわかる。女性雑誌の記事に紹介された特徴をあまねく押さえている。そして、素材の色調、質感は単純で、数個のボタン以外には表面上に添加される装飾的な要素はない。その構成はシンプルであり、前身頃、後ろ身頃にはダーツや切り替え線は入っていない。直線的な構成は身体のラインも単純化したのである。

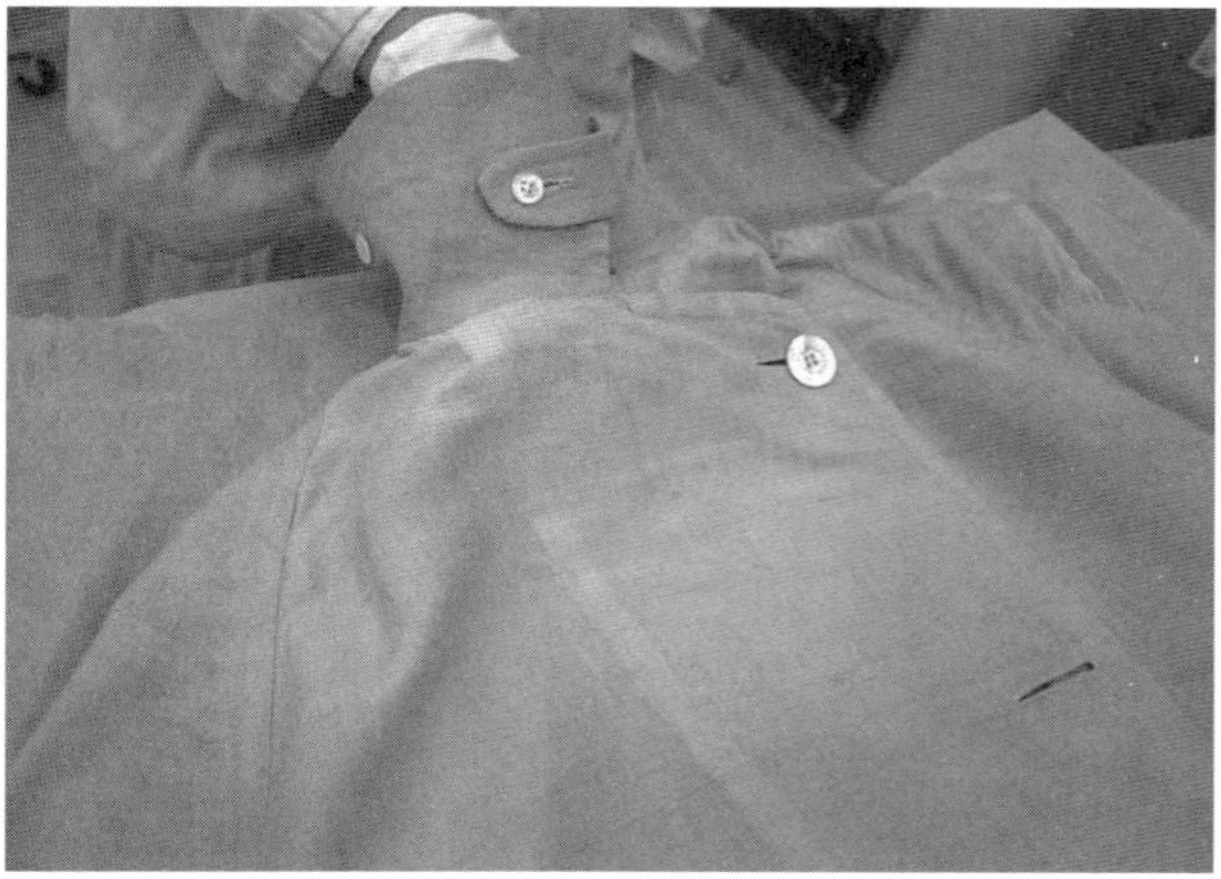

（図5-12）ドライブ用コート（襟）島根県立石見美術館所蔵

　これまでの内容から自動車用コートの特徴をまとめると、まずその素材には防水、防風、防塵に適したツィード、防寒

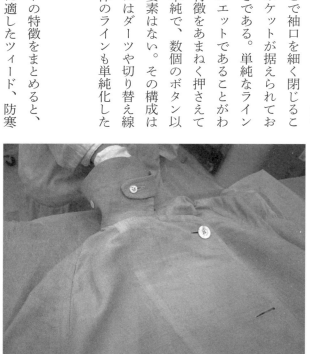

に優れた毛皮、丈夫な皮革が用いられた。それらは単独のみならず表地、裏地に組み合わされて使用される場合もあった。その形態は、大型でストレートなボックスシルエットが特徴的である。また運転に支障がないように、袖の構造は腕が動かしやすいもので、かつ、袖口は巧妙に風雨を避ける工夫やシルエットが好まれた。ポケットの役割はおそらく乗車時に手を入れる防寒の意味合いが強いようである。前世紀までは、馬車に乗る女性が防寒用に手を暖めたものが毛皮製のマフであったことと比較すると、ポケットに手を差し込んだ女性の姿は興味深い。襟には大型のストームカラーが好まれている。これも首元を覆い隠し、冷気を防ぐ役割を担っていたためであろう。ドライブに必要な運動性、機能性を備えたコートは女性の肌や体型を、単純なラインで覆い隠したのである。

石炭袋に包まれたレディ

前述の「女性の姿が最も醜くなる時」と題したコラムにおいては、自動車用のコートも批判の対象であった。自動車用のコートを着用した女性の姿は「石炭の袋以外の何物にも似ていない」と揶揄している。このような女性の姿に対して「女性は車に乗るときに、彼女をより一層醜く見せる」と述べている。図5-10のアークコートについては「オーバーコートの一種であるノアズアークはおもちゃの箱舟を連想させ、ひどく醜いものである。もちろん、細く背の高い女性は何を着ても優美に見えることは可能である。しかし、全ての女性が背が高いわけではなく、こういったコートを着るとかなりのボリュームになってしまうのである」と批判している。[40] つまりボリュームのあるボックスシルエットのコートは女性の身体を不格好で、優美ではないものにしてしまう、と苦言を呈している。このコラムの執筆者ハリー・ファーニス[41]にとっては、女性の容姿に関しては曲線的な優美さが重要であるようだ。二ヶ月後のコラムでは「女性が最も素敵に見える時」と題して、イヴニングドレスを着た女性の姿を称賛している[42]。確かに女性の曲線的なボディラインを強く意識してきた20世紀初頭までのドレスのシルエットから考えると、アークコートのようなストレートで身体のラインを隠蔽するデザインは対照的である。そのために否定的な感覚を覚える者もいたのであろう。

1903年1月の『パンチ』にはベールとマスクとコートで武装した姿（図5-13）を「自動車の女神」と題し、「でも、これは何？　海のもの？　山のもの？　どうも女性のようだ。とても飾り立て、派手な様子。こちらに来るぞ、まるで堂々とした客船の出航のようだ。悪臭を放つ琥珀の香りは彼女の訪れのまえぶれである」と17世紀の詩人ミルトンの『闘士サムソン』の一節を引用して皮肉っている[43]。イラストを観察すると、ベールとプロテクターを装着しているので、顔の様子は全くわからない。アークコート風のストレートなシルエットのオーバーコートの裾から、わずかにスカートがのぞいているので、かろうじて女性であることが推測できる。ストームカラーの襟を立ててあごを埋め、両手をポケットに突っ込んだその姿は、「悪臭を放つ琥珀の香り」すなわち、ガソリンの匂いをまき散らして走りまわる自動車と共に、好意的には受け止められていない。顔の表情も体つきもわからないその姿は、「堂々とした客船」とた

（図 5-13）Dea ex machinâ. The goddess out of the car. *Punch*, 1903.1.21.

とえられているように、威圧感があり、ふてぶてしい印象さえ与える。それは生身の女性の姿ではなく、自動車という機械の女神であると風刺されているのである。

男も女も

似たもの同士

自動車に乗る服装に関する風刺は、女性だけが対象ではない。先に紹介したゴーグルをかけて見つめ合う男女の姿への風刺もあるが、その他に図5－14のような例もあげられる。「どっちがどっち？」と題されたこの図には、「ペトロール夫妻は自動車用の恰好で、写真を撮って友人たちに送った」とキャプションが添えられている[44]。自動車用のキャップ、ゴーグル、そして丈の長いオーバーコートを着用した姿から本人を判別できるものは、わずかにのぞく口元だけで

（図5-14）But which is which?
Scraps, 1905.3.13.

ある。背格好が同じような2人であれば、確かにどちらが夫でどちらが妻か、見当がつかない。つまりこのような自動車用の装いでは、男女の判別がつきにくいのである。

自動車用の衣服について着目すべき点は、このイラストにみられるように男女の服装が、共通の要素を多く持っている点だといえるだろう。前章までに紹介してきた女性のレジャースポーツ用の服装では、その上衣や脚衣を「男性服飾のような」と表現する例が散見された。それらには、レジャースポーツの活動性に適するものとして、女性が男性の服飾要素を取り入れられたことが認められた。しかし、自動車用の衣服についてはマンスフィールドの記述においても、「無数のタイプのコートが男性用にも女性用にもつくられた」といったように、両者を並列の関係に位置付けている。[45]女性が男性の服装を模倣する、(またはその反対の)といった意味を持ってはいない。自動車を運転するという行為では、機械を制する技術を持てば男女の身体的な差異は関与しない。運動能力や体力といった個人的能力の差異に関しても、自動車の機械的性能がそれらを補い、各人が自動車という新しい楽しみを享受することができたのである。そして同時に、寒さや埃という悪条件の下で男性も女性も同等の立場であったのである。『クィーン』1902年3月の自動車用の衣服の紹介記事においても「新規の自動車用コートは、男性や女性のニーズに応え、悪天候にも有効で、衣服を通り抜ける冷たい風にも有効だ」と記している。[46]既に取り上げたように『自動車と自動車の運転』において、クラッチやブレーキの操作にはひざかけの使用は危険であると指摘され、男性にも膝下までの長い丈でゆったりとしたコートが薦められている。[47]丈長で身幅の広いモータースポーツのオーバーコートや顔を隠すゴーグルは両性の身体上の特徴を隠蔽し、結果としてドライバーであれ、同乗者であれ、ただ自動車を楽しむ車上の人として存在させたのである。

『クィーン』1903年6月に掲載されたオールウェザー社の広告では、デザイン・ヴァリエーションに応じた商品の紹介をしている。[48] その内容を確認すると、商品名〈ブリストル〉は「自動車用に、または散歩用に」、〈キラーニィ〉は「どんな場面にも適しているが、特に自動車用にも」、〈デュプレックス〉は「特許品の自動車用コート」、〈ウェルベック〉は「自動車用に、またはカントリーでの日常着に」、〈キルデア〉は「実用的コート、自動車やカントリー用に」と自動車用にとどまらずに、カントリーでの日常着用として女性の服飾に、このようなストレートシルエットのコートが商品として提案されていることを示している。

20世紀初頭のこの時期には、一般的な服飾においては依然として、ウエストを絞ったフィットアンドフレアのシルエットが固持されていた。しかしながら、このオーバーコートのシルエットはそれらと一線を画したものでありながら、自動車用衣服のカテゴリーを超えて受容された。自動車を楽しむ新規の行為は、その必然性がオーバーコートを選択させた。さらに、それが他のカテゴリーで受け入れられていくということは、実用的な側面のみならず、服飾としての表現性においても受け入れられていったといえるであろう。すなわち、女性の体型をストレートなラインで覆い隠す、新規の服装表現を受容したのである。

あこがれ

『ジェントルウーマン』1905年の記事のように、[49] 自動車は新たな流行の風俗であったが、それは「裕福な家庭では」と指摘されるように贅沢な娯楽品であった。すなわち自動車に乗りドライブを楽しむ姿は、圧倒的に優越的な立場を顕示したと考えられる。だからこそその姿がたとえ既存の服装表現から逸脱していようとも、そこにステイタス・シンボルとしての魅力を見出していたのではないだろうか。それはもしかすると、防寒や防塵といった機能的な側面以上に重視されていたのかもしれない。『スクラップス』１９０４年12月24日に掲載された記事では、帽子とベールで顔を包み込んだ女性のイラストに「多くの女性が今や自動車用の帽子とベールを身につける。彼女が自動車に乗っても乗らなくても。しかしこの若い女性は、それを彼女の瞳が最も美しく見えるようにアレンジした。それはあたかも東方の美女を連想させる」とキャプションが添えられている。[50] 風刺画のキャプションであるから、必ずしも事実のみを記していると断言はできない。しかしながら、モータースポーツが人々の羨望の的であるからこそ、実際に自動車に乗るか否かはさておき、ある種の憧れを持ってこの新規の服装に人々が注目していたと解釈することは可能であろう。つまり、自動車に乗らなくても、さも乗っているかのごとくにベールを着用したがる女性がいるものだ、というからかいの表現であろう。自動車用の衣服は贅沢なレジャーを楽しむことが可能である階級の表象であったのだ。

本章では新規に流行した自動車に乗る人々の服飾に着目し、そこから自動車用の衣服が人々にどのような意識で受け止められていたかを検証した。

服装の特徴は男女の衣服で極めて類似している。それは、埃や冷たい風雨から身体を保護するための、頭部または顔面に装着するゴーグル、マスク、フードと、ボックスシルエットの丈長のオーバーコートである。コートのデザインにはゆったりとした袖、顎まで届くストームカラー、手を差し込みやすい大型のアウトポケットなども特徴としてあげられる。このような形態は女性の曲線的な体型の特徴を覆い隠してしまうものであった。ポール・ポワレの作品のようにそれは、単純な色調とストレートなラインで身体に新しい表情を与えた。すなわち、身体を隠蔽する無機質で、神秘的、そしてユニセックスな印象である。そしてその衣服の構造線はシンプルに整理され、直線的な構成となった。目元、顔、体つきを隠蔽する服装は、周囲のものを驚かせる奇異なものとして、風刺の対象になっている。その理由はそれらが当時の日常的な服装概念とは一致していないからである。新たな流行である自動車に乗る、または自ら運転する姿は、人々の目を引く格好の材料であり、その顛末を風刺するものは数多く見られる。けれども新規のステイタス・シンボルとなった自動車はあこがれの対象でもあり、車上の姿は従来の容貌に関する価値観とは異なっていようとも、他者に対して披露したい自慢の姿であったと推察できる。つまり、男女の性差にとらわれない行動及び服装という新たな側面が受容されたことを意味しているのであろう。

第6章
ゴルフ・スイングは華麗で豪快に

ジャケットを脱いで

テーラーメイドコスチューム

女性たちのゴルフの服装には、まずこれまでに紹介した様々なレジャースポーツと同様に、テーラーメイドコスチュームは欠かせない。

1890年にスコット・エディの広告に登場したものは（図6-1）、胸元をダブルに打ち合わせて襟元が高く詰まったジャケットである。[1] これとよく似たデザインはフィッシャーアンドサンのハリス・ツィード製のレジャーを楽しむ狩猟場、荒野・湿原用の衣服にも登場している。こちらの記事では「襟腰が高く、左肩からの打ち合わせにはボタンが2列に並んでいること、スカートは実に単純である」ことを説明している。[2] スコット・エディの広告では宣伝文

（図6-1）Scott Adieの広告　*The Queen*, 1890.4.26.

句として銃猟やゴルフ用と説明しているように、同じデザインが1週間後の同誌には、銃猟のスタイルとして記事が掲載されている。その説明には「スカートはゲートルと合わせて着用するようにできている。3本の革のパイピングがされていて、ふたつの大きくて実用的なポケットがついており、革の縁取りはお揃いになっている」と説明されている。[3] スカートのボリュームダウンとゲートルとの組み合わせ、アウトポケットの追加、足元の不確かな場所を歩く野外での活動で裾が擦り切れたり、汚れたりすることを防ぐために補強用として皮革素材を使用し、デザインのポイントとすることなど、これまでに取り上げたレジャースポーツ用の服装の特徴と同様である。

次に、返り衿が付いたジャケット形式のスーツが登場する。

図6‐2のレドファンの服装は「ぴったりとした単純なウエストコートとその上にはゆったりとしたジャケット、返り衿やポケット、カフス、などに黄褐色のレザーがあしらわれている。スカートの裾にも幅広い黄褐色のレザーが縁どられ、ニッカボッカーズとゲートルはコーデュロイ製である」と説明され、[4] スカートの裾から若干、ニッカボッカーズと思しきものが見える。

また、1892年以降には第3章で女性用テーラーメイドジャケットの特徴として指摘したように、ゴルフの服装においても袖の形状が膨らみ、次第に大型化していく。図6‐3の袖が膨らんでいるアルフレッド・デイ社のゴルフ用スーツは「細部に至るまで

右（図6-2）Redfern *The Geltewoman*,1891.10.10.
左（図6-3）Mr. Alfred Day の商品 , *Lady's Pictoria*l, 1893.12 .6.

良い裁断と仕上げがなされており、快適な短い丈のスカートと、きちんとした印象のガウンは実用的である」と説明されている。[5] これらはいずれもウエストコートと返り衿のついたジャケットとを組み合わせることで「実用的」でかつ「きちんとした」印象をつくりだしている。服飾の説明文にはこのような「きちんとした」を意味する、neatまたはtrimがしばしば登場する。「きちんとした」とは身体のラインが整えられた状態であり、テーラーメイドコスチュームにおいては優れた裁断によって身体が引き立てられた装いである。

銃猟や釣りなどのレジャースポーツ用に提案されたテーラーメイドコスチュームは、テーラリングの技術により身体へのフィット性を高めラインを表出している点も特徴のひとつである。ゴルフにおいてもその狙いは共通している。

一方、ゴルフでは運動特性である腕の可動域を確保できるような設計が望ましいと指摘されている。スイングの時の腕と上半身の運動量を踏まえると、服装の指南書でも「ストロークの自由のためには、わずかに短い丈のスカートと、通常の服装よりも袖と身頃はゆったりとしたもの」を薦めている[6]ように、より一層活動に適した身頃の設計が望まれていたようだ。そこで、ゴルフにはウエストコートとの組み合わせに、フロントオープンのコートやジャケットが積極的に採用されたのであろう。ゴルフの服装には先ほどの「ぴったりとしたウエストコートとゆったりとしたジャケット」と紹介されたものであったり、第一ボタンのみまたはボタンを留めないジャケットが目に付く。さらに、図6－4のアルスターハウスからは、返り衿のすぐ下の位置に「金のクラブボタンはゴムで結ばれていて、動きを自由にしている」と解説された、新しい形のコートも提案されており[7]、いずれも上半身の活動量に配慮した設計・着装である。

設計の特徴に加えて、ゴルフ用の服装では自身が所属しているクラブを示すデザインが採用されていた。すなわちクラブの襟章やボタンをつけたり、クラブのユニフォームとしてデザインがなされることで、服装はゴルフクラブの表象となっていた。例えば「ウィンブルドン・レディース・クラブでは衿とカフスは黒い色で白のパイピングがなされていて、ボタンも黒でそこに白地でクラブのイニシャルがデザインされているものが、最もきれいである」と紹介されている。[8] また、雑誌に紹介されたテーラーメイドスーツにも、「ジャケットの返り衿はゴルファーが所属するクラブの色にする」と説明するものや、[9] 裾まわりや衿にあしらうレザーも「クラブのカラーである青・ダークグリーン・赤といった色を、本来のデザイン色である黄褐色や茶、黒の代わりに取り入れる」と説明している。[10] つまりテーラーのデザイン設計において、衿などの一部分の色彩についてはクラブカラーに応じて変更する、ということである。

（図 6-4）Ulster House の商品
The Queen, 1895.3.9

シャツとネクタイで軽快に

ところが、雑誌に紹介されたゴルフを実際に行う女性の服装を確認していくと、必ずしもテーラーメイドコスチュームを着用していないことがわかる。それはジャケットを着用していない、シャツとネクタイとスカートの組み合わせである。例えば、図6‐5はセントアンドリュースのゴルフクラブでの女性の様子を紹介した記事の挿絵に見るような姿である。１８９０年代後半に誌面に登場するようになる写真でも服装がわかる。『レディズ・ピクトリアル』に連載されたレディース・ゴルフクラブを紹介する連載企画の中で、名プレイヤーと題して紹介している写真では、プレイ中の６人の女性のうちミス・アリソンを含む４人は白いシャツと濃色のスカート、ネクタイ姿である。ミス・アリソンを紹介するもう一枚の写真も、上衣を着用せず、ハイカラーのシャツにネクタイのみを着用している。[11] つまり、ジャケットを着用しない姿は、ゴルフクラブではごく普通に行われていた装いであったとみなされる。

シャツとネクタイのみの服装形式はテーラーのデザイン提案にはなされておらず、雑誌にはこのような服装についての言及はみられない。ただし、『レディズ・ピクトリアル』には「オリジナルデザイン」と説明されたシャツとスカートの形式の服装が掲載されている。[12] これはゴルフクラブでの服装を写した様子と類似している。そして「実際的で、実用的」「顔映りがよく、かわいらしい」「ゴルフ服に要求される全ての品質を併せ持つものであるので、かなり女性たちは関心をもつであろう」「衿には交差させたゴルフクラブとボールが刺繍されている」と説明されており、運動に適し、またゴルフのイメージをデザインに盛り込み、加えてかわいらしいデザインであることを紹介している。つまりテーラーの設計した「きちんとした」シルエットのスーツではなく、シャツを主役とする新しい服装はゴルフ場に適した服装として提案されたのである。

（図 6-5）A day on the Ladies' Links, St. Andrews, *The Queen*, 1891.11.21

その他にも、袖なしのコートとスカート、シャツの組み合わせも紹介されており、[13] 一般的なコートやジャケットのスーツ姿よりも、軽装となっている。記事では「ゴルフのための装いとしては完璧なでき」と称賛している。袖なしの設計のほうが、スイングの時に腕の運動を妨げにくいからであろう。また、ダウンカラーと説明された衿腰の低い衿については「このようなゴルフ用のドレスには必要である」と述べ、ミス・アリスンが着用していたハイ・カラーとは異なり身体拘束の要素が少なく、動きやすいことを指摘している。ただし残念ながら、この袖なしコートの着用例は実際のゴルフクラブの紹介記事などに筆者は見出すことはできなかった。あくまでも雑誌に提案された服装であり、実際に女性たちに着用されたか否かは、判断できない。

上衣を着用しない軽装は1890年代の服装マナーの中では、まだオフィシャルな服装にはなっていない。19世紀末に向けて、次第にシャツとスカートの組み合わせは街着としても採用されるようになってくるが、本来は上衣の中に着る隠されるべき衣服という位置づけであったシャツは、スポーツの場面ではこうして表舞台に登場してきたのである。

このようなシャツの着用は、女性たちの他のスポーツシーンではみられたのだろうか。1900年前後のイギリスのエリート女学校では、ホッケー競技が盛んであり、シャツ、ネクタイ、スカートというユニフォームがシンボリック的な役割を果たしていたといわれている。[14] また、このようにスポーツの授業で着用していたシャツ・ネクタイ・スカートが徐々に、スポーツの場面にとどまらず女学校の制服として体裁を整えていった。[15] さらに、男性のパブリックスクールのスポーツシーンには、ネクタイはあまり登場しないアイテムであったが、女子学生のネクタイ姿は男性服飾品を採用することで、自立する女性・女子学生の表象として、制服の特徴となったようだ。

では、当時の男性のスポーツの服装についてここで確認をしてみよう。男性がスポーツに興じる姿を一般紙等で確認すると、シャツ姿ではあるが、ネクタイはほとんど着装されておらず、団体競技であるポロやフットボールといったスポーツにも登場しない。テニスについては、ネクタイを着装した姿もわずかに確認できた。

一方、男性のゴルフの服装について着目してみると、ジャケットにニッカボッカーズ、ハイカラーにタイをしめている姿や、短い丈のネクタイをみられた。かたや、男性のスポーツ服の定番であるノーフォークジャケットの襟元までボタン留めされているため、タイは確認できないもの（図６－１の男性）、または、アスコットタイと思しきアイテムを襟元にあしらうものも登場した。いずれにしろ、他の男性スポーツと比較すると、ゴルフに関してはネクタイを含む襟元の装いは採用されている。すなわち、ゴルフの場合にはネクタイは女性特有のスポーツアイテムではなく、男女共に採用した装いであった。

また、男性はゴルフにおいては上衣を必ず着用している。その一方で、フットボールやテニスなど他のスポーツでは長袖のシャツを袖まくりして、という姿が定番であり、ジャケットはクラブユニフォームとしては着用しているが、競技本番では着用することはない。１８９０年代末に女性や男性のマナー本を著したハンフリー夫人は、少年が学校生活を修了し、初めてカントリー用のスーツを着用するようになることは人生のイベントである、と述べている。[16] ツィード製のスーツ姿は学校生活との決別を示すとともに、余暇をカントリーライフで楽しむことが可能な、リスペクトされるジェントルマンの姿を意味している。すなわち紳士の表象的役割を果たしていたことで、男性のゴルフの服装形式として温存されたのである。身頃や袖をゆったりとさせ、身体の運動の自由を確保する、とゴルフの服装として指南されていたことを思えば、上衣を脱ぐことは軽装でスイングがしやすくなり、理にかなっている。それでは女性たちはなぜ上衣を脱ぎ、シャツ姿になることができたのであろうか。

便利なゴルフ・ケープ

テーラーが提案したもうひとつの特徴的なアイテムに「ゴルフ・ケープ」と呼ばれる衣服がある。1893年に雑誌に掲載されたケープは〈プリンセス・クリスチャン騎兵隊風ケープ〉と名付けられ、妃殿下に許可を得てこの名をつけた、と説明するとともに、最も実用的な旅行用の外套としても人気があると説明している[17]。このようにケープはゴルフ用に用途が限られていたわけではない。銃猟や釣りの場面でも、銃を構えるとき、釣り竿を振りラインを飛ばすとき、腕は大きく動く。このようなケースでもケープを着用している姿は認められる。1894年の「新しいゴルフ・ケープ」の記事では「たくさんの女性たちが娯楽としてゴルフをしているので、このゲームの要求に完全にかなう衣服をもつことは不可避のこととなっている」と述べ、「ツィードやチェビオット製のスタイリッシュなケープ」を紹介している[18]。「このゲームの要求」とはまさに、腕を大きく動かせることであろう。ここで紹介されているケープは、丈の短いものと長いものとが2枚重ねに仕立てられている。またリバーシブル素材の反対の布面も見せていることでデザイン性が高いこと、そして衿はメディチカラーで、嵐のときにも好天の時にも有効であると説明している。またそのほかに、フードつきのデザインがあることも説明されており、「単純なものではあるが、優れた裁断と仕立てで、人気になるであろう」と述べている。そして、同年7月の記事では「今年の大流行はゴルフ・ケープである」と告げている[19]。

これらのゴルフ・ケープの特徴は肩とウエストにストラップがついていることだ。それによって図6－6のように、ケープの部分を肩越しに後ろによけて、スイングすることが可能である。このような着装方法により「ケープは肩から背面に跳ね上げることもでき、腕の自由は完全につくりだされる」のである。[20] ゴルフ・ケープは、シャツの上から着用し、シャツを覆い隠す一方で、スイングの際には肩越しに着用することもできる。運動性のよい衣服であるとともに、シャツ姿を表にあらわにすることになった。袖のある上衣は、前のボタンをはずして着用することはあっても、シャツがすっかりあらわになることはない。また、すでに示したフロントオープンのコートは、ウエストコートと合わせて設計されており、シャツは内側に隠されたままである。ケープは防寒のためにコートのさらに上から着用する例も見られるが、シャツの上に直接着用していることで、ケープによる外衣と内衣が整った体裁と、シャツが表層にあらわれる姿とが簡単に行き来することになった。ゴルフ用ケープは男性のゴルフの服装には登場していない。シャツ姿もケープ姿もいずれも女性ゴルファーのみのものであった。

（図 6-6）Golfing & Three-Quarter Capes, Eiderdon, *The Queen*, 1894.11.17.

ゴルフ・ジャージーの登場

さらに、これまでのスポーツの服装には見られなかった新たな服装が、1895年にゴルフ・ジャージーという名称で登場した、ニット製のゴルフ用の上衣である(図6-7)。この時期の雑誌の記事や広告には、販売元は異なっているが、デザインは類似するものが複数確認できる。それらの共通要素は、襟元はハイネックで、袖はこの時期の服飾の流行にならってレッグオブマトン型、すなわち、上腕部はとても大きく膨れている一方、肘から手首までは細くぴったりと締まりまるで羊の脚のようとたとえられた形、そして、ウエストの位置も細く身体にフィットしている点である。広告写真からはそれはリブ編みであることがわかり、バストを丸く包み、ウエストにフィットしたラインが曲線的である。

9番アイアンを意味する〈ニブリック〉と名付けられた商品の説明記事には次のように書かれている。

女性のゴルファーにとって最も人気のある衣服のひとつである。長所はたくさんある。着脱は肩の位置を留めるだけで、急いで着脱できる。着用すると完璧に快適であり、暑い季節にはその他の上着は不要である。流行のシルエットである。袖は肘までは大きく、手首に向けてぴったりとしている。完全な伸縮性のため、すべての体型にマッチする。ゴルフプレイヤーは身頃

(図6-7) The New Knitted Golf Jersey, J. Allison & CO. Ld., *The Queen*, 1895.2.23.

がゲームの要求に応えることの困難さを知っており、その要求を完全に満たしてくれる新しい衣服にはめったに出会えない。[21]

また、同商品の広告記事では「素材の柔らかさと暖かさはすべての快適さを提供し、優雅な形をつくり出し、さらに動作の完全な自由とフィット感を創り出す」と宣伝している。[22] リブ編みなので、伸縮性に優れ、着脱がしやすく、身体サイズの大小にかかわらずフィットしてくれる。そして、スイングのために大きく腕を振りかざす、ゴルフというスポーツの要求、すなわち肩まわりの腕の動かしやすさもまた、素材の伸縮性の良さが作り出してくれるのだ。「ゴルフプレイヤーは、身頃がゲームの要求にこたえることの困難さを知っており、その要求を完全に満たしてくれる新しい衣服にはめったに出会えない」という説明から、これまで取り上げてきたテーラーメイドジャケットや布帛のシャツ姿では、ゴルフをするには動きづらくて不満が募っていたというのであろう。

ジャージー製の衣服はこれまでにもアンダーウェアとして、また防寒用のアイテムとして、ノーフォークジャケットの下に着用されることは他のスポーツ用衣服、特に登山などの寒冷地でのレジャーでは着用されている。しかし、このゴルフ・ジャージーは最新の流行のシルエットのレッグオブマトン型の袖にデザインされ、上衣（コートやジャケット）を不要にし、アウターとなったのである。元来、アンダーウェアであったジャージーは、スポーツのクィーンであるゴルフの名のもとに「優雅なデザイン」と置き換えられた。図6－7の商品を販売している会社はウール製品、靴下等の製造販売を商っていた。雑誌で確認されたその他のゴルフ・ジャージーの製品はこのような製造業者と服飾品も扱うデパート等の広告などであった。

雑誌には既製品ではなく、読者にゴルフ・ジャージーの編み方を解説する記事も掲載されている。[23]その文面では、肩線に開口部が設計されていることを説明している。この記事やその他の広告のイラストからは左右の両肩と首に沿ってボタンが並んでいることがわかる。ジャージーはそれ自体が伸縮性に富む素材であるが、適切な位置に開口部を設計することで、着脱が簡便になると同時に、ハイネックの首元などをより一層身体にフィットしたデザインとすることが可能になる。

また、「快適で実用的、胸元のヨークと袖の膨らみにはタータンチェックの布があしらわれている。肩にボタン」と説明された商品も紹介されている。[24]これは「ゴルフ・ジャージー」と称してはいるが、布帛とニットとの組み合わせで設計されている。よりぴったりと身体にフィットさせ、ほっそりとした印象を演出したい前腕部やウエストまわりには伸縮性の高いニットを使用し、ボリュームを出したい袖の膨らみには、伸縮性はあまりないが張りのある布帛を使用することは、素材の特性から見ても理にかなっている。スコットランドの地に生まれたタータンチェックの模様がニットだけでは演出できない、カントリーでのジェントルなイメージをつくりだしているのである。

このように、ゴルフでは女性たちには3種のスタイルが採用されていた。まず、テーラーメイドのスーツは、「スポーツ好きの女性の衣服に関する要求はテーラーにより、その外見は満たされている」[25]とあるように、スポーツの場面においてもきちんとした印象を与える外見への要求を満たしていた。テーラーの仕立ては布帛を立体的な身体に絶妙にフィットさせる構造に特徴があり、そのような構造線の表出は、女性服にもたらされた新たな身体表現なのである。すなわち、シンプルなシルエットが女性の身体を引き立てている。これはすでに第4章で取り上げた、さまざまなテーラーメイドコスチュームの表現と一致している。ただし、ゴルフの場合はウエストコートとの組み合わせと、前の打ち合わせをオープンにするデザインによって、きちんとしながらも、上半身の運動量を確保している。

次に、シャツとネクタイの組み合わせは、従来は内衣であったシャツが主役となる装いの登場である。これはゴルフ・ケープとの組み合わせをもってさらに、シャツは表衣化されやすくなったといえよう。

さらにニット製のゴルフ・ジャージーはより動きやすさと優雅さを兼ね備えていると、紹介された。運動に適する活動性と、女性の身体表現として優雅さとの折衷を探る中で、ジェントルで優雅なスポーツであるゴルフの特性は、レディとしての体面を維持しながらも、衣服の軽装化、内衣の表層化をスポーツ服として受容させたのである。しかし、シャツやジャージーといったソフトな素材では、身体のラインをきちんと整えるのは難しい。そこで次章で述べる、アンダーウェアの着用で整えられたボディラインにより、シャツやジャージーのシルエットはレディの姿として容認することができたのである。

ココ・シャネルは1916年にジャージー素材でスーツをデザインし、それまでは下着やスポーツウェアにしか用いられなかったジャージーを、ハイファッションに昇格させた。シャネルスーツの誕生である。シャネルはこのスーツについて、袖とは腕を組むためのものである、という言葉を残し、ジャージーが動きやすく、かつ女性の身体をエレガントに演出する素材であることを見出したとされる。この言説では、それまでのスポーツ用のジャージーには、美的要素はないかのように語られる。しかし、ゴルフの場面では、これはすでに女性のための優雅なアイテムとして受容されていたのだ。

最後に１９００年以降のゴルフの様子を紹介しよう。図６‐８の１９２０年の煙草の広告では、ゆったりと大きく胸元を開いたラウンドネックのニットを着用する女性が描かれている。女性の身体を柔らかく包むラインは曲線的でしなやかだ。一方、傍らの男性は前世紀と変わらず、ノーフォークジャケットにニッカボッカーズ姿である。男性用のゴルフウェアにニットが採用されるのは１９２０年代の半ば以降である。

美術史家アン・ホランダーは『性とスーツ』（１９９４）の中で「中世以来、男性服のほうが女性服よりも興味深く革新的で、保守的なのはいつも女性服のほうであった」と男性服飾が常に時代の中でモダニティを持っていたこと、女性服飾はその模倣を繰り返していたことを指摘している[26]。19世紀に入り、男性はロココのアビ・ア・ラ・フランセーズの色彩や装飾を捨て、ダークな紳士服に美的要素を見出したが、女性たちがその大転換に即座に同調することはなく、19世紀の後半になって、テーラーメイドコスチュームは男性たちの後を追うように登場してきた。まさに、男性服の後を追い続けてきたというのであろう。しかし、このゴルフの装いにおいて、19世紀末に女性たちは

（図 6-8）Kenilworth Cigarettes, *Illustrated London News*, 1920. 11. 6.

内衣の表層化を果たし、ジェントルな装いをテーラーメイドスーツに求め続けた男性に先んじて、新しい服飾感覚への革新的な転換への契機とした。カジュアルの魅力は女性のソフトな身体にマッチしたのである。

第7章

新しいレディ

スポーツを愉しむミス・きちんとさん

スポーツとコルセット

過度なコルセットによる身体の拘束については、『ドレスの科学』（1885）の中ではバリン夫人がコルセットの悪弊を記している。[1] そこでは骨格の変形や内臓の変位といった、タイト・レーシングが女性の身体に及ぼす害について科学的な説明をしている。コルセットの弊害は18世紀から既に指摘され、第1章で取り上げたように、19世紀半ばにも女性たちの間で論議が交わされてきたが、それでもなお19世紀末に至っても、手放すことのできないものであった。

そして、衣服のシルエットは、コルセットを着用することで完成させた体型に合わせて設計された。『ドレスの科学』の発表以前に1882年の『クィーン』では、「タイト・レーシングは快適性の面からも健康の面からも有害である」と、その害を説く記事が掲載されている。[2] するとその翌週にはこの記事に対する明確な反論記事が掲載されている。そこでは「タイト・レーシングはルールではなく、特別なことかもしれないが」と断りながら、

ウエストの過度の圧迫は、ごく当たり前のことであると考える人の方が一般的である。なぜな

ら、想像してみてほしい。医師たちは平均的な身長の女性のナチュラルなウエストは28から30インチであるというけれども、市場に出回っている既製服、とくにボタンをかけてぴったりと着用するニューマーケットやジャケットの類は22から26インチででき上がっているのだ。覚えておいてほしい。その他の全ての衣服も例外ではない。もしもウエストが28インチの物を偶然にも見つけられたとしたら、その衣服のバスト寸法は普通の女性のサイズをはるかに超えていることがわかるだろう。タイト・レーシングによる奇形の弊害が大げさなものであるかどうかは関係なく、医師の方たちはこの問題をどうお考えだろうか。もちろん、両側がゴムでできているコルセットは健康上で重要な相違を作るだろうが、現在のところ多くの人が手に入れるには高価すぎて、一般的になるとは考えられない。[3]

と意見を述べている。この意見記事ではタイト・レーシングに対する女性の「ある考え」を知ることができて、非常に興味深い。入手できる衣服のサイズに合わせて身体を加工する必要があること、つまり、女性の身体は女性個人がつくっているのではなく、他者の意向でつくりだされているというのである。ニューマーケットとは、丈長で身体にきっちりと合わせた仕立ての外出用のコートである。

当時の裁断図とその指示を見ると[4]、製図の解説には「チェストにはゆとりを入れるが、それ以外の全ての部分は完全にフィットさせなければならない」と記され、身体のラインを意識したシルエットを構築していることがわかる。そのため、製図の前身頃には場合によっては、通常よりもさらにダーツ位置が追加されることも指示している。女性たちがコルセットでウエストを絞るのは、テーラーがつくりだした衣服に身体を合わせるため、つまりテーラーが女性の身体をつくりだしていたことがわかる。

さて、女性の意見にある「ゴムでできているコルセット」とは、1884年の『グラフィック』に掲載された広告に登場している〈ユニークコルセット〉のようなものであろう。ゴムを使用し圧迫感の少ないことをアピールしている。その文面は「部分的にゴムを使用しており、過度の圧力を排除し、体を動かすときに効果的に骨への圧迫を防ぎ、肺の動きに応じた自由な呼吸ができるものだと医師に認識された唯一のコルセットであり、健康被害を完全に防ぐ」と説明し、「テニス、狩猟、乗馬、ボート漕ぎ、歌唱、ダンス、トリサイクリングなど」の多くの場面で着用できることをうたっている。日常生活の中での軽度の運動量では、コルセットを着用することは必然的なことであったであろう。

コルセットの胸部を支えるバスクの広告でも、同様の意図が示されている。「あらゆる動きに対して柔軟で、着用するときに受ける圧迫に耐えうる」と性能をうたい、テニス、乗馬、ガーデニング、登山、ボート漕ぎといったイラストを添えて「あらゆる動き」に対して適応できることを伝えている。[5]

図7-1の「優雅で、快適、そして耐久性もあり」と宣伝されたコルセットの場合は、コルセットのシルエットを支えるボーンやバスクなどを皮革で包んでいるために、体への刺激が少

（図 7-1）Dermathistic corset *Lady's Pictorial*, 1886.7.17.

ないことをうたっている。このようなコルセットをつければ、乗馬やテニス、ボート漕ぎも楽にこなせるというのだろう。

このようにスポーツを愉しむ女性たちにとっても、身体を動かす行為とコルセットを着用する行為は、相反するものではなかったようだ。第1章で紹介したハンフリー夫人の言葉によれば、不合理な装いであろうと、体面を保つことの方が意味があるのだ。

コルセットを含めアンダーウェアの広告の中にも、そのようなイメージは強調されている。〈バストボディス〉という商品の広告文を紹介しよう。

良い体型をした女性は、これらのバストボディスがジャージーやガリバルディボディス(婦人・子供用のゆったりとした胴着)を着用している時に感じていた不足を補っていることがわかるだろう。事実、豊かなバストの持ち主の女性は、バストの形を保ち、かつ快適さを得ようと思うと、ぴったりとフィットした下着やアンダーボディスを着用しなければならない。だが、まずはこのイラストを見ればわかるだろう。このバストボディスは普通のコルセット(彼女たちがいつも着用しているもの)の上に着用して、そのバストの形を支え、広がったり、よく見られるような見苦しい様にならないように防いでくれる。そして適切で、実用的、あまり高価ではないこのバストボディスを着用すると、上できの通常の胴着を着ているのと同じくらい快適に感じることができるのである。

この商品は、コルセットの上からバストの部分のみをさらに形を整えるために着用する胴着である。コルセットはウエストを締めるだけでなく、乳房のふくらみを下から支える役割を果たしている。ただし、たとえばテニスのように腕を大きく上方に振り上げる動作をすれば、乳房部の位置はずれてしまう。このような姿は、先の宣伝文句にある「よく見られるような見苦しい様」である。この商品はそういったずれをカバーするために、コルセットの上からさらにバストを押さえる役割を果たしているのであろう。図7-2は商品説明に添えられたイラストであるが、この中の会話が興味深い。

　テニスラケットを抱えた二人の若い女性は「優勝争いのライバル」と題されている。ミス・トリム（きちんとした身なりさん）はミス・スラターン（だらしのない女さん）に向かって「もしもあなたがバストボディスを着たならば、私のようにきちんとした姿になることでしょう」と話しかけている。[6] 彼女たちの服装はテニス用のブラウスであるが、ミス・トリム（と思しき女性）はすっきりとしたシルエットで、ミス・スラターン（と思しき女性）はだぶついたシルエットに描かれている。このバストボディスを着用すれば、身体のラインはきちんと整えられ、服もすっきりと着こなすことができるし、テニスだって優勝争いするほど、快適で動きやすい、という意図であろう。そして、下着で体のラインをきちんと整えていない（もしくは、

（図7-2）Bust bodice(Madame Bengough: *Lady's Pictorial*, 1891.8.6.

そのような印象の）女性は、だらしない身なり、とみなされてしまう。私のように「ミス・きちんとさん」になりたければ、このバストボディスをご愛用ください、というわけだ。

同商品の広告に登場する宣伝文を読むと、さらにこの商品の意図が明確になる。「ブラウスやシャツを着るときには、スマートに演出できる」とうたわれている。[7] 第6章で取り上げたように、ゴルフではジャケットを脱いで、シャツとスカートという組み合わせが採用されている。このテニスのライバルたちも同様だ。このような軽装になれば、身体のラインは如実になってしまう。そこで、アンダーウェアに活躍してもらわなければならない。

このような意識は身体活動を求める中でも、1890年代末まで続き、その希望にこたえるような商品が様々に登場している。

図7-3は〈合理的なコルセットボディス〉という商品であるが、「自らの健康と、子どもたちの健康を研究する母親は、通常の硬いコルセットよりも合理的なコード付きコルセットボディスを見つける。このコルセットは、柔軟性があり、洗濯が容易なことが他とは違う点だ。この合理的なコルセットボディスは手袋のようにフィットし、スカートの重量をヒップから解放する」と宣伝している。身体ラインを整えることに留意しつつも、硬すぎず身体に負担の少ない、「合理

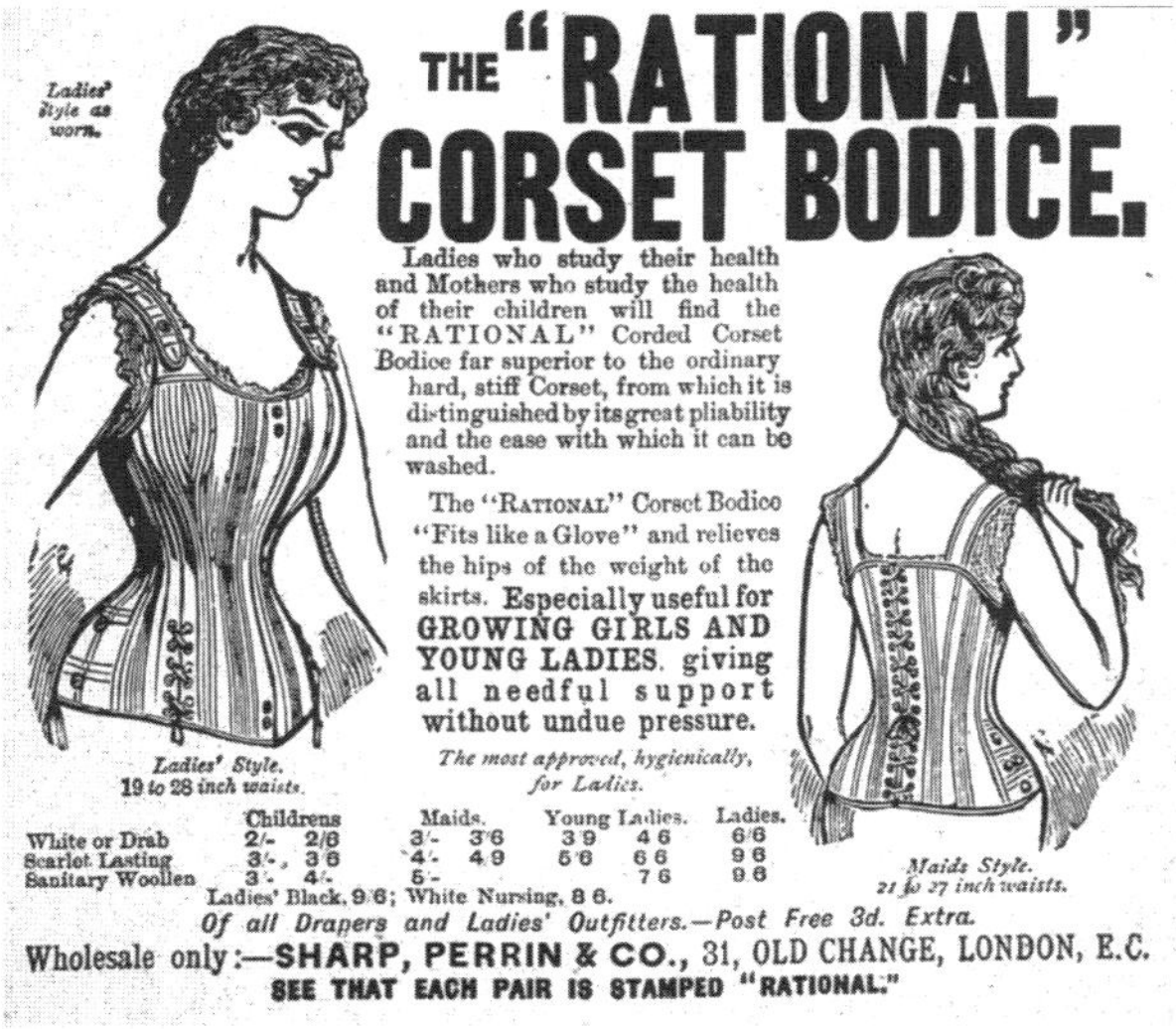

（図 7-3）"Rational" Corset Bodice *Lady's Pictorial*, 1891.5.10.

的」で健康を損なわないコルセットボディスであるというわけだ。イラストを見ると、通常の堅いボーンで下からバストを支えるコルセットの形状とは異なり、幅の広い肩紐がついており、ウエストまわりのラインを整えるとともにバストまで包み込む形状となっている。

図7-4はゴルフやサイクリング用とされたコルセットである。この商品の場合は「丈が短いコルセットで、サイクリングとゴルフの両方に特に適応し、身体のあらゆる部分に自由に与えられるような方法で、バストとヒップにも、背中にもゴムを挿入している。目盛り付きベルトを用いて、思うままに締め付けたり緩めたりすることができる」と宣伝されている。ゴムが挿入されている位置がわかるように、イラストには「ゴム」という言葉も描きこまれている。

図7-5の「タイト・レーシングをしなくても完璧なスタイル」と掲げた〈プラチナム・アンチコルセット〉もバストを包むボディスとウエストのラインを整える形状が一体化している。

〈クラストン・クラシカル・コルセット〉という商品の紹介記事では、「このコルセットがなぜ成功したのかというと、そ

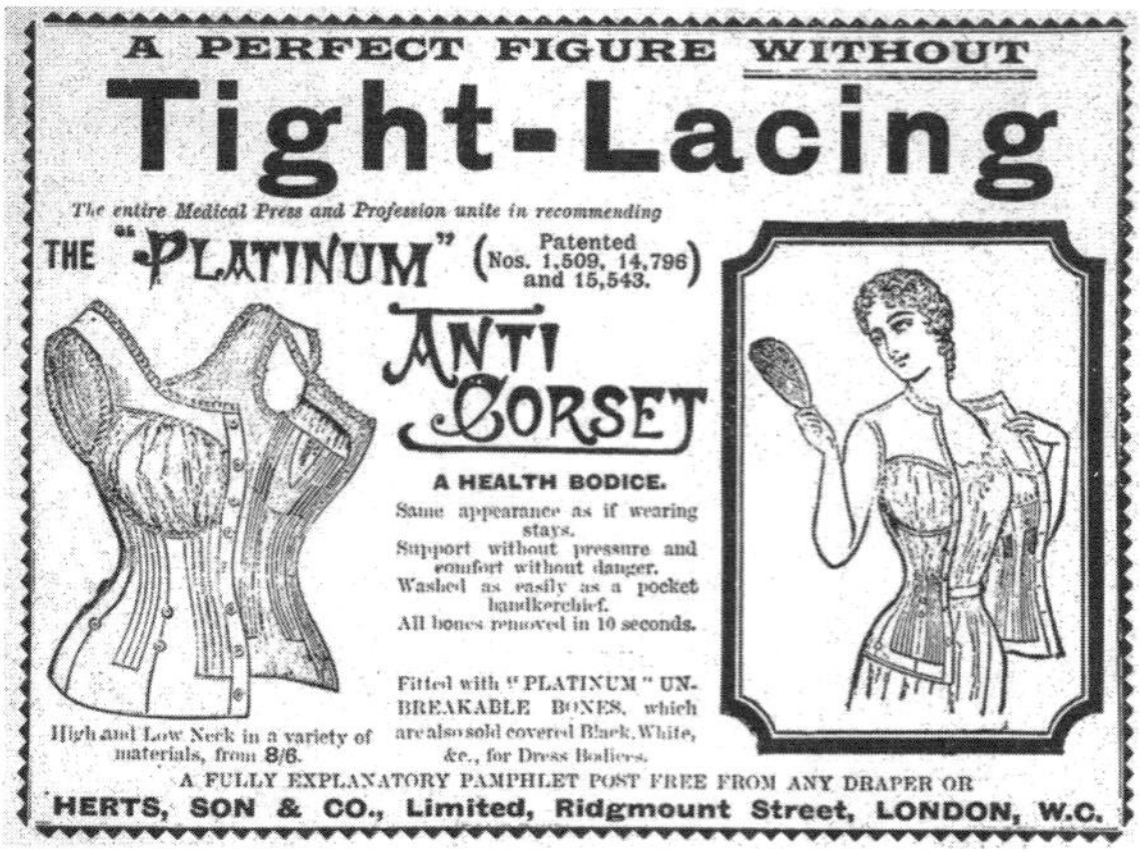

（図7-5）Platinum Anti Corset *Lady's Pictorial*, 1893.2.18.

（図7-4）New cycling & golfing Corset *Lady's Pictorial*, 1896. 3.21.

れを着用すると完全なる優雅な身体のラインが与えられ、しかも健康や快適さを犠牲にすることはないのである。(…)これらのコルセットは健康的なエクササイズを、例えば、ゴルフ、自転車、テニス、ホッケーといったものを行う人々に受け入れられる」と述べている。身体の活動を妨げることのないコルセットを使用して、優雅なボディラインを表現することが可能であり、だからこそ女性たちに支持されていると説明している。[8]

テーラーメイドコスチュームの身体表現

きちんと整えられた身体のラインへの志向は、先ほどの『クィーン』でのタイト・レーシングについての発言にある、「ボタンをかけてぴったりと着用する」ジャケットの類においても、同様であった。そしてこのようなジャケットは果たして、スポーツを嗜むときに適した活動的な服装であるといえるのであろうか。

例えば、図2-14(87頁)は、銃猟用としてデザインされたものである。装飾的な要素を排除していることで一見実用的な印象を与えるが、ジャケットは細身のシルエットで胸元はボタンできっちりと留められており、窮屈さを感じさせる。このようなシルエットはタイト・レーシングの身体表現から、根本的に脱却できていないからではないだろうか。バリン夫人はタイト・レーシングを排除し、自転車に乗る女性の衣服には「あらゆる動作に応じた十分な自由さが得られるだけのゆとりが必要である」ことを指摘している。[9]

第4章でとりあげたノーフォークジャケットは、身頃にタック(プリーツ)が入り、ウエストにベルトを締めてそのシルエットを調節して着用したので、ある程度の身体活動量をカバーすることが可能なデザインであるといえる。しかし、それ以外のテーラーメイドジャケットは身体の運動量から考えたときに、果たして適切な設計であったのか。イートンジャケットの場合も、製図で確認するとウエストへ向けてのダーツ分量が多く、図4‐16（185頁）のように「より一層ウエストにぴったりとした」ラインを示している。ただし、オープンフロントに設計され、「ボタンをかけてぴったりと着用する」デザインではないため、姿勢の変化や動作時にはおそらく、オープンフロントの開口部にずれが生じて、体型の変化量をカバーすることが可能であろう。また、ボタン留めが設計されていても少年のものがそうであるように、ボタンを掛けずに着用することもイートンジャケットの場合は想定されている。

テーラーメイドジャケットは身体のラインの表現と、着装時の活動性が一致してこそ、女性の服飾として受容されたといえよう。それは決して実用的な面のみを求めていたものではない。例えば、「特にスポーツマンらしいスーツ。実用本位がおしゃれさを満たすものでは決してないことを忘れてはならない。このテーラーはいつも、着用者を最上の見た目にすることを工夫している」と説明した記事では、図7‐6のおしゃれな銃猟用のスーツをシックであると紹介している。「そのスタイルは適切であり、スーツのツィードの色合いに似せたグレイの皮革が、肩当に取

（図7-6）Smart Shooting Suit
Lady's Pictorial, 1896.9.5.

り入れられていて、スカートの裾上げにも使用されている」と更に説明している。図で確認すると銃を担うために肩の部分には皮革が補強として施され、スカートは補強や汚れ除けに同素材の皮革で縁取りしてある。ジャケットのボタンも同様にグレイの革ボタン、「帽子はスーツと同素材のツィードを用いて、スーツを魅力的に仕上げている」と説明は続いている。[10] 実用性、活動性を配慮した設計であるとともに、トータルコーディネイトとして素材の質感、色調などに配慮しているデザインである。

また、翌月の記事ではA・フィリップ社のおしゃれなノーフォークスーツを紹介している。ここでは、「このスーツは最も美しい仕上がりで、身体に完全にフィットしている。フィリップ社の服の特徴は、まさにそれがまるで身体をかたどったかのような外見であることである。我々の読者たちは必ずやそれを高く評価するであろう」と、身体へのフィット性の高さがテーラーメイドの真骨頂であることを解説している。[11]

そして、１８９７年の銃猟用のスーツの紹介記事では「フィッシャー・アンド・サン社が銃猟の女性ファンのために考案した、実用性と装飾性とを兼ね備えた銃猟用の衣服を着用するという目的の為だけにでも、実際に、人はスポーツウーマンの軍隊に参加したいという気にさせられる」と述べて、図７－７を紹介している。[12] 身頃のウエストから裾に向けてのフィット感を意識したラインと、やはりスカートの縁取りやボタン、そしてポケットのフラップに皮革を効果的

（図 7-7）A Modern Dianan Shooting Costume (Phillips and Son)
Lady's Pictorial, 1897.9.11.

に配したこのスーツの紹介記事は、スポーツの行為よりもそのデザイン性そのものが女性にとって魅力的であることを強調している。

スポーツの場面で登場したテーラーメイドのジャケットは、身体のラインを意識した裁断設計と仕上げであった。だからこそ、身体のラインを整えることが、きちんとした身なりであり、マナーに則っていると意識していた女性たちにも、志向されたのである。実用性、合理性であることが評価されるとともに、女性の身体を引き立て、おしゃれ心を満足させる表現性を持つものであると認識されるに至ったのである。

スポーツの装いに求めたもの

実用性への志向

スポーツを行う女性は自身の服装について、どう考えていたのであろうか。これまでに取り上げてきたフィッシュワイフ・スタイルのスカートのように、自らの価値観やモラルとは異なる服装を、スポーツの中では結果として取り入れてきた。その経緯は決して強制されたものではなく、積極的な採用であったといえるであろう。スポーツ用の服の紹介には、保温性、耐久性、防水性、防汚性、軽量、活動的といったスポーツに適した実用性を指摘するキーワードが並ぶ。

第1章で取り上げた記事では、悪天候の際に着用する帽子は女性の外見を台無しにするようなものであるけれども、「釣りやその他のスポーツにおいて、真のスポーツウーマンにとってはその行為こそが大切であり、外見は重要なポイントではない」と述べている。スポーツという非日常の場面における、活動に応じた服装には必然性がある。それは日常の美意識とは合致しないものであっても、スポーツを愛好し、その行為にかなうことを重視した女性には、十分に受容されていたのである。つまり、そこには必然性がある。その必然性とは、スポーツという行為の魅力であり、魅力的な行為のためであれば、日常的な服飾規範と異なるものも受容する勇気をもてたのである。

そのような決断を下すことができたのが第3章に登場したイザベラ・バードであり、彼女は遠い山道を行くために、馬の背にまたがること、またがるためにはズボンを着用することを決断したのである。ただしそれは乗馬という目的を果たすための選択であり、日常的な服飾にまで適用されたものではない。ハワイの女性の服飾の快適性を評価しながらも、ヴィクトリアン・レディの服飾規範に則った装いを、彼女は変えることはなかった。

スポーツの行為や環境に適応するための実用的な服飾を志向することは、合理的な選択であった。

服飾の表現

スポーツ服に対する女性の評価

先行研究では、女性のスポーツ服は実用性を求めて男性服飾の要素を取り入れた、という見解を示すものがあったように、女性のスポーツ服は機能性、実用性を重視して展開されてきたかのような印象をもたれがちである。すなわち、スポーツの行為のためには窮屈で不合理な服飾を捨て、動きやすい服飾を取り入れた、という見解である。前述の通り、実用性はスポーツ服の一側面ではあった。しかし、女性はスポーツの服装に果たして実用性のみを求めていたのであろうか。スポーツという非日常的な行為のためには、日常の服飾規範を超えたものを採用する一方で、服飾の表現に対する共感がなければ、その服飾が採用されないことは第1章において、アメリア・ブルーマー夫人の例にも確認した。服飾の機能である、実用性と表現性はどの時代においても共存してきた。例えば19世紀に流行したシーサイドリゾートで着用された水着にも、実用的な点をうたうものから、フリルやリボンを施した装飾的な水着までさまざまである。当時の女性たちの水着は、水遊び用のもので、競泳をしたわけではないから水着も日常的な感覚の装飾性が求められた、と解釈してしまうことは簡単である。しかし、スポーツ服にもやはり着用者の表現要求があり、実用性のみが追求されてきたわけではないのである。

本書で取り上げてきたスポーツの服飾には、着装動機として服飾の表現に対する積極的な評価が介在していた。スポーツ服には旧来の女性服飾を積極的に変化させて適応させたもの（スカートの変化）と、男性服飾を女性服飾としてのデザインに転化させたもの（テーラーメイドコスチュームと帽子）があった。そして、女性たちは主体的な選択をもってそれらを採用していた。

カントリースポーツにはしばしばタモ・シャンターやタータンキルト、スポーランが着装される。これらは元来スポーツを楽しむ地——ハイランド固有の服飾品であり、スポーツの服装に取り入れられたそれらは、そのイメージを表現し、雰囲気を味わうアイテムでもある。さらに、スポーツの服飾は表面的な装飾による表現ばかりではない、より大きな意味での表現性を示していた。

スポーツの営みは女性の身体に健康的で、はつらつとした容姿を与えるとともに、その行為において女性は優雅な振る舞いに留意した。それでは、スポーツの服飾を通して女性が受容した服飾表現はどのようなものであったのか。これまでに検討してきたスポーツ服のデザインからは、3種のキーワードが抽出できた。それは、「若々しさ」と「シンプル」、そしてスカートの着用に固執した「優雅さ」である。さらに、19世紀のスポーツの位置づけと関連して考えてみると、スポーツ服には「優越性」が内在している。

若々しさ

テーラーメイドジャケットが女性に採用され、その数あるヴァリエーションの中でも、イートンジャケットが流行したことを第4章で確認した。このイートンジャケットの表現の魅力は記事にもあったように、何よりも若々しさの演出であった。それでは、イートンジャケットを着装した身体はどのような点で若々しさをイメージできたのか。それはジャケットのみではなく、スカートとのバランスが関係しているといえよう。イートンジャケットの着こなしでは、ヒップラインが露わになることについて注意を喚起するものがあった。すなわち、短い着丈のイートンジャケットではヒップラインが目立つので、体型に気を付けなければ着こなせない、という内容である。ここで表現される身体イメージは細身で、すらりとした直線的なものである。

コルセットとクリノリン（またはバッスル）で形作られる身体は極端に誇張されたフィットアンドフレアのシルエットである。これは細いウエストを強調することだけではなく、バストを支え、ヒップに過度のボリュームを与える。それは、成長と共にバストやヒップに皮下脂肪がついて丸みを帯びた、成熟した女性の身体イメージである。ところが、スポーツの場面ではクリノリンをつけずにニッカボッカーズとスカートを着用した。そのスカートのボリュームは大幅に軽減される。スポーツにおけるスカートの問題は、その裾の長さばかりに注目しがちであるが、その裾まわりの長さがどれほど少なくなったか、そしてヒップの位置がどれほどすっきりしたかに着目してみると、違いは歴然としている。そして1890年代にはこのように腰まわり、裾まわりの布量をすっきりと減少させたスカートを「格好の良い」スカートとしてテーラーは提供した。それはギャザーやフリルでボリュームをつけるスカートとは異なり、体型にフィットさせることに留意して設計されたシルエットである。

今日の服飾デザイン用語で言えば、このようなAラインのスカートとウエスト・シェープしたジャケットの組み合わせは、やはりフィットアンドフレアの範疇ではあろう。しかし、そのボリュームダウンしたシルエットイメージは、以前のものと比較すればはるかに軽快で若々しく、痩身で未成熟な少女のシルエットに近いのである。

また、もちろんスカートの丈にも着目したい。脚部の露出を否定していた19世紀には、ショート丈のシルエットは日常的には大人の女性の服飾には採用されていなかった。しかし、スポーツの場面においては、ふくらはぎまでの短いスカート丈が採用された。さらに、フィッシュワイフ風にスカート丈を吊り上げる仕組みのあるスカートの場合には、その中に着用したニッカボッカーズとの組み合わせを、素材や色調の統一によって演出した。このような脚衣の露出は少女のパンタレッタとスカートとの組み合わせを連想させる。第1章のレイ・ストレイチーの文章からわかるように、当時は着用するスカートの丈が長くなるということは、少女から大人の女性になることを意味していた。そのような中で、スポーツの服装すなわち短めの丈のスカートとニッカボッカーズとの組み合わせは、脚部や脚衣を見せる若々しい少女の服飾イメージに近づいている。

ただし、テーラーによる表現意図は、少女のスカートとパンタレッタの表現とは多少異なる。テーラーによって計算されたデザインのもとで、ニッカボッカーズは組み合わせたジャケットやスカートと素材や色調を統一されており、それは整然とした印象を形成していた。

シンプル

スポーツの服装にはジャケットや帽子、そして脚衣といった男性服飾から転化したものが認められるために、活動的な男性服飾を女性が採用したと認識される場合もある。確かに、銃猟に出かける女性へのアドバイスには「男性のような服装をするように」と、ウールのノーフォークジャケットを薦めている記事も見られたが、そのような衣服を着用したときに、男性のように見えることを女性が望んでいたのではないであろう。活動に適した実用性を採用したことはすでに述べたが、それのみならずその服飾に、あくまでも女性として自らの魅力を引き立てられることを望んでいた。そしてこの女性としての魅力を引き立ててくれるのが、過剰な装飾を排除したシンプルという服装概念である。

男性服飾から導入されたのち、当時の女性用のかぶりものと同様に装飾の多彩なヴァリエーションが施されたセーラーハットは、やがてシンプルなものの方がより若々しい女性の魅力を引き立てる、という感性を見出した。それは、スポーツの活動のため、動きやすくするために装飾を排除してシンプルにしなければならない、といった意味だけではない。確かに大型化し、装飾過剰のかぶりものは身体の活動を妨げるものであったと指摘されている。しかし、そのような実利的な面ばかりではなく、シンプルだからこそ女性自身の魅力を引き立てるという積極的な意味での肯定がなされたのである。

19世紀のかぶりものであるボンネットは、女性たちにとって欠くことのできない重要な装飾品であった。ボンネットや帽子に装飾品を盛り込んで飾り立てることは、女性の趣味の良さを問うことでもあった。そのような帽子の装飾品を敢えて排除し、着用することは、合わせて着用するジャケットやスカートとの調和の意味も求められていた。スポーツの行為は心身の健康をもたらし、輝く顔の色つやを与える効果があったと、レディ・ジューンは述べていた。このような自らの魅力を得た女性は過剰な装飾ではなく、シンプルなものによってより一層引き立てられたのである。

また、シンプルという概念にはテーラーの果たした役割が大きいであろう。いわゆる男性服仕立てのテーラーは、表面的な装飾の追加によってデザインヴァリエーションを考えた女性用のドレスメーカーとは異なり、設計のラインによってその表現力を競った。つまり、ジャケットのラインのみで如何に魅力的な身体イメージを表現するかということである。シンプルとは単純に装飾的ではない、という表現では決してない。構築されたシルエットそのものの純粋な表現自体がシンプルなのである。衣服の構造線のみが、女性の身体を魅力的なものとして引き立てるのである。

そしてテーラーによるウールの服の仕立ては、女性にとって新しい出会いであったはずだ。テーラーが仕立てたウールの衣服は、シルエットラインがしっかりと打ち出されていて、着用者はその服の中に身体を滑り込ませれば、着用者の身体のラインではなく、そこにはテーラーが意図したシルエットラインが表現されるのである。テーラーによる服作りは新たなシルエットを女性の身体に与えた。そのシルエットを着崩すことは、だらしない表現であり、それはレディとしては認めがたいものであった。だからこそ、オープンスタイルに完成されたシルエットで、なおかつ、着心地の軽快なイートンジャケットは広く受け入れられたのである。上半身のシルエットを整えることが「きちんとした」女性の嗜みであるという意識は、スポーツの活動的な行為を好む女性にも依然として志向されていた。コルセットの商品紹介や、提言は過度なタイト・レーシングではなく、身体を適切なサイズに整容をすることを女性たちが求めていたことを伝えている。イートンジャケットの記事にあった「裏打ちをしてあることでシンプルでかつ身体に良くフィットした」シルエットは、女性の身体表現の意図に沿っていたと言えよう。

さらに、テーラーが制作したプレーンなスカートもまた、身体ラインを意識したシルエットである。「男性の肉体をモダンに解釈して、肉体の線をつかず離れずシンプルになぞった、肉体の新しい代替物ともいうべき衣服であった。しかも、身体をすっぽり包囲するわけでもなく、詰め物をするのでもなく、硬直させるのでもなく、ましてや飾り立てるのでもない」とアン・ホランダーが指摘した、男性のスーツと同様の意図が、テーラーメイドのスカートには表現されていたといえるだろう。クリノリンを着用した時期のウエストまわりにギャザーを盛り込むドーム型のスカートシルエットの仕立ての方法は、ある程度の布幅を求めるウエスト寸法になるまでギャザーで縮めていくという単純な方法である。しかし、ウエストからヒップにかけてすっきりとしたラインにフィットさせるゴアード型のシルエットのスカートは、テーラーが着用基体の寸法を意識して設計しなければ作り出せないシルエットである。さらに、テーラーはスカートの内衣であるニッカボッカーズを共に設計することで、求めるシンプルなシルエットを「格好の良い」スカートとして構築し得たのである。

また、20世紀初頭の自動車用のオーバーコートは、構造線を単純化させ、身体をストレートなシルエットで包んだ。同時期の女性用服飾はSカーブラインと呼ばれたバストからウエスト、ヒップにかけての曲線的なラインが強調されたシルエットであった。しかしそのような中で直線的な構造を女性の服飾に導入した例は、１９０８年のポール・ポワレによるヘレニックドレスが先駆けである。コルセットを排したこのドレスは肩が衣服の支点となり下垂する、新しい服飾感覚を表現した。しかし、一般的な装いの中では、このように直線的なドレスシルエットの流行は、１９２０年代のギャルソンヌスタイルの登場を待つことになる。自動車用のオーバーコートはこのような一般的な服飾の流行に先駆けて、衣服の構造の単純化を図ったものであると言える。そして、身体のラインを単純化し、男女の身体の表現を同一化させてしまったのである。

優雅さ

では、優雅さの表現とは何か。一見すると優雅さと若さやシンプルさは相反する服飾表現のようにも思われる。そこで、優雅さを意識したサイクリングスカートについて、今一度振り返ってみよう。それらは自転車に乗りながらもなお、スカート姿を優雅に保つことを意識していた。その優雅さとは、ペダリングをしていてもスカートの裾が左右均等に垂れ下がった状態を保ち、かつ乱れないこと、さらに膝の動きを感じさせない静的な表現である。脚部を覆い隠したのではなく、脚部の動きを隠したのである。そして自転車に乗っている時も、降りた時でもスカート着装のイメージを保つことであった。自転車が流行すると、雑誌の誌面ではイギリス女性に相応しい自転車服とは何かが話題になり、スカートとニッカボッカーズとを天秤にかけた。ペダルを漕ぐ動作によって、スカートの裾がバタバタと翻ることを批判し、ニッカボッカーズを推奨する意見もあったが、結果としてはペダルの漕ぎ方に留意することでスカートの裾を翻らせずに、優雅に自転車に乗ることを選択した。ニッカボッカーズは脚部を示す、というよりもむしろペダルを漕ぐ脚部の動きが露わになることについて、否定的な意見がだされた。

現代の感覚では優雅というファッションイメージは、布帛のドレープが活かされた曲線的なデザインの印象である。また風になびく布帛の動的な表現も優雅な印象を喚起する。しかし、このサイクリングスカートの優雅さは、決してそのようなデザイン性を表現してはいない。スカートのボリュームを抑え、かつペダリングの運動性を高めるために、後ろスカートのみにプリーツを加えたり、開口部を入れている。そのため、その外見はシンプルでありながら、状況に応じた実用性を示す。そしてなおかつ、「優雅さ」を重視する、日常的な服飾感覚にも適合している。

このような意図のスカートの設計は、乗馬用のスカートにもみられた。乗馬用のスカートは一貫して、脚部を隠すための長い裾丈を採用してきたので、ともすると見落としがちであるが、シルエットは19世紀後半の中で変化している。19世紀半ばまでの乗馬用スカートはウエストまわりに多くのギャザーが寄せられてボリュームがある。しかし、馬上の脚の位置に合わせて設計された1890年代の乗馬用スカートは、脚部を隠すことはもちろんであるが、スカートは不要なしわを寄せずに、馬上において完成されたシルエットを目指す。第2章で引用したヘンリー・ジェイムズの小説の一節にある、申し分のない服装として描写した、「亜鉛板のように、しわひとつ寄っていないスカート」とはまさに、テーラーが設計した優雅でありかつシンプルで「静的」な服飾表現なのである。

フィッシュワイフ風スカートやサイクリングスカートは、スポーツの場面とそれ以外との場面との状況に応じてその形状を変化させて着用した。トルコ風のズボンを着用して騎乗したイザベラ・バードは、状況に応じて服装を替えてもなお自国イギリスの文化、価値観へのこだわりを捨てられないと述べた。装いの指南書が、外国の地においてもその身だしなみを整えることに留意させるようアドバイスしたように、優雅であるという体面を保つことにこだわる意識は、イギリスの女性服飾を考える上で重要な視点である。

優越性

また、本書で紹介してきたカントリースポーツやサイクリング、自動車の服飾について、その位置づけを考慮に入れなければならない。特にカントリースポーツや自動車はスポーツの領域の中で、上流階級及び上層中産階級の贅沢な楽しみである。そこにはスポーツそのものの楽しみに加えて、限られた者の楽しみであるという優越性が存在する。カントリーでのスポーツや自動車の服装にはそのような優越を表示する記号性が含まれている。廉価な商品の登場で、決して中・上流階級のみのものとは限らなかった自転車の場合でも、上層中産階級を読者層としていた『クィーン』や『レディズ・ピクトリアル』では自転車用のスカートを紹介する記事には繰り返し「自転車に乗っているときにも、自転車から降りたときにも姿がよく見える」という趣旨の説明が登場する。スポーツの行為の中で、他者に如何にみられるのかを意識することは、スポーツの行為は自らの姿を顕示する場であると認識しているからであろう。それはかつてハイド・パークに乗馬を楽しむ人々と、その姿を眺める人々が集った光景からも察せられる。

自動車の服装はまさにその最たるものである。車に乗ることのない人間には理解に苦しむ服装であるが、車に乗る者にとっては埃や風除けのための必需品であり、かつ、新規のスポーツを楽しむ自慢の姿なのである。カントリースポーツの服装も、ヴェブレンが述べたような生産活動に従事しないことを誇示する服飾とは全く異なるデザイン性であるが、非生産的行為であるスポーツを楽しむ服飾であることは、それもまさしく衒示的消費の法則に属しているのであった。

このような優越性を示した服装において、自動車の服飾が男女差の極めて小さい、ユニセックスな服飾であることは、ヨーロッパの服飾史上において近世や近代の服飾感覚の中ではきわめて稀な事例である。現代への移行期に男女の服飾表現の同化という服装感覚が登場していることは、自動車という新規の文明が人々の価値観の転換を促したといえる。自動車の登場はもちろん私たちの生活の利便性に大きく貢献し、社会の発展に著しく貢献した。ただし、これまでの服飾史研究において、その意味は検討されてはこなかった。本書によって明らかとした自動車の服装の位置づけは、現代における服飾の志向を考えていく上でも大きな示唆を含んでいる。すなわち、服飾における志向は日常的な美的表現とは相いれない場合でも、それを着装すべき強い動機が必要となる。ただし、それは自動車の場合は埃よけや風よけといった実質的な動機のみではない。自動車が贅沢な娯楽として、ステイタス・シンボルという機能を果たしていたからこそ、服飾行動に影響を及ぼすことが可能であったのだ。

現代服飾への流れ

若々しさとシンプル、ユニセックスという服飾表現は、20世紀の服飾観へと引き継がれる重要なキーワードである。19世紀後半から20世紀初頭にかけてのスポーツの事象は、女性の身体活動に新たな場を与えるとともに、服飾への意識についても新たな価値観をもたらしたのだ。そして、ゴルフジャージーの例に見るように、内衣の表衣化はカジュアルなものがモダンであるという、新しい感性を示した。

　さらに、服飾設計の視点から考察するとスポーツ服に示されたテーラーの技術と設計は20世紀の女性服の設計に対して、重要な示唆を与えていると考える。19世紀のドレスメーキングの特徴は、布帛のボリューム化とドレス表面への装飾である。クリノリンやバッスルによるシルエットの形成のみならず、その上に着用するドレスにはギャザーやフリルまたはプリーツやドレープが施され、さらに、裏面に留めつけた紐を何か所も括り合わせて、スカートのあちらこちらに膨らみを形づくる。このようなドレスの中に身体の存在は埋没されてしまう。さらにその表面に造花やリボン、レースその他、あらゆる装飾品が盛り込まれる。このように装飾品を盛り込む行為は、女性用のボンネットや帽子における志向も同様である。

　一方、テーラーが提供したスポーツ服について確認してみよう。タイトフィットな乗馬服において、その構造線は身体のラインを描き出し、構造線そのものが身体表現の最重要な要素であることを示した。ノーフォークジャケットはプリーツが動作のゆとり量を加味しつつ、バストポイントから少しだけ脇に寄った位置のそのラインは身幅を絶妙な位置で分割する。それは錯視の効果を持って、身幅の細さと身体の厚みを演出する。

　スポーツ服におけるフィットアンドフレアのシルエットは無分別なタイト・レーシングによって作り出されるのではなく、テーラーによって慎重に計算され、描き出された。自転車に乗る時の上着のウエストは「0・5から1インチくらい通常の場合の衣服よりも大きく設定するように」というアドバイスからは、[13]スポーツの活動性を考慮しながら、その身体のラインにこだわる女性の意識がうかがわれ、その意識に応えるのがテーラーの設計であった。ジャケットのみではなく、ウエストからヒップラインへのフィット性を高めた19世紀末のゴアード型のプレーンなスカートは、やはりテーラーの慎重な設計が求められた。そして、テーラーの仕立ては布帛の性質を利用したくせとり[14]などの技術で、その表面はなめらかに女性の身体曲線を描き出したのである。

さらに、自動車用のコートではその構造線は整理、省略され、身体のラインは単純化された。それは結果としては男女のユニセックスな服飾となったが、テーラーが女性の身体に新たなシルエットを与えた。

20世紀以降の女性の装いは、第一次世界大戦という非日常的な体験も背景になり、女性の社会進出が進み、テーラードスーツ(テーラーの仕立てとは限らず、現代ではテーラーカラーすなわち返り衿がついたジャケットとスカートの組み合わせを示す）は女性の服飾品として定着している。けれども、テーラーが示したスポーツ服からの影響とは服飾アイテムそのもののことだけではない。すなわち、テーラーの設計と身体ラインの表出は、20世紀の女性のドレスメーキングの中に消化吸収されているのである。

例えば、１９１０年代のフォルチュニのデルフォスは、肩から裾に向かってほぼ垂直に下垂する細長いシルエットである。しかしそれは単純に長方形のラインを描くのではなく、曲線的な身体を滑らかに表現している。なぜなら、絹のデシンに細かく施した独特のプリーツが、バストの膨らみやヒップラインを表出しているからである。衣服の構造線は省略されている一方で、布帛の特性を生かした身体表現がなされている。

また、マドレーヌ・ヴィオネのイヴニングドレスは、布帛をバイアスにすることと、アンダーバストや脚の付け根の位置などに巧みに構造線を設計することで、単純にみえる絹のサテンのドレスは、身体の曲線をスリムにそしてしなやかに描き出した。ドレスの構造線が身体のラインを構築し、それこそが女性のドレスにシンプルという新たな表現を与えたのである。

すなわち、スポーツ服を通して受容されたテーラーの服飾表現は、現代服飾の女性のドレスメーキングのデザインや技術に大きな示唆を与えたといえるであろう。男性服飾であったテーラーメイドが女性性を表出するドレスメーキングに及ぼした影響は、女性服飾に消化されたうえで、しなやかで曲線的な女性の身体を表現し、新たにシンプルという概念を再構築させたのである。

第4章で取り上げたように、19世紀末の「新しい女」はテーラーメイドコスチュームを着て、仕事を持ち、男性に頼らない自立をした女性像としてとらえられている。男性が行っていたスポーツに挑戦した女性像は、そこに重ね合わせられる部分も多い。しかし本書で見てきたヴィクトリアン・レディたちは、それまでのドレス姿に重んじていた「きちんとした」「優雅さ」を、テーラーメイドコスチュームの中にも求め、「新しいレディ」となった。

さらに、レディたちはジャケットを脱ぎ捨て、カジュアルな姿にも新たな優雅さを見出した。20世紀、特に第二次世界大戦以降は、カジュアルさがファッションセンスを示すようにもなる。ヴィクトリアン・レディのスポーツファッションは、女性のファッションを男性が追いかける時代への道筋をつけたのである。

あとがき

ヴィクトリアン・レディたちのスポーツ・ファッションを追いかけるきっかけとなったのは、乗馬の愉しみである。ずいぶんと以前に、乗馬のレッスンを受けていた時期がある。もちろんレディではない私はサイドサドルの横乗りではなく、鞍をかけて馬の背にまたがり、並足、速足とレッスンをし、いざ駈足のレッスンに臨んだ。馬の躍動と自身の身体が一体となり、レッスン用の狭い馬場ではあるが、風を切って駆ける。その体感に驚き、感動した。とはいえ、初心者用に十分に調教されている馬ではあっても、思うように操ることができず、馬の走りに身を委ねていたようなものであったが。レッスンはほんの少ししか続けることができなかったが、今でもあの感覚は忘れられない。19世紀の女性たちにとっても、自分の手で馬を駆ることはどんなにか心弾むことであったろう。そして、それはどれほど素敵な姿であったのだろう。つまり、個人的な乗馬への興味が、ヴィクトリア時代の女性とスポーツへの入り口となった。あまり、研究の動機としては褒められるものではない。

その後、銃猟、釣り、登山といった当時のレジャースポーツに興じる女性の姿を追うことになった。銃猟は残念ながら経験がないが、釣りには心躍る。イギリス人が好むフライ・フィッシングには挑戦したことがないが、海釣りではラインの先に魚のあたりを感じ、そしてラインを巻くときの魚とのやりとりに、生命の力強さを感じてわくわくする。ただし、釣り船に乗れば潮風で身体はべたべたに、そして運悪く雨にでも合えば、ずぶ濡れになることもあり、お世辞にも快適な環境とは言えない。それでも、海の底の魚たちとの交信は得も言われぬ楽しさである。19世紀の女性たちもこうして自然の中に身を置き、新たな愉しみに夢中になったのだろうか。

当初は断片的に取り組んできた内容を、2012年に博士論文「19世紀後半から20世紀初頭のイギリス女性服飾におけるスポーツからの影響」として提出させていただいた。このような研究について、道を拓いてくださった日本女子大学名誉教授佐々井啓先生には感謝しきれない。学部そして大学院修士課程を修了したのちも、多くのご指導を賜り、博士論文にまとめるという貴重な機会をいただいた。本当にありがとうございました。

本書はその後に発表した論文を加え、内容を再編集した。論文として執筆した当初は、自分で書いたものではあるが、まだ自分のものにできていない気がしていた。その後、大学の講義でこの中のほんの一部を取り上げているが、ぺらぺらと話しているうちに、やっと私自身の言葉になってきた気がする。書籍として送り出す機が熟したと思う。

学会誌に論文として発表したものは以下のとおりである。

「19世紀女性の乗馬服とその特質」服飾美学33号　二〇〇一年　81～96

「Shooting dressにみる19世紀後半イギリス女性の服飾観」国際服飾学会誌№28　二〇〇五年一一月　76～94

「19世紀イギリスの女性服飾とfishwifeの装いとの関連」国際服飾学会誌№31　二〇〇七年六月　18

〜31

「19世紀後半イギリス女性のかぶりものに関する一考察――セーラーハットの受容と展開を通して」国際服飾学会誌№33　二〇〇八年六月　17〜30

「イギリス20世紀初頭のモータースポーツファッション」国際服飾学会誌№35　二〇〇九年六月　57〜72

「19世紀イギリスにおける女性の装いと意識――スイス旅行と登山からの検討」日本家政学会、日本家政学会誌vol61№2　二〇一〇年二月　81〜90

「19世紀末イギリスにおけるイートンジャケットの流行に関する一考察」日本家政学会誌vol62№7　二〇一一年七月　445〜456

「十九世紀末から二十世紀初頭のレジャースポーツにおけるイギリス女性服飾の転換――ゴルフを中心に」服飾美学62号　二〇一六年三月　77〜95

出版に当たり、原書房の編集担当石毛力哉様にはたいへんお世話になりました。また、日頃の校務と研究との両立においては、様々に助けていただいております、勤務校の皆様にも感謝申し上げます。

山村　明子

２０１９年　春

第７章

1 Ada S. Ballin: *The Science of Dress in Theory and Practice*, DoDo Press, 2009, 101-125.

2 Tight-Lacing: *The Queen*, 1882.9.30.

3 Tight-Lacing: *The Queen*, 1882.10.7.

4 T.H. Holding, *Late Victorian Women's Tailoring: The Direct System of Ladies' Cutting*, (1897), R.L. Shep, 1997, 23.

5 Double Busk; *The Queen*, 1890.5.3.

6 Bust bodice(Madame Bengough): *Lady's Pictorial*, 1891.8.6.

7 Bust bodice(Madame Bengough): *Lady's Pictorial*, 1896.5.23.

8 The Success of the 'Claxton' Classical Corset: *Lady's Pictorial*, 1899.5.13.

9 Ada S. Ballin, *The science of dress in theory and practice*, Dodo press, 2009, 164.

10 Smart Shooting Suit: *Lady's Pictorial*, 1896.9.5.

11 Smart Norfolk Suit an A. Phillips's: *Lady's Pictorial*, 1896.10.10.

12 Fisher's Latest Costume for Diana-up-to-date: *Lady's Pictorial*, 1897.9.11., 1897.9.11.

13 Lillias Campbell Davidson: *Handbook for Lady Cyclists*, Hay Nisbet and co., 1896, 25.

14 身体の曲面を表現するために、布帛の熱可塑性を利用し伸ばしやいせ込みによって、平面の布帛を立体的にする技術

1905.6.10.
29 A Novel Motor Coat: *The Gentlewoman*, 1902.8.2.
30 Furs at Harrod's Lid.: *The Queen*, 1903.10.10.
31 At Messrs. Allweather's: *The Gentlewoman*,1903.10.10.
32 A cozy driving coat for autumn: *The Gentlewoman*,1905.9.28.
33 At Messrs. Gamage's: *The Gentlewoman*, 1905.3.11.
34 A becoming leather coat for motoring: *The Gentlewoman*,1904.7.23.
35 At Messrs. Gamage's: *The Gentlewoman*, 1905.3.11.
36 A serviceable motor coat: *The Gentlewoman*, 1906.6.10.
37 Ibid.,
38 At Aquascutum Ltd.: *The Gentlewoman*, 1905.3.11.
39 My clothes month by month.: *The Girl's Own Paper*, 1900.2.24, 1900.2.24.
40 Caricaturist on woman and her dress, When women look their worst: *The Gentlewoman*, 1905.5.27.
41 Harry Furniss: アイルランド出身（1854 年－ 1925 年）。アーティスト及びイラストレーターとして、*Illustrated London News* や *Punch* で活動するほか、多数の小説などの出版物の挿絵を描いている
42 Caricaturist on woman and her dress, When women look their best: *The Gentlewoman*, 1905.7.15.
43 Dea ex machina. The Goddess out of the car: *Punch*, 1903.1.12.
44 But which is which-: *Scraps*, 1905.3.13.
45 Phillis Cunington & Alan Mansfield: English Costumes and Outdoor Recreation from the Sixteenth to the Nineteenth Centuries, 1970, 246.
46 A New Motor coat and other novelties at Messrs Nicoll's: *The Queen*, 1902.3.8.
47 Alfred C. Harmsworth, op.cit.., 74.
48 "Allweather's 14days' sale": *The Queen*, 1903.6.20.
49 A serviceable motor coat: *The Gentlewoman*, 1905.6.10.
50 Scraps, 1904.12.24.

第 6 章

1 "Scott Adie", *The Queen*, 1890.4.26.
2 "Dress for the Moors at Fishers & sons", *The Gentlewoman*, 1891.6,27., 884, 875.
3 "At Scott Adie's", *The Queen*, 1890.5.3.
4 "Elegant Costumes at Messrs, John Redfern and sons, cows", *The Gentlewoman*, 1891.10.10., 511,515.
5 "The New Golf Suit", *Lady's Pictorial*,, 1893.12.6., 983.
6 Mrs. Douglas：*Gentlewoman's Book of Dress, London*, Henry and co., 1894, 61.
7 "New Sporting Costume at Ulster House", *The Queen*, 1895.3.9., 431.
8 Frances E. Slaughter, *Sportswoman's Library*, LONDON, 1898, 304.
9 "Winter Jacket, Coats, and Costumes, at Mr. Winters", *The Queen*, 1890.11.15., 723.
10 "New Sporting Costume at Ulster House", *The Queen*, 1895.3.9., 431.
11 "Ladies' Golf Club", *Lady's Pictorial*, 1895.8.10., 210.
12 "Original Design for a Golf Costume", *Lady's Pictorial*, 1894.7.28., 121.
13 "The Athletic Women", *The Queen*,1894.9.1., 369.
14 好田由佳「イギリス女子スポーツにおける団体競技の装い―1900 年前後のホッケーを中心に―」『服飾美学』平成 27 年 , 60 号 , 23-40.
15 平田未来「女学生の制服―ヴィクトリア朝後期の女学校を中心に―」『日本家政学会誌』2010 年、61 巻 8 号 , 473-482.
16 Mrs. Humphry, *Manners for Men, James Bowden*, London, 1897, 119.
17 "Princess Christian Cavalry Cape", *The Queen*, 1893.8.12., 297.
18 "New Golfing Capes at Mr. Fisher's", *The Queen*, 1894.2.24. 306.
19 "A Vista of Fashion", *The Queen*, 1894.7.14., 74.
20 "Original Costumes for Holiday Wear, James Shoolbred and co.,", *Lady's Pictorial*, 1894.8.4., 169.
21 "Niblick Jersey", *The Queen*, 1895.5.4., 777.
22 "Niblick, Fleming Reid & Co.,", *The Queen*, 1895.7.13.
23 "Golf Jersey", *The Queen*, 1896.9.5., 454.
24 "Messers Fleming, Reid and Co.'s Autumn and Winter Comjorts", *The Queen*,, 1896.10.3., 649.
25 "New Cycling & Golfing Corset", *Lady's Pictorial*, 1896.3.21.
26 Anne Hollander, *Sex and Suits, The Evolution of Modern Dress*, 1994, 6.
『性とスーツ―現代衣服が形づくられるまで―』中野香織訳、白水社 , 2003, 12.

99 Tucker Widgery,: *The Queen*, 1891.5.2.
100 Seasonable clothing, and how it should be made: *The Girl's Own Paper* 1882.9.16.
101 Dress on the river Thames: *The Queen*, 1881.8.27.
102 Boating Dress: *The Queen*, 1885.7.25.
103 Seasonable clothing, and how it should be made: *The Girl's Own Paper*, 1881.10.22.
104 *The Girl's Own Paper*, 1887.3.26.
105 *The Girl's Own Paper*, 1887.5.28.
106 Dress for Yachting: *The Queen*, 1887.8.27.
107 Hats of Today: *The Girl's Own Paper*, 1896.10.10.
108 New Yachting Costume by Redfern: *The Queen*, 1896.6.13.
109 Dress echoes of the week: *The Queen*, 1897.8.21.
110 *The Girl's Own Paper*, 1891.10.31.
111 Yachting dress: *The Queen*, 1879.6.5.
112 *The Girl's Own Paper*, 1887.8.27.
113 *Lady's Pictorial*, 1890.8.2.
114 Tennis costume: *The Queen*, 1885.5.16.
115 Loan tennis: *The Queen*, 1885.7.11.
116 大枝近子 , op.cit.
117 Tennis and boating costume: *The Queen*, 1884.7.12.
118 *The Girl's Own Paper*, 1887.6.30.
119 Dress for shooting party: *The Queen*, 1887.10.8.
120 Cycling dress for the Bicyclist: *The Queen*, 1895.8.1.
121 Hats of Today: *The Girl's Own Paper*, 1896.10.10.
122 The Newest Riding Habits and coats, sketched at Messrs Tautz and co.'s,: *The Queen*, 1896.10.3.
123 Frances E. Slaughter: *Sportswoman's Library vol2*, 281,1898
124 Loan tennis: *The Queen*, 1885.7.11.
125 Tailor-made costumes sketched at messrs Howell and James, 5, Regent Street: *The Queen*, 1891.8.15.
126 Smart Walking Dress: *The Queen*, 1894.7.28.
127 *Punch*, 1850.
128 Extraodinary Poaching Encounter: *Scraps*, 1994.9.22.
129 *Punch*, 1855.10.13
130 A very natural mistake: *Punch*, 1856.9.6.
131 Cunington : English women's clothing in the nineteenth century, Dover Publications, 1990, 238.
132 Hats and Bonnets of the nineteenth century: *The Girl's Own Paper* 1880.2.21.
133 Loan tennis: *The Queen*, 1885.7.11.
134 指昭博編著『生活文化のイギリス史−紅茶からギャンブルまで』同文舘出版 , 平成 8 年
135 Her sailor hat: *Punch*, 1893.9.2.
136 At Gallould: *Lady's Pictorial*, 1898.3.26.
137 At Mr. Hyam and co.: *Lady's Pictorial*, 1898.3.26.
138 Yachting prospects and Yachting clothes: *The Queen*, 1898.7.23.
139 Dress Echoes of the week: *The Queen*, 1899.8.5.
140 Sportswoman's Page: *Illustrated Sporting and Dramatic News*, 1897.3.13.
141 Cockson's patent Hat Fasteners: *Lady's Pictorial*, 1898.5.14.

第5章

1 エリック・エッカーマン：72.
2 Specialities for the Automobiliste from Messrs Thomas & Son's: *The Queen*, 1903.2.7.
3 Alfred C. Harmsworth, op.cit.., 66.
4 A becoming leather coat for motoring: *The Gentlewoman*,1904.7.23.
5 Alfred C. Harmsworth, op.cit.., 72-78.
6 History anticipates itself: *Punch*, 1905.9.27.
7 A motor veil: *The Gentlewoman*, 1902.6.7.
8 Gamage 広告：*The Queen*, 1902.7.12.
9 *The Girl's Own paper*, 1891.9.26.
10 Alfred C. Harmsworth, op.cit.., 70.
11 Ibid.,
12 Ibid.,
13 A motor veil: *The Gentlewoman*, 1902.6.7.
14 A new motoring mask and veil: *The Gentlewoman*, 1902.10.11.
15 Dickins & Jones', *The Queen*, 1903.10.10.
16 Allweathers, *The Queen*, 1903.10.10.
17 Allweathers, *The Queen*, 1903.4.4.
18 Attractive motor veil: *The Gentlewoman*, 1903.4.4.
19 Attractive Motor Veils: *The Gentlewoman*, 1903.4.4.
20 Circumstances alter cases.: *Scraps*, 1903.8.29.
21 *Scraps*, 1905.3.18 .
22 *Punch*, 1907.10.2.
23 Caricaturist on woman and her dress, When women look their worst: *The Gentlewoman*, 1905.5.27.
24 Same hat: *Punch*, 1905.8.30.
25 Alfred C. Harmsworth, op.cit., 68.
26 Ibid.,
27 "Duplex" motor coat: *The Gentlewoman*, 1903.8.15.
28 A serviceable motor coat: *The Gentlewoman*,

45 T.H.Holding, op.cit.
46 Sketches of dresses worn at Henley on Thursday, the 7th inst., *The Queen*, 1892.7.16.
47 What to wear in the holiday：*Graphics,* 1892.7.2.
48 Fashion for September：*Graphics*, 1892.8.27.
49 Fashion for July: *Graphic*, 1895.6.29.
50 Fashion for August: *Graphic*, 1895.8.3.
51 At R. Marcus: *Lady's Pictorial*, 1897.3.20.
52 At Fillips and Son: *Lady's Pictorial*, 1898.3.26.
53 At Alfred Day: *Lady's Pictorial*, 1897.3.20.
54 At S. Fisher and Son: *Lady's Pictorial*, 1896.3.21.
55 At A. Phillips: *Lady's Pictorial*, 1897.3.20.
56 Tailor-made Gown by Fisher and Sons: *The Queen*, 1898.10.1.
57 Fashion for October: *Graphic*, 1895.10.5.
58 荻原弘子 , op.cit.
59 The Girl's Attire: The Newest and Best: *The Girl's Own Paper*, 1894.10.27.
60 Girl's Attire: The Newest and Best: *The Girl's Own Paper*, 1895.5.25.
61 Eton jacket of cloth and carakul: *The Girl's Own Paper*, 1896.1.25.
62 Dress Echo of the week: *The Queen*, 1899.11.11.
63 Elegant furs at Victoy's,162: *The Queen*, 1899.11.18.
64 T.H. Holding, op.cit.,
65 The gratis pattern. New Eton Coat: *The Lady's Companion,* 1899.3.25.
66 Frocks and gowns for the month: *The Girl's Own Paper*, 1892.8.27.
67 Stylish Autumn Costumes at Mr. Alfred Day's: *Lady's Pictorial*, 1896.9.12.
68 Girl's Attire: The Newest and Best: *The Girl's Own Paper*, 1895.5.25.
69 Frocks and Gown for the month, *The Girls' Own paper*, 1892.8.27.
70 Dress echo of the week, *The Queen*, 1893.5.13.
71 *The Girl's Own Paper*, 1900.6.30.
72 好田由佳「ヴィクトリア朝後期の女性雑誌の役割―『ガールズ・オウン・ペーパー』のファッション記事をとおして」日本家政学会誌 60(8), 2009, 705-714.
73 Sportswoman's Page: *Illustrated Sporting and Dramatic News*, 1897.3.13.
74 荻原弘子 , op.cit.
75 The modern venus attired by the three disgraces: *Punch* ,1886.6.16　テーラーメイドジャケットを着用して , 不遜なポーズをとる女性を現代の女神として揶揄している。
76 The Sterner Sex: *Punch*, 1891.9.26.
77 Place aux dames: *Graphics,* 1898.4.2.
78 Novel Tailor-made Garments (Mr. J. W. Dore): *Lady's Pictorial*, 1892.2.20.
79 松尾量子「エリザベス一世時代における帽子の着用」国際服飾学会誌 (23), 2003.5.30., 64-83.
80 History of the Bonnets of Queen Victorian's Reign: *The Woman's world*, 1988.9.
81 Ibid.,
82 Description of Illustration: *The Queen*, 1890.9.13.
83 Dress Sketched by our Artist on the Cup Day at Ascot.: *The Queen*, 1892.6.25.
84 Hats and Bonnets of the nineteenth century: *The Girl's Own Paper*, 1880.2.21.
85 Riding habit: *The Queen*, 1877.1.27.
86 坂井妙子：Conceptualizing Riding Habits in the Late Victorian and Edwardian Periods: The Emergence of Middle-class Horsewomanship in Britain, 日本家政学会誌 ,66(12), 2015, 603-614.
87 ロンドンの帽子やウィリアム・ボウラー William Bowler が 1850 年に考案したといわれている。
88 Riding hat for the hunting season at Mr. Henry Heath's: *The Queen*, 1900.12.8.
89 Girls at Hockey: *The Girl's Own Paper* 1890.12.20.
90 Cunington : English women's clothing in the nineteenth century, Dover Publications, 1990, 359,
91 Sketches made at Messrs Benjamin's, Ulster House, Conduit-street.: *The Queen*, 1886.6.19
92 Yachting cosume, designed by Messrs Redfern, Conduit-street, Bond-street.: *The Queen*, 1886.7.17.
93 Correct clothing, and how it should be made: *The Girl's Own Paper*, 1883.3.31.
94 坂井妙子：1880 年代から 1920 年代のイギリスにおける子供用セーラー服の流行 , 国際服飾学会誌 , No.29, 2006, 20-35.
大枝近子：19 世紀後半のイギリスにおけるセーラーブラウスの流行 , 国際服飾学会誌 , No.30, 2007, 7-31.
95 New Yachting Gown, Prepared for the force coming season,by Redfern: *The Queen*, 1892.7.19
96 Yachting: *The Queen*, 1879.9.6
97 田中千代：田中千代服飾事典 , 同文書院 , 1981.4.25.
98 Messrs Redfern's Yachting costumes: *The Queen*, 1894.5.26.

第 4 章

1 好田由佳「女性用テーラード・スーツの流行 : 19 世紀末イギリスを中心に」国際服飾学会誌 22 号 , 2002.11.30., 22-39.
荻原弘子「19 世紀後半のイギリスの tailor-made costume : 女性誌 The Queen を中心に」国際服飾学会誌 (33), 2008.05.20., 31-46.

2 佐々井啓『ヴィクトリアン・ダンディ　オスカー・ワイルドの服飾観と「新しい女」』勁草書房 , 2015.

3 *La Belle Assemblee*, 1815.10.

4 *Illustrated London News*, 1851.9.27.

5 Riding for Ladies, *Illustrated London News*, 1858.6.12.

6 George Eliot: *The Writing of George Eliot, Daniel Deronda 1*, Boston and New York Houghton Mifflin Company, 45, 1970, 本稿では以下の翻訳を引用した。淀川郁子訳『ダニエル・デロンダ』, 1993.3,15. , 51.

7 Ibid., 105.

8 Henry James: *"Lady Barberina", Henry James Complete Stories 1874-1884*, The Library of America, 1999. 727-728. 本稿は以下の翻訳を引用した。『ヘンリー・ジェイムズ短編選集』柴田稔彦訳 , 音羽書房 , 1970.3.1. , 322.

9 Riding Habit: *The Queen*, 1877.1.27.

10 Woman on Horseback: *Woman's World*,.2, 232, 1889.

11 Tailor-made Novelties(Burgess):*Lady's Pictorial*, 1890.9.20.

12 Tailor made Novelties(Messrs. Thomas and Son): *Lady's Pictorial*, 1893.9.30.

13 小池滋編著『ドレ画　ヴィクトリア朝時代のロンドン』社会思想社 , 86, 1994.11.30.

14 Henry James: *A Passionate Pilgrim ,Henry James Complete Stories 1864-1874*, The Library of America, 556, 1999, 本稿は以下の翻訳を引用した。『ヘンリー・ジェイムズ短編選集』柴田稔彦訳 , 音羽書房 , 1970.3.1. , 25.

15 Henry James: *Lady Barverina, Henry James Complete Stories 1874-1884*, The Library of America, 1999, 730. 本稿は以下の翻訳を引用した。『ヘンリー・ジェイムズ短編選集』柴田稔彦訳 , 音羽書房 , 1970.3.1. , 325.

16 Dress for shooting party: *The Queen*, 1887.10.8.

17 Dress for shooting and stalking party: *The Queen*, 1986.9.18.

18 Harris tweed とはスコットランド Outer Hebrides 諸島の特に Lewis with Harris 島産の手紡ぎ、手織り、手染めのツィードを指す。
Cheviot とは Cheviot 丘陵（イングランドとスコットランド間の丘陵地帯）原産の毛質のよい羊の粗い織物を指す

19 Answer: *The Queen*, 1886.9.25.

20 Sporting Costumes at T. Burberry and Sons: *The Queen*, 1893.9.16.

21 *The Queen*, 1894.8.4.

22 New Costumes, Jackets, and Mantles, Sketched at Messrs Scott Adie's: *The Queen*, 1889.3.9.

23 *The Queen*, 1891.9.19.

24 T.H. Holding: *Late Victorian Women's Tailoring: The Direct System of Ladies' Cutting (1897)*, R.L. Shep, 1997, 23.

25 Ibid., 43.

26 Answer: *The Queen*, 1885.8.29.

27 Dress for Scotland: *The Queen*, 1893.8.13.

28 Smart Costumes for Cycling and Skating (Messrs. Dickins and Jones): *Lady's Pictorial*, 1895.12.25.

29 At Phillips and Sons: *Lady's Pictorial*, 1897.3.20.

30 London Fashion: *Lady's Pictorial*, 1895.9.14.

31 At Perfect Shapely Skirt Association: *Lady's Pictorial*, 1897.3.20.

32 Dress Echo of the week: *The Queen*, 1898.9.17.

33 田中千代『田中千代服飾辞典』同文書院 , 1978.1.5.

34 *The Queen*, 1893.7.3., 1894.5.28.
Ladies Pictorial, 1897.7.31.

35 The Eton Costume (J. J. Fenwick):*Lady's Pictorial*, 1892.3.12.

36 Tailor-made Novelties (Fisher and Sons): *Lady's Pictorial*, 1892.4.30.

37 Smart Tailor-made Gowns (Redfern): *Lady's Pictorial*, 1892.4.30.

38 Tailor-made Coats (Mr. C. D. Davis): *Lady's Pictorial*, 1892.5.7.

39 Novel Mantles (Mr. Derry and Sons): *Lady's Pictorial*, 1892.5.7.

40 Frocks and Gown for the month：*Girl's own paper*, 648, 1892.5.28

41 Dickins and Jones'：*The Queen*, 1892.5.21., 1892.5.28.

42 D.H.Evans　& Company：*The Queen*, 1892.5.28., 1892.6.4.

43 A vista of fashion:*The Queen*, 1892.6.25.

44 Dickins and Jone's"New Fashions"Book：*The Queen*, 1892.5.21,28.

34 Sportswoman's Page: *Illustrated Sporting and Dramatic News*, 1897.1.2
35 The Dress for Bicycling: *The Girl's Own Paper* 1895.10.5.
36 Bicycling Dress, on the Machine, off the Machine. (Mr. Tobin, W. South Molton-street, 24): *The Queen*, 1896.1.4.
37 Mountaineering Costume: *The Queen*, 1887.7.30.
38 Priers Brendon: *150 years of popular tourism*, 1991, 150. 引用文の出典はTCA. William Chater: Diary of a Tour of Switzerland in 1865
本稿では『トマス・クック物語—近代ツーリズムの創始者』石井昭夫訳 , 中央公論社 (1995) を使用した
39 Punch's almanack for 1868 , *Punch*
40 The Dress for Bicycling: *The Girl's Own Paper* 1895.10.5.
41 Answer dress for moors: *The Queen*, 1885.8.29
42 Answers Shooting Dress: *The Queen*, 1886.9.25.
43 Costumes for the Moors and Highlands by Mr. Redfern.: *The Queen*, 1894.8.11.
44 Dress for Scotland: *The Queen*, 1893.8.12.
45 C.T.Dent. op.cit.,51.
46 Answers dress for Switzerland: *The Queen*, 1885.11.28.
47 Answers fishing costume: *The Queen*, 1891.10.3.
48 Answers Dress for Switzerland: *The Queen*, 1898.7.2.
49 Outfit for Swiss Mountain resort: *The Queen*, 1899.9.2.
50 New Knickerbockers(Patent Shapely Skirt Association): *Lady's Pictorial*, 1894.5.5.
51 Dress for Scotland: *The Queen*, 1885.11.28.
52 Dress for shooting and stalking: *The Queen*, 1889.9.18.
53 Costumes for the Moors and Highlands by Mr. Redfern.: *The Queen*, 1894.8.11.
54 Maria E. Ward: Bicycling for ladies, Brentano's,93, 1896,
55 Fishing costume: *The Queen*, 1883.6.2.
56 French Shooting Costume: *The Queen*, 1895.10.26.
57 Fashion for September-In the Highlands: *The Graphic*, 1895.8.31.
58 Original Costumes for Holiday Wear(Messrs.J. Shoolbred and Co.): *Lady's Pictorial*, 1894.8.4.
59 At Hyam: *Lady's Pictorial*, 1896.3.21.
60 Summer Sports: *Lady's Pictorial*, 1894.8.11.
61 A New Bicycling Costume(Mr. Alfred Day):*Lady's Pictorial*, 1894.11.17.
62 The Inclosed Skirt: *The Queen*, 1891.7.18.
63 1880 年代にドイツ、シュトゥットガルド大学教授のイェーガー博士が、直接肌にウールを身につけることが健康にいいという説を展開し、話題になる。1884 年には博士の名をブランド名にしたウール下着販売会社ができた。
64 Answers Divided Skirt: *The Queen*, 1885.8.29.
65 Answers Divided Skirt: *The Queen*, 1891.7.11.
66 Answers Divided Skirt: *The Queen*, 1892.4.2.
67 米今由希子「19 世紀後期イギリスにおける合理服協会の衣服改革 The Rational Dress Society's Gazette から」日本家政学会誌 , 59/5, 20083, 13-319.
68 *The Lady's World*, 1887.2.
69 A Vista of Fashion: *The Queen*, 1893.9.2.ira
70 Sportswoman's Page: *Illustrated Sporting and Dramatic News*, 1897.1.2.
71 H. Wilson & Co.,: *The Queen*, 1894.7.28.
72 H. Wilson & Co.,: *The Queen*, 1891.6.6.
73 Dickins & Jones, *Lady's Pictorial*, 1888.5.19.
74 At The Patent Shapely Skirt Association: *Lady's Pictorial*, 1898.3.26.
75 Fashion for the May: *The Graphic*, 1892.4.30.
76 Fashion Engravings: *Young Lady's Journal*, 1900.3.1.
77 Isabella L. Bird: *A Lady's Life in the Rocky Mountains seventh edition, vii-viii*. John Murray, 1910.
78 Ibid.,
79 Heike Bauer: Women and Cross-Dressing 1800-1939. Vol.2, 2006.
80 オリーヴ・チェックランド『イザベラ・バード　旅の生涯』川勝貴美訳 , 日本経済評論社 , 1995, 219-220.
81 イザベラ・バード『イザベラ・バードのハワイ紀行』近藤純夫訳 , 平凡社 , 2005, 45-46. 原題：Six Months in the Sandwich Islands
82 Ibid., 80.
83 Ibid.
84 Ibid., 126.
85 Ibid., 298-299.
86 Ibid., 251.
87 イザベラ・バード『ロッキー山脈踏破行』小野崎晶裕訳 , 平凡社 , 1997, 23.

53 Children suits at Messrs Hyam's: *The Queen*, 1894.8.4.

54 Costumes for the Moors and Highlands: *The Queen*, 1894.8.11.

55 The Newest style in costumes by Mr. Thomas and Sons.: *The Queen*, 1894.11.3.

56 Dress for Scotland: *The Queen*, 1893.8.12.

57 Fishing Costume: *The Queen*, 1895.8.17.

58 Answer; Dress for Moors: *The Queen*, 1885.8.29.

59 Answer- Dress for Switzerland: *The Queen*, 1885.11.28.

60 Hints on dress for the Alps: *The Queen*, 1885.7.10.

61 C.T.Dent: *Mountaineering*, Longman Green and co.,1892, 50-51.

62 Skirt for walking tour: *Lady's Magazine*, 1892.8.1.

63 Ada S. Ballin, 134.

64 Answer-dress for Switzerland: *The Queen*, 1885.11.28.

65 Outfit for Switzerland: *The Queen*, 1888.5.12.

66 Dress for Switzerland: *The Queen*, 1885.11.28.

67 Ibid.,

68 Hint on Dress for the Alps: *The Queen*, 1885.6.27.

69 Dress for Switzerland: *The Queen*, 1898.7.2.

70 Ibid.,

71 Hint on Dress for the Alps: *The Queen*, 1885.7.11.

72 Outfit for Swiss Mountain Resort: *The Queen*, 1899.9.2.

73 C.T.Dent: op.cit., 51

第3章

1 A drink by the way: A ladies' bicycling picnic in the environs of Paris, *The Graphic*, 1896.10.17.

2 The Matron's Hiss(An Apologue with an Application):*Punch*, 1894.10.13.

3 Cycling in Hyde Park: *Illustrated London News*, 1896.4.18.

3 The New Cycling Costumes of the Season by Various Makers: *The Queen*, 1896.6.6.

5 Dress echo of the week, Bicycling dress: *The Queen*, 1896.1.4.
Cycling costumes at Mr. J. R. Dale's: *The Queen*, 1896.2.22.
Novelties of the season at Ulster House: *The Queen*, 1896.3.14. 等があげられる

6 Smart Tailor made Gowns at Mr. Marcus's: *The Queen*, 1895.12.28.

7 The Latest Fashion in Cycling Costumes: *The Queen*, 1896.10.24.

8 At Mr. E. and R. Garrould's: *Lady's Pictorial*, 1897.3.20.

9 米今由希子「19世紀後期イギリスにおける合理服協会の衣服改革：The Rational Dress Society's Gazette から」日本家政学会誌, 59(5), 2008, 313-319.

10 New Bicycling Skirt: *The Queen*, 1895.11.16.

11 At Phillips and Sons: *Lady's Pictorial*, 1897.3.20.

12 At Dickins and Jones: *Lady's Pictorial*, 1896.3.21.

13 At Mr. Allison: *Lady's Pictorial*, 1896.3.21.

14 At Dickins and Jones: *Lady's Pictorial*, 1896.3.21.

15 The Latest Fashion in Cycling Costumes: *The Queen*, 1896.10.24.

16 New Cycling Costume at Messrs Thomas and Sons': *The Queen*, 1895.8.3.

17 At Messrs Bradley and Sons: *Lady's Pictorial*, 1896.3.21.

18 At S. Fisher and Son: *Lady's Pictorial*, 1896.3.21.

19 At Mr. Alfred Day: *Lady's Pictorial*, 1896.3.21.

20 At Messrs. J.Shoolbred and Co.: *Lady's Pictorial*, 1897.3.20.

21 A New Cycling Costume (Mr. T. W. Winter): *Lady's Pictorial*, 1895.10.12.

22 Becoming Cycling Costume at Alfred Day: *Lady's Pictorial*, 1896.7.18.

23 Frances E. Slaughter: *Sportswoman's Library vol.2*, 281, Archilbald Constable & co,. 1898, 281. Archilbald Constable & co,. 1898.

24 Lady Violet Greville: *Ladies in the field*, 261, D. Appleton and Co., 1894.

25 At Phillips and Son: *Lady's Pictorial*, 1898.3.26.

26 Lady's Cycling Association: *Illustrated Sporting and Dramatic News*, 1896.12.5.

27 Cycling: *The Queen*, 1895.9.14.

28 Bicycling: *The Queen*, 1895.11.30.

29 Patent Safety Bicycling Skirt: *The Queen*, 1895.7.20.

30 Cycling: *The Queen*, 1895.9.14.

31 Combination Cycling Skirt at Messrs Hyam and co.'s.: *The Queen*, 1895.10.5.

32 Sportswoman's Page: *Illustrated Sporting and Dramatic News*, 1897.1.2.

33 Frances E. Slaughter: Sportswoman's Library vol.2, 270-271

漁業、炭鉱、工場といった肉体労働に従事する数千人にのぼる女性達について日記や写真で記録を残した。

6 マイケル・ハイリー『誰がズボンをはくべきか　ヴィクトリア朝の働く女たち』神保登代訳 , ユニテ , 1986.12.24., 70.

7 Joanne Entwistle: *The Fashion Body; Fashion, Dress, and Modern Social Theory*, Polity Press, 2000, 168.

ジョアン・エントウィスル :『ファッションと身体』, 日本経済評論社 , 2005.7.4,　238,239,234,235.

8 Lida Fleitmann Bloodgood, *The Saddle of Queen*, J. A. Allen, 1959, 35.

9 La Belle Assemblee, Apr. 1807.

10 石井とめ子 , 大網美代子 : 鍋島家の服飾遺品 (第五報) : 横鞍乗り婦人乗馬服 , 大妻女子大学紀要 . 家政系 32, 1996, 221-238. 鍋島栄子が着用したとされる 19 世紀末の婦人乗馬服の遺品を調査し、構成、寸法等が記録されている。

11 Riding Specialities at Messrs E. Tautz and co.'s: *The Queen*, 1894.10.6.

12 A New Safety Habit: *The Queen*, 1890.3.15.

13 Tailor made Novelties(Mr. Davis): *Lady's Pictorial*, 1890.6.14.

14 Sportswomen's Page: *The Illustrated Sporting and Dramatic News*, 1896.12.19

15 Henry James: Lady Barverina, *Henry James Complete Stories 1874-1884*, The Library of America, 1999, 730. 同小説の初出は 1884 年。本稿は以下の翻訳を引用した。『ヘンリー・ジェイムズ短編選集』柴田稔彦訳 , 音羽書房 , 1970.3.1., 325.

16 Tailor-made Novelties at Thomas and Sons., *Lady's Pictorial*, 1888.7.21

17 佐々井啓「19 世紀後半の女性の脚衣―ブルーマーから自転車服へ―」服飾美学第 18 号 , 平成元年 , 115 − 134.

18 Ibid.,

19 A drink by the way: A ladies' bicycling picnic in the environs of Paris, *The Graphic*, 1896.10.17.

20 マイケル・ハイリー『誰がズボンをはくべきか』神保登代訳 , ユニテ , 1986.12.24.

21 Ibid., 198

22 Ibid., 200

23 荒井政治『レジャーの社会経済史』東洋経済新報社 , 1989.10.5., 56-60.

24 A Frenchman at the Scottish Fete: *Punch*, 34, 1851.7.

25 *Punch*, 1853.7., 148.

26 Diana de Marly: *Working Dress*, B.T. Batsford Ltd, 130-131, 1986

27 "Honi Soit,"&c.: *Punch*, 1866.9.29., 132.

28 Costume studies Fishwife of Dieppe: *The Queen*, 1878.10.26.

29 The Costumes of the Fisherwomen at the Fisheries Exhibition: *The Queen*, 1883.6.2.

30 The International Fisheries Exhibition: *Illustrated London News*, 1883.5.19.

31 The Newhaven Fisherwomen: *The Woman'a World*, 1890.4.

32 Joanne Entwistle, 156, エントウィスル , 224.

33 Northern Gossip: *Lady's Pictorial*, 1886.4.10

34 *The Queen*, 1876.6.5

35 Answer: *The Queen*, 1876.12.9.

36 Fishwife costume: *The Queen*, 1893.6.3.

37 Dress echo of the week: *The Queen*, 1900.10.20.

38 Novelties for Spring(Scott Adie): *Lady's Pictorial*, 1891.5.2.

39 Spring Gowns(Scott Adie): *Lady's Pictorial*, 1892.4.30.

40 Smart Tailor-made Garments(Nilsson): *Lady's Pictorial*, 1890.8.9.

41 例えば、Fishing Costume, *The Queen*, 1891.5.9. : チャールズ社の釣り用ドレスは「くすんだ赤紫色のチェビオット（チェビオット丘陵原産の毛質の良い羊による羊毛織物）製で、革で幅広く縁取りがされている」と説明されている。

42 Tailor-made Novelties(Messrs. Thomas and Sons.,): *Lady's Pictorial*, 1891.7.18.

43 Shooting costume: *The Queen*, 1891.8.29.

44 Novel Gowns and cloaks for shooting and travelling(Messrs. Redmayne): *Lady's Pictorial*, 1892.8.27.

45 Royal Capes, New Costume and Jacket, Sketched at Mr. Scott Adie's: *The Queen*, 1891.5.23.

46 London fashion, New Shooting Gown(Fisher and Son): *Lady's Pictorial*, 1892.8.27.

47 Seasonable Tailor-built Suits(J. Marcus): *Lady's Pictorial*, 1898.7.30

48 Original Designs for Walking Costume and Shooting Suits by Albert: *Lady's Pictorial*, 1898.8.6.

49 London fashion: *The Queen*, 1883.6.2.

50 Description of Illustration: *The Queen*, 1884.6.21.

51 Answer: *The Queen*, 1887.10.1.

52 Novelties in Tailor-made Gowns (Thomas and Sons.,): *Lady's Pictorial*, 1890.7.12.

訳を引用した。ジョージ・エリオット『急進主義者フィーリクス・ホルト』冨田成子訳 , 日本教育研究センター , 1991.5.1, p.11, 初版は 1865 年

77 "Riding for Ladies", *Illustrated London News*, June 12, 1858

78 *London : A Pilgrimage*, 1872, 本稿では小池滋編著『ドレ画　ヴィクトリア朝時代のロンドン』社会思想社 , 1994.11.30, p.86,87,106,107. を参考にした

79 Austen, Jane, *A Collection of Letters*, 1970 年代 本稿では以下の翻訳を引用した。『ジェイン・オースティン初期作品集』都留信夫監訳 , 鷹書房弓プレス , 1996.7.25, p.235.

80 19 世紀初頭のジェイン・オースティンの短編小説「サンディトン」の中でも室内乗馬機が話題にあがっており、長期にわたって出回っていたものと考えられる

81 Austen, Jane, *The Watsons Completed*, 本稿では下記の翻訳を引用した。『ジェイン・オースティン作品集』都留信夫監訳 , 鷹書房弓プレス , 1997.11.28, p.143.

82 Eliot, George, *The Writings of George Eliot, Felix Holt, The Radical 1* , Boston and New York Houghton Mifflin Company, 1970, p.132, 本稿では以下の翻訳を引用した。『急進主義者フィーリクス・ホルト』冨田成子訳 , 日本教育研究センター , 1991.5.1., p.120. 初版は 1865 年

83 Eliot, George, *The Writings of George Eliot, Daniel Deronda 1*, Boston and New York Houghton Mifflin Company, 1970, p.45,　本稿は以下の翻訳を引用した。『ダニエル・デロンダ』淀川郁子訳 , 松籟社 , 1993.3.15, p.51.　初版は 1876 年

84 ibid., p.105

85 James, Henry, *Henry James Complete Stories 1874-1884*, The Library of America, 1999, p.727-728 Lady Barberina, 本稿は以下の翻訳を引用した。『ヘンリー・ジェイムズ短編選集』柴田稔彦訳 , 音羽書房 , 1970.3.1., p.322.　初版は 1884 年

86 "Leslie Latimer; or, plots and plotters" *Young Ladies Journal*,, May 5, 1867, p.241.

87 Sally Mitchell: *Victorian Britain An Encyclopedia,* Garland Publishing, 1988, 75.

88 Cycling: *The Queen*, 1895.8.24.

89 Bicycles and Tricycles for women at the Crystal Palace: *The Queen*, 1893.1.28.

90 Summer Sports: *Lady's Pictorial*, 1893.9.30.

91 Paris Note-Lady Cyclists in the Bois de Boulogne, Paris: *Lady's Pictorial,* 1894.6.30

92 The Physical Education of Girls, Cycling: *The Queen*, 1891.10.17.

93 op.cit.

94 Bicycling: *The Queen*, 1895.11.30.

95 Op.cit.

96 Bicycling in Hyde Park: *The Queen*, 1896.2.8.

97 A New Cycle for Ladies: *Lady's Pictorial,* 1896.2.6.

98 Cycling in Hyde Park: *Illustrated London News,* 1896.4.18.

99 荒井政治『レジャーの社会経済史』, 東洋経済新報社 , 1989, 176.

100 鹿島茂『馬車が買いたい！』白水社 , 2009.

101 *Modes des Paris*, 1837.7., 1838.6., 1839.5., 1841.5. に登場している。

102 自動車産業の発展についてはエリック・エッカーマン『自動車の世界史』松本廉訳 , グランプリ出版 , 1996.
Arthur N. Evans：*The Motor Car* , Camblidge topics, を参照した。

103 Alfred C. Harmsworth: *Motors and Motor-driving*, Longmans, Green, and co. London, 1902

104 The automobile club: *Graphic,* 1897.12.18

105 A motor veil: *The Gentlewoman*, 1902.6.7

106 For Motoring and Bad Weather: *The Gentlewoman*, 1904.5.

107 A becoming leather coat for motoring: *The Gentlewoman*, 1904.7.23

108 A Motor coat and Tailor Costume: *The Gentlewoman*, 1905.4.11.

109 A serviceable motor coat: *The Gentlewoman*, 1905.6.10

第 2 章

1 Joanne Entwistle: *The Fashion Body, Fashion, Dress, and Modern Social Theory*, Polity Press, 2000, 152.
ジョアン・エントウィスル『ファッションと身体』鈴木信雄訳 , 日本経済評論社 , 2005.7.4., 218.

2 原文は George Meredith, The Egoist, 1879. 引用はメレディス『エゴイスト』朱牟田夏雄訳 , 岩波文庫 , 2003, p.27 による

3 *Punch*, 34, 1858.7.24.

4 *Punch*, 96, 1859.9.3.

5 Arthur J. Munby(1828-1910) イギリス人。詩人、官吏。イギリス国内をはじめ、ヨーロッパ各国で農業、

「登山の成立とジェントルマン化意識ー19 世紀中葉におけるイギリスの下層ミドルクラスとスポーツ」山岳文化学会論集（1）, 1-14, 2004.

30 Brendon：op. cit., 144-152.

31 Ladies alpine climbing: *The Queen*, 1885.5.25.

32 父 Francis Walker (1808-1872) や兄 Horace Walker (1838-1908). ホーラスはイギリスのアルペンクラブの会長を務める（1891-1893）.

33 Hints on Dress for the Alps: *The Queen*, 1885.6.27., 1885.7.11.
Answer; Dress for Switzerland: *The Queen*, 1885.11.28.
Answer; Outfit for Switzerland: *The Queen*, 1886.7.3.
Answer; Dress for Switzerland: *The Queen*, 1887.4.9.
Answer; Dress for Switzerland: *The Queen*, 1888.3.12.
Answer; Outfit for Switzerland: *The Queen*, 1888.5.12.
などこの時期に掲載されている。

34 The Walking Englishwoman on the Alps: *Punch*, 1893.8.19

35 Hints on dress for the Alps: *The Queen*, 1885.7.10.

36 C. T. Dent: *Mountaineering*, Longman Green and co., 50-51.1892.)

37 Aida S. Ballin: "The feet and how to clothe them", *The science of dress in theory and practice*, dodo press, 168-190. 2009.

38) Hints on dress for the Alps: *The Queen*, 1885.6.27.

39 Kate Strasdin: 'An Easy Day

40 久保利永子「登山の成立とジェントルマン化意識ー19 世紀中葉におけるイギリスの下層ミドルクラスとスポーツ」山岳文化学会論集（1）, 1-14, 2004.

41 クリスティン・ヒューズ『19 世紀イギリスの日常生活』植松靖夫訳 , 松柏社 , 192, 1999.

42 Sally Mitchel: *Daily Life Victorian England*, Greenwood Press, 220. 2009.

43 Sports for Women, *The Queen*, 1885.10.3.

44 小池滋編『ヴィクトリアン・パンチ 図像資料で読む 19 世紀』第1巻 , 柏書房 , 1995, 216.

45 ibid., 195.

46 London Fashion: *Lady's Pictorial*, 1889.6.8.

47 Lady Violet Greville: *Ladies in the field: sketches of sport*, D. Appleton and Company, 1894, 199.

48 Frances E, slaughter: *Sportswoman's library vol.1*, Archibald Constable & Co., 1898, 109.

49 Seasonable Tailor-built suits: *Lady's Pictorial*, 1898.7.30

50 Deer Stalking and Dears Talking: *Scraps*, 1889.10.12.

51 Man in long kilt: *Scraps*, 1891.11.14.

52 Sporting Types: *Scraps*, 1894.9.15.

53 Dress for Shooting Parties: *The Queen*, 1887.10.8.

54 Should Ladies Shoot-: *Scraps*, 1889.12.14.

55 Fly fishing for ladies: *Lady's Pictorial*, 1885.7.17

56 Frances E, slaughter: Sportswoman's library vol.2, Archibald Constable & Co., 1898, 221.

57 Mrs. Smith's fishing adventure: *Scraps*, 1886.8.14.

58 My wife's fishing experience: *Scraps*, 1890.11.15.

59 The very gentle craft: *Scraps*, 1891.10.1.

60 Caught!: *Scraps*, 1894.7.7.

61The gentle sport: *Scraps*, 1892.10.15,
Extraordinary poaching encounter: *Scraps*, 1894.9.22.
いずれも釣りを行う女性の増加とその適性について風刺している

62 Trout: *The Queen*, 1893.9.16.

63 Ladies' fishing among the grayling in upper Austria: *The Queen*, 1889.10.5.
Notes on dry-fly fishing by a lady angler: *The Queen*, 1890.8.23.
など女性が釣りを楽しむ様子を伝える記事が 1890 年代には散見される

64 Tweed salmon fishing: *The Queen*, 1893.9.30.

65 Tarpon-Fishing in Florida: *Illustrated London News*, 1895.12.14.

66 An Angling Feat Tarpon Fishing: *The Queen*, 1895.12.7.

67 "Ladies Golf.", *The Girl's Own Paper*, 1890.2.1., 273-274.

68 "Golf Stream", *Punch*, 1885.10.10.

69 "!!!!!", *Punch*, 1895.1.12.

70 "A Day on The Ladies' Links,St.Andrews", *The Queen*, 1890.11.21.,
"The Humours of Golf", *The Gentlewoman*, 1892.6.11.,
"How I Learnt Golf", *Lady's Pictorial*, 1893.10.23.

71 Lady Greville, *Gentlewoman's Book of Sport*, London, 1892, 197.

72 Mrs. Mary Whitley, *Every Gil's Book of Sport, Occupation and Pastime*, London, 1897, 242-243.

73 Mrs. Mary Whitley, Ibid, 243.

74 "Golf for Girls", *The Queen*, 1890.11.1.

75 Mrs. Mary Whitley, Ibid, 243.

76 Eliot, George, *The Writing of George Eliot Felix Holt, The Radical 1*, Boston and New York Houghton Mifflin Company, 1970, p.11　本稿では下記の翻

著者注

第 1 章

1 妹島治彦『『ビートン社の家政書』とその時代―「しあわせのかたち」を求めて』京都大学学術出版会 , 2018.

2 川端有子『復刻版ガールズ・オウン・ペーパー別冊』日本語解説 , ユーリカ・プレス , 2006, 4.

3 Hilary Fraser, Judith Johnston, Stephanie Green, Gender and the Victorian periodical, Cambridge University Press, 2007, 217.

4 小池滋編『ビクトリアンパンチ―図像資料で読む 19 世紀社会―』柏書房 , 1996.

5 Denis Gifford: *The International book of comics*, Crescent Books. 1984, 19.

6 Ray Strachey: *The Cause-A History of the women's movement of in Great Britain*, G. Bell and Sons, 1928, 388.
レイ・ストレイチー『イギリス女性運動史 1792-1928』栗栖美知子・出渕敬子監訳 , みすず書房 , 2008, 329-330.

7 ルース・グッドマン『ヴィクトリア朝英国人の日常生活』小林由果訳 , 原書房 , 2017.81-93

8 Mrs. Douglas: *The Gentlewoman in her dress,* Henry and Co., 1894, 16.

9 坂井妙子「ヴィクトリア朝期におけるイギリス人のファッションセンス」日本家政学会誌 , 65(1), 2014, 13-20.

10 Mrs. Humphry：“Ethics of dress”, *Manner for women*(1897), Pryor publication, 2003, 61-65.

11 バンクス夫妻『ヴィクトリア時代の女性たち：フェミニズムと家族計画 』河村貞枝訳 , 1980, 40-43.

12 Ladies' Outdoor Amusements, Women's Sports During The Queen's Reign: *The Queen*, 1897.6.19.

13 好田由佳「ヴィクトリア朝後期の身体観―少女の健康をめぐる言説をとおして」日本家政学会 , 61(12), 2010, 783-794.

14 Allen Guttmann: *Women's Sports; A History*, Columbia University Press, 1991, 120-121.

15 Holiday occupation and pleasure: *The Queen*, 1885.9.19.

16 Lady Violet Greville: *Ladies in the field*: sketches of sport, 1894.

17 Bicycling: *The Queen,* 1895.11.30.

18 好田由佳「19 世紀末ローンテニスにみる装いと身体」服飾美学 , 27 号 , 平成 10 年 , 85-100.

19 Sports for Women, *The Queen*, 1885.10.3.

20 Outdoor Amusements for Women, *The Queen*, 1887,12,3,

21 荒井政治『レジャーの社会経済史』東洋経済新報社 , 1989. 56-60.

22 Priers Brendon: *150 years of popular tourism*, 1991. 本稿では石井昭夫訳『トマス・クック物語―近代ツーリズムの創始者』中央公論社 (1995) を使用した

23 Ibid.,.92. 引用文の出典はクックが 1861 年に記した *Scottish Tourist Directory*, 36.

24 How, when, and where- Or, the modern tourists guide to the continent.: *Punch*, 1863.8.8. から 1863. 11.21. まで連載されている

25 Mrs. Humphry: “Traveling Abroad”, *Manners for women,* Pryor publication, 142. 2003. 初版は 1897 年

26 Mrs. Douglas: *The Gentlewoman's Book of Dress*, Henry and Co., 65, 1894.

27 Edward Whymper: Scra;mbles Amongst The Alps, 1871, 本稿では浦松佐美太郎訳『アルプス登攀記』岩波書店（2008）を参考にした

28 Alain Corbin 編『レジャーの誕生』第一章イギリス人と余暇（ロイ・ポーター）, 藤原書店 , 49-54, 2000.

29 久保利永子「ヴィクトリア中期のイギリスにおける「登山」の創出」奈良史学（25）, 48-82, 2007. 久保利永子「ヴィクトリア朝中期の登山と「科学」－「自己目的化」という指標は妥当か―」歴史文化社会論講座紀要（3）, 89 - 100, 2006. 久保利永子

カバー図版● Alamy/PPS 通信社
A Lady in a Hunting Costume with a Lady in Walking Costume on a Mountain Path

【著者】山村明子　（やまむら・あきこ）
家政学者。東京家政学院大学教授。日本女子大学家政学部卒。同大学院家政学研究科被服学専攻修了。博士（学術）。著書に『ファッションの歴史―西洋服飾史―』『新版 家政学事典』（ともに共著）などがある。

ヴィクトリア朝《ちょう》の女性《じょせい》たち
ファッションとレジャーの歴史《れきし》

●

2019年3月1日　第1刷

著者…………山村明子《やまむらあきこ》

装幀…………伊藤滋章

発行者…………成瀬雅人
発行所…………株式会社原書房

〒160-0022 東京都新宿区新宿 1-25-13
電話・代表 03（3354）0685
http://www.harashobo.co.jp
振替・00150-6-151594

印刷…………新灯印刷株式会社
製本…………東京美術紙工協業組合

ISBN978-4-562-05636-1, Printed in Japan